知音动漫图书·时代坊
ZHIYIN COMIC BOOK 打造优秀作品·引领流行阅读

菩提心为因，大悲为根，方便为究竟。——《大日经》

| 215 番外 【屠龙术】 |
| 197 尾声 【新人】 |
| 191 第二十七章 【鸦声】 |
| 185 第二十六章 【苦】 |
| 169 第二十五章 【刑场】 |
| 163 第二十四章 【入城】 |
| 157 第二十三章 【风起】 |
| 147 第二十二章 【牌坊】 |
| 141 第二十一章 【细语】 |
| 131 第二十章 【谢淮】 |
| 123 第十九章 【鸺鹠】 |
| 115 第十八章 【短剑】 |
| 105 第十七章 【苏醒】 |
| 099 第十六章 【枷锁】 |
| 089 第十五章 【针锋】 |

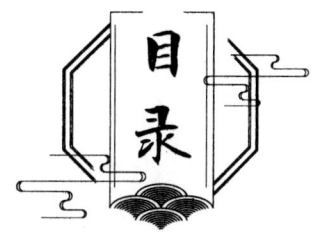

目录

001 序章 【盟约】
005 第一章 【囚笼】
011 第二章 【再生】
017 第三章 【屠夫】
023 第四章 【授业】
029 第五章 【入阵曲】
035 第六章 【红头签】
041 第七章 【姐弟】
049 第八章 【拜堂】
057 第九章 【搏命】
063 第十章 【坳口】
067 第十一章 【杀意】
073 第十二章 【脱困】
077 第十三章 【旧识】
083 第十四章 【往事】

序章 盟约

"第一条,彼此不得擅自打听身份。"

说话的人上了年纪,声音和缓轻柔,却因身处暗室,落入耳中的每一丝声响都比往日更加清晰。周遭微光不入,两个人即使面对面站立,也无法看清对方的容貌。

这是他们经过数月的争论一起选定的地方。来往的书信看完后被立即烧毁,信灰如果垒起来,刚好能装满野狐禅院的功德箱。

"第二条,七个人,七根签,如果抽到自己写的,就请诸位受累,重抽一次。"

刻意制造的黑暗总是容易让人感到怀疑与不安,但与他们即将要做的事情比起来,这点怀疑与不安更像是晨间的雾气,无人去管,也不必去管,很快就会烟消云散。

"第三条,你们要杀的人身亡前,随时可以退出,到时请诸位交还手里的红头签。"

有人咳嗽一声:"这话我要多问一句,要杀的人……是签上写的还是我们心里想的?"

"抱歉,是我疏忽了。想的,是你们心里想的。"

"第四条,倘若失手被擒,熬刑不过而吐露机密,属人之常情,诸君不必挂怀。如有坚贞之士就此殒命,其目标由剩余人等接手。"这是当初商定时争论得最厉害的一条，几经妥协，才让七个人都勉强接受。

当场掠过几声冷笑，很快又归于沉寂。

"既然诸君并无意见，就请依次抽签。往前十步，便是签筒，谁先来？"

"此事是我发起，理应让我先拔头筹！"仿佛正是刚才冷笑的人，他脚步飞快，却碍于不能视物，差点撞倒了桌子。第二个人得他提醒，倒是从容许多，迈步很稳，落地时，一条腿比另一条略微沉重。第三个人走路同样不快，轻薄粗糙的鞋底在地面上擦出窸窸窣窣的声音，他刚把红签从签筒里掣出来，后头的两人就动了。其中一人足履轻盈，几乎无声，另一人步幅极大，只用六步就来到桌前。

此时还剩下两支签，却没有人再出声。

"你不要？"他的喉咙有些钝，像是刻意压低了嗓音。

刚才宣布规则的人说："你先来，我等老天帮我选。"

"我……我的经还没念完，半途而废，怕不吉利。"

"什么经？"

"大毗卢遮那。"

"菩提心为因，大悲为根，方便为究竟。这经我从小听，我来帮你念。"

片刻后，签筒一响，诵经声戛然而止："望诸君马到成功，不负此生。"

第一章 囚笼

老规矩能传下来,总有它的道理。

　　定元十七年，像是为了尽快熟悉中原皇帝这个新头衔，从草原来的乌戋人铁勒接连颁布了数道旨意。
　　刚过年关，他便迫不及待地废除了沿用多年的巡天历，代之以国师步六孤编订的神授历。开春后，乌戋部再兴兵事，调遣数万大军远赴甘州，讨伐罗氏鬼国。到了夏天，一场在朝堂上延续了半年的争论终于有了结果，于马背上所向无敌的乌戋骑军决定出兵扶桑，作为其斩杀使节的惩罚。
　　而在这一连串的雷霆雨露中，一道表彰平夏功臣的圣旨就显得没那么要紧了，唯一引人注目的，便是旨中所题，皆为亡夏降臣，他们大多被任命为各部四品以上的高官，老百姓记不住那么多冗长的官衔，只好将他们合称为七侍郎。
　　及至夏末，几经增补，秋决的名单终究定了。改朝换代，人心不稳，杀的人要比往年多。
　　今日就轮到殷放鹤。
　　殷放鹤是个杀手，绰号三贯半。其实只要两贯，就能买一条人命，剩下一贯半，是给他的封口费。
　　杀手只管杀人，保密并非必要准则，许多自以为天衣无缝的计划皆败于此。殷放鹤知道有老杀手行将就木，就靠着手里的这点秘密讹诈雇主，刀口舔血一辈子，到头来竟仍可安享天年。

殷放鹤纵横江湖十几年，从来没有失过手。那日他做完最后一单生意，雇主对他的表现非常满意，说下次有活计，还要来找他。

"老了老了，都是侥幸。"殷放鹤连连谦虚。

结账的时候，雇主拿出几块银子，老杀手却不收："跟以前一样，只要铜钱。"

"不怕沉？"

"铜钱能铸成物件，转手出去还能再赚一笔。"

"乌羌人喜欢金银，铜钱已经没早先那么值当了。"

殷放鹤还是坚持："老规矩能传下来，总有它的道理。"

雇主说不过他，只好到附近的钱庄兑换了几千枚铜钱，全都装在一条褡裢里，交给殷放鹤。老杀手掂了掂分量，解开外衣，将那沉甸甸的褡裢缠到腰上。他荷包里有了钱，并没有急着回家，而是先去药店买了二两胖大海，再绕到教坊里听东门秀唱曲子。

东门秀是京城最有名的歌妓，进门就要先收两文茶钱。老百姓只能坐在后排过干瘾，连她的面都看不清，有钱人则将她请到自己房里，除了唱曲，还能听点别的。

殷放鹤揭开房顶的瓦片，下面琵琶响了几声，还没唱完就断了。他悄无声息地潜入房内，将胖大海放在床帐外，出门就遇上了埋伏在这里的捕快。

几个人在门前你来我往地过了两招，有三刀劈在墙上，另外两刀砍着了腰上的褡裢。殷放鹤身上背着三十斤的铜钱，渐渐落入下风，他想跳跳不高，想逃逃不了。三贯半是他年轻时的重量，现在的年纪已经支撑不起了。老杀手长叹一声，扔掉短刀说："我要自首。"

主审官让殷放鹤一一招来，他身上的人命自己都数不清，没给封口费的人，他都撂了，书吏写秃三支笔，卷宗堆得半人高。主审官让他再招，他说忘了，二十四道大刑一一挨过，他才又加了两个字：真的忘了。

老杀手被押入死牢时，双目已盲，全身上下唯一完整的皮肉是他的舌头。所幸还能喝酒，还能吃肉，还能唱东门秀的小曲，仿佛是花含笑，柳带羞，舞场何处系离愁，一咏三叹。关在隔壁的夏二公子隔空扔过来半根肉骨头："调都跑到姥姥家了，快别唱了。"

夏二公子名庭芝，比殷放鹤早半月入狱，罪名是杀人未遂。因他是礼部侍郎夏庭兰的亲弟，身上还有恩荫的官职，狱卒对他十分恭敬，每日好菜好饭伺候着，

隔三差五还能洗个热水澡。在他们看来,夏庭芝不会在这里待太久,而夏庭芝自己也这么认为。不是今天,则是明天,就这样过了三个月。

开刀的时辰定在正午,巳时有人送断头饭来,一壶高粱酒,两碟松花糕。殷放鹤不动:"怎么没有翡翠圆子?"

送饭的狱卒是个年轻人,当差不到一个月,浓眉毛,薄嘴唇,面孔甚是清秀,可惜殷放鹤看不见。牢房的墙壁从前朝南渡用到如今,上头的麦席铺了一层又一层,血迹泪痕干了透,透了又干,于最浓湿处,被人抠出一个个大大小小的窟窿,用指甲,用发簪,用掉落的牙齿。

"或许是漏送了吧。"夏庭芝从稀松的洞眼里伸出支筷子,捅了捅殷放鹤的脊梁,向他讨一口酒喝。

狱卒也连连点头:"我去帮你问问,兴许真是漏了,这里的东西,他们不敢克扣。"

殷放鹤年纪不大,却已当过数次死囚。生逢乱世,杀手的生意也难免惨淡。今天同他一起被处死的有十五六人,其中还有个定的腰斩。从昨夜开始,牢房里就响起哀哀的哭声。

不多时,那狱卒回转,空着两只手,脸上却多了道红印:"大人说,翡翠圆子早就就禁了,得避讳,现在只有松花糕。"

"何时禁的?"

"定元八年。"

殷放鹤长呼一口气:"那我师姐还是没赶上。"

夏庭芝喝饱了酒,挪到天窗下晒太阳,窗檐下的燕巢人去楼空,却从缝隙里漏出几朵黄花。

"你还有个师姐,本事怎么样?"

"听说比我好。"师父的刺杀术一半传男,一半传女,师姐死了之后,他两半都要学。如今他身陷囹圄,这一脉刺杀术几乎算是绝了。

殷放鹤几年前看上个丫头,削肩长腿,头发墨黑,他假扮嫖客摸过,是个练武的好材料,但她只愿卖身,不愿杀人。又问她可有兄弟姐妹,让人一顿乱棍打了出来。殷放鹤没有还手,不为钱杀生,是坏了杀手的规矩。

世道不好,讲规矩的人也越来越少。

殷放鹤也传过夏庭芝几段口诀,都是刺杀术的精要。夏庭芝只记住一句,握剑如握茎，按此修行，竟能彻夜雄风不坠。

外间忽然鼓响，铁锁啷当坠地，隔壁的哭音断了，只剩呜咽。

殷放鹤问狱卒："到时候了？"

狱卒细听脚步，似乎不止一人："还有一会儿，你数十声。"一个停在夏庭芝门前，另一个正往他这里来

"谁来杀我？"

"京城第一快刀，李秋平。"

殷放鹤放下碗："这个李秋平我知道，刀利得很，痛快。"隔壁"咚"的一声，就连呜咽都听不到了。

狱卒估计的时间很准，讲完这句话，官差就进了门。他用木枷拷住殷放鹤的双手，架着他往外走。路过夏庭芝的牢房，听见有人说："夏侍郎大义灭亲，大理寺判你绞刑，他亲自改为凌迟。"

铁门在身后合上，殷放鹤只想，师父的刺杀术真是要绝得干干净净了。

第二章 再生

但凡刺客,都会点相术:见忠良,则掩面;见圣贤,则回避;天不绝者,不可对其妄动杀念。

  行刑的地方定在柴市口,东边不远处就是东门秀卖唱的勾栏院。旁人都为东门秀的嗓音沉醉,殷放鹤却为此女咽喉上的起伏而震慑。那里有十七块肌肉,每一块东门秀都能运转自如,还有五条筋络,每一条都系着殷放鹤的右手。

  当她唱"山无数,烟万缕,憔悴杀玉堂人物",皮肤不动,筋骨暗涌,十七块肌肉如琵琶翻奏。此曲唱罢,殷放鹤就有了杀人的灵气。

  离刑场还有一条街,沿路已是人声鼎沸。殷放鹤杀了人,罪行却不是最重,排在他前面的都是穷凶极恶的钦犯,一个写反诗讽刺新朝,一个辱没宗室女子,都被干净利落地砍了脑袋。

  殷放鹤自忖及不上他们,只得等,闲暇时听利刃破风、金石坠地,如在同时,方知李秋平的快刀名不虚传。

  监斩官命人将刑场上的尸体收拾干净,正要叫殷放鹤的名字,下面突然有人大喊:"劫囚!杀鞑子!"随即从街角冲出十几个衣衫褴褛的壮汉,他们手握棍棒和剪刀,在人群里左奔右突。

  这样的事情每次行刑都会发生几次。监斩官是个汉人,手无缚鸡之力,不等他下令,护卫刑场的乌羌侍卫已经拉开长弓,带着轻蔑的神色将这些反叛者射倒在地。

  其中一箭擦着殷放鹤的头顶飞过,他的耳朵随众人的眼睛一道,追着那支羽箭,没入一位劫囚者的后心。弓弦太快，箭镞太利，那人只踉跄了一下，似是毫无察觉，直到又跑出了十几丈，才力竭栽倒在运河边，一时还未死，仍铆足力气往桥上爬。放箭的乌羌武士扔下长弓，抽出腰刀，排开人群向他走过去。

所有人的眼光都被即将到来的杀戮吸引，殷放鹤突然听见锁链一响，身下木板震动，有人一跃而上，与他当面对坐："快下车，接你的人马上就到。"

殷放鹤不动："你是谁？"

"啰唆。"那人一脚将殷放鹤踹到地上，"时间不多，得赶在他们回神之前……"他突然一愣，十分震惊地盯着自己的左脚，竟忘了收回来："你怎么不躲？"

"也没多疼，懒得费这力气。"

那人立刻由震惊变为同情："怪不得你要自首，连这一脚都躲不过，的确还是死了好。"

"李秋平的刀从不走空，他们给了多少钱，让你替我受死？"

囚车中的人拉上门："比你想的多。"

殷放鹤听了，叫声"不好"，刚一转身，就撞到一辆马车的轮辐上，车上伸下一只手，拎起他的衣领问："我们要救你，你跑什么？"

殷放鹤挣扎："你们救我，是想让我杀人。"

手的主人笑了笑："你是刺客，还怕这个？"

"我现在连自己都杀不了。"

"不用你动手。"

远处的乌羌武士一声呼啸，一刀劈断了最后一个劫囚者的脖子。

车上人连声催促："此地不宜久留，快走。"又有几只手攀上来，合力将他拖进车里。半人高的车轮缓缓后退，行出不到百步，已转了几转。殷放鹤实在忍不住："走了这么久，怎么才到东关街？"

"你怎么知道？"

"我听见东门秀唱曲子。"

对面的人吁出口气："是我的疏忽。"他伸出手，手里紧紧攥着把折扇。

殷放鹤："脖子后面哑门穴，三成力，只伤人，不害命。"

那人点头："得罪了。"他一扇将殷放鹤击倒，低头看时，扇骨断为两截。

殷放鹤醒过来的时候，已到了京城城外。谋划这次劫囚行动的一共六个人，

他们要学殷放鹤的刺杀术。七百两白银加一个女人，换一声师父。能从刑场上悄无声息地将人带走，殷放鹤不敢不从，但他提出要先见一见人。

女人很快就被带来了，她被牵引着，坐在殷放鹤对面。

殷放鹤说："我想摸摸你的脸。"等了一阵，才有人解释："别点头，出个声，他看不见。"

失明之后，殷放鹤的其他感官并未变得更加敏锐，和入狱前相比，反而有所退化。人一旦萌生死志，身体也会配合地走向衰败，天牢之中多瘐死，是他们更愿意选择自然终结生命。

手背传来陌生的触感，片刻之后，他才反应过来，那是从对面伸过来的指头。女人抓起他的手掌，贴在自己脸颊上。"你要从哪里开始摸？"她的声音很年轻，也很秀美，带点干哑，惊魂未定的样子。

殷放鹤捻了捻她的耳朵："父母缘薄，小时候过得很苦吧。"

"爹娘太多，现在都不太记得。"姑母鸨母师母，亲爹后爹干爹。

"但是子女缘不错。"

"那你说我能生几个？"

"至少两个，还是双胞胎。"

最后摸到脖子，殷放鹤手一紧："东门秀？"

"还以为你从一开始就能听出来。"

"只听过你唱曲，没听过你说话。"

女人有些羞涩地笑了："他们说你每天下午都要来。"

"也不是每天，有你的场子一票难求。现在赚钱不容易，我要接三单生意。"

东门秀连忙附和："我每天也至少要陪三个客人。"

殷放鹤无神的眼睛转向劫囚者："正好，你三个，我三个。"

那六人一起向东门秀行礼："拜见师娘。"

殷放鹤也有师娘，是个相士，这点微末技艺，就是从她那里学来。但凡刺客，都会点相术：见忠良，则掩面；见圣贤，则回避；天不绝者，不可对其妄动杀念。

殷放鹤的师父少时误杀诤臣，壮年死于闹市，行凶者肋下有一道红色胎记，宛如刀痕，恰是诤臣致命处。师娘当年嫁给师父，是看中他一生顺遂，如今身死街头，却不是她走了眼。国运将尽，大厦已倾，名臣生就奸佞相，从此师娘改弦更张，不看人相，只看天象。

东门秀受了他们这一礼，眼睛里多了些喜色，她转头对殷放鹤道："其实还有件好事，连他们都不知道。"

"你说。"

"除了老婆，你连孩子也一并有了。"她不好意思地笑笑，"听大夫说，瞧我这肚子的模样，一定是个男孩。"

"他爹是谁？"

"当然是你呀。"

"亲爹。"

"八成是那个夏庭芝。"

殷放鹤顿时松了口气，他突然发现，没有比现在更好的结果。

第三章 屠夫

风筝用的是巧劲,两只手一前一后,落在双腿上,就是一进一退。胳膊拗不过大腿,只要脚上绷住劲,再大的风都刮不走,再远的线都牵得住。

  定元十八年春天,礼部侍郎夏庭兰入京述职,在离和义门还有一里的地方,遭遇了刺杀。

  那时夏庭兰正在客舱中写一封奏章,突如其来的响动打断了他的思路,他放下湖笔,拿起裁纸刀,运河上四面环水,逃无可逃。

  六个月前,夏二公子行刺吏部尚书洪铁崖未果,铁勒震怒,命人把那件被利刃割破的官袍钉在他的府邸门上,心口以下三寸,有一道深深的刀痕。刀痕边有血,却不是洪铁崖的。书生动手,全凭一时血勇,一击不中,已乱了方寸,再要补刀,就被身边的侍卫活捉。

  传旨的红衣内官原先是温兰皇后的心腹,现在跟了铁勒,降下的雷霆和雨露一样多。他入宫多年,已能讲一口流利的乌羌语。

  "陛下差我问你,夏庭芝刺杀朝廷命官,礼部侍郎可有解释?"

  夏庭兰不假思索道:"他疯了。"

  内侍惊讶:"什么时候疯的?"

  "十五岁那年夏天。"

  "因何发疯?"

  "他喜欢上个女人,我不允许,相思成狂。"

  "哪家姑娘,不是良家女子?"

"是个有夫之妇。"

"哦。"内侍眼睛转了转,似是已经明白了,"以前怎么没听人说起过?"

"家丑不可外扬。"

"洪尚书知道吗?"

"即使以前不清楚,现在也应该知道了。"

"只你一人,口说无凭。"

夏庭兰凑近内侍耳边说了几句话:"你可以去问那个女人。"

内侍离开前,夏庭兰按照惯例,往他袖子里塞了三十两银子,比往日多一倍。内侍临走前,倚在车窗上对他道:"二公子不是不能活,但夏侍郎不能太贪得。"

夏庭芝被处以极刑后,为避嫌疑,夏庭兰自请外放,却没想到刚寻到转圜的机会,就遭遇了刺杀。

他不是第一次遇见刺客,这次进京,特意选了一艘商船,掩人耳目。

狭路相逢,人多者胜。他带了十名护卫,其中还有两个乌戈高手,窗纸上人影闪动,兔起鹘落,分不清谁敌谁友。只听船舷边落水声不断,一息之后,戛然而止,纷杂的人影也消失不见。

短暂的寂静后,刺客推门而入。夏庭兰指尖轻颤,声调却依旧平缓,久居上位,虽慌勿乱。

"杀了我,你没有任何好处。"

"有点虚名。"

"虚名值几个钱?"

"看你肯不肯买。"

"床底下的箱子,有白银三千两,后舱里还住着三个小妾……"他近来听信方士之言,开始修炼采补术,姐妹为佳,最好是一母同胞。

"我问过她们,"刺客说,"都是前朝宗室。"他在船上踏足的第一个地方就是后舱,那里只有两个壮妇守卫,正靠着房门打盹。悄无声息地绕过她们,刺客没费任何力气。

舱内坐着三个妙龄女子,一个鹅蛋脸,一个柳叶眉,还有个年纪尚小,看不清五官面目。见到陌生男人,六只眼睛齐齐望过来,像一粒粒黑棋子,刚落在盘上,就攒出重重劫数。

最小的那个姑娘开口道："今天老爷让谁过去侍奉？"

刺客看着她，想起自己也曾经有个女儿，就在前朝，仿佛和她一样大。

说是前朝，其实也没过几年。

"老爷说，今天外面天气好，放你们出去玩玩。"

小姑娘发出一声欢呼："我想要放风筝。"

"你知道怎么放？"

"只听大姐二姐说起过。"

"那我来教你。"

刺客抽出扎腕的绑带，轻轻握在手里："风筝用的是巧劲，两只手一前一后，落在双腿上，就是一进一退。胳膊拗不过大腿，只要脚上绷住劲，再大的风都刮不走，再远的线都牵得住。"

这是殷放鹤所传刺杀术中的一门，叫做飞燕指，原本是农人打燕儿时用的伎俩，从此柔丝软绸，皆成杀人利器。殷放鹤传给他，他又传给了三姐妹。

刺客出门，尽取侍卫性命，随后折返门前，见两名壮妇被五彩衣带悬于梁上，尸身尚暖，上下飘荡，而三个女子已不知所踪。

夏庭兰不再开口，他手中的筹码已经不多。赌博和杀人不同，赌徒和杀手却是一路，谋算小心翼翼，下手胆大包天。

对面的呼吸依然平顺，可见杀手还在犹豫。

夏庭兰抓住最后的机会道："衣笼里有件东西，你把它拿走，随便献给哪位贵人，都能名利双收。"

每日正午，是和义门码头最繁忙的时刻，四面八方的货船通过运河云集此地，税卡的官吏脱得只剩一件里衣，仍是燥得汗流浃背。突然，他听见岸边传来一声吆喝，抬头时热汗流入眼眶，酸痛的视线中，一艘商船缓缓驶入他的辖区。

船头空无一人，顶上风帆半降，就在最高的那根桅杆上，吊着一个五花大绑的男人，锦衣玉带，官靴官帽，前摆上画了几个红字，隔得太远，看不真切。

运河两岸的船工夫都停下手里的活，有几个胆大的游到船边，想扒着锚链上船，被税官用弓箭指着吓了回去。

一刻钟后，李秋平来了。他本是衙门的仵作，闲暇时才兼任刽子手。京城第一，其实说的是他的剖尸刀。税官与他相识多年，两人对望一眼，省却了一番寒暄。

桅杆上的尸体已经被解下来，和其他死者一起，安置在码头上。没有选择甲板，是因为那里铺满了白银，实在无处下脚。有个抬尸人甚至因此被灼伤了眼睛，躺在一边哀哀号叫。

李秋平问："挂在上头的人是谁？"

税官道："在舱里找到了文书，应该是礼部侍郎夏庭兰。夏家……这是绝后了。"

李秋平听见，心有戚戚，他年近四十，成亲十几年，一个后人都没有。画了红字的官服被脱下来，李秋平问税官："这写的是什么？"

"你不识字？"

"这写得龙飞凤舞，谁看得懂？"

税官一个挨一个地念："奉旨杀人。"

"谁的旨？"

"多半是他的。"税官指着衣角上的一方红印，"用的篆书，我也不认识了。"

李秋平将衣服卷起来，搭在肩上，又在夏庭兰身上摸索了一番："大人嘴里有东西。"他掰开夏庭兰的牙齿，隐隐约约看见喉管深处有条黑影。

"这样拔出来恐怕会损伤尸体。"

李秋平点点头："你过来，扶住大人的脖子。"

"像这样？"

"再上去一点，风府穴。"

"哪儿？"

"算了，就这吧。"李秋平反手握刀，往夏庭兰肩颈处一敲，只听啵的一声，尸体的面孔一阵扭曲，竟自己将东西吐了出来。那是一支木质的红头签，税官看过，说上面写着夏庭兰的名字。

李秋平握着这支签，突然皱起眉："我记得夏大人还有个弟弟。"

"早就死了。"

"病死还是战死？"

"被你杀了，半年前判的凌迟。"

李秋平思索一阵："好像有点印象。"那个年轻人的叫声很特别，神气相合，如海潮声。于是他特意在犯人的喉咙和胸膛上多割了几刀，仔细观察气息的走向，

直到风平浪止，海退潮枯。

税官擦干净手上的污迹："你还在写那本怪书？"

"只是一本医书，一点不怪。"

"没听说过要治病，先杀人的。"

李秋平反复翻看夏庭兰的尸身，在腋下又找到了一处刀痕。

"血往哪里流，肌肉如何走，这些东西牵一发而动全身，光研究死人看不出来，只有在活人身上找答案。"

税官听得毛骨悚然："知道了这些有什么用？"

李秋平伸手在他肚子上比划了一下："或许以后你再生病就不用吃苦药了，只要在某个地方剜一刀就好。"

税官连忙退到一边："那我还是宁愿吃药，多苦都乐意。"

李秋平验完了尸体，站起来伸了个懒腰："劳你帮忙，把夏侍郎送回府里。"

"你不亲自去？"

"我答应了咱们刑部的周大人，最近城里不太平，要教他儿子刀法防身。"

"周大人家的少爷……就那个混世魔王？"

李秋平跨上马背："十六岁的毛头小子，称王还早。"

·

第四章 授业

本门的规矩，刺客离家别亲，不可再用本名。徒弟拜师时，出门遇见的第一个身负刀剑利器的人叫什么，就改叫什么。借了别人的名字，遇事能代死一回。

　　东门秀在院子里洗衣服,离开教坊之后,样样事情都要自己来。殷放鹤传艺的时候不让闲人在场,不是怕人偷听,只因为千百年来的规矩如此。

　　刺客往往比其他行业更讲规矩。殷放鹤一门相信武功源于巫术,只有得上天准许,才能取人性命。刺杀的精要,在于步骤的准确,如同巫术中的仪式,何时动心,何时守意,何时出手,何时遁走,一招一式自成意味,只要错漏一步,就有可能导致整个刺杀的失败。

　　殷放鹤的师父曾说,刺客和刽子手,最早是一路人,不知何年何月分道扬镳,一个落草莽,一个入公门。行刑前的宣判自有韵律,就像刺客点数封口费,看热闹的老百姓不明白,只有老天才听得见。

　　所以即使双目失明,殷放鹤也能辨出李秋平刀法的妙处。他听刽子手宣读罪状,知道那也是个守规矩的人。

　　而他的弟子却在今天打破了太多规矩。

　　"兰娘,"殷放鹤叫那人的名字,"你不该留下那支签。"

　　刺客和目标不应有一点牵连,这是他在收徒后传授的第一要诀。因果是刺客的天敌,几乎也是唯一的敌人。许多人明知它存在,却在其到来时,依然惊慌失措。殷放鹤把它看作一种疾病,日复一日沉积体内,终有一天会发作。

　　兰娘是他六位徒弟中武艺最好的一个,却并不适合做个刺客。

"那本就是他夏家的东西，我物归原主，也算是偿还因果。"

经过半年治疗，殷放鹤的双眼依旧不见好转，他的刺杀术也随身体一起，一点点地死去了。

"你是第一个出手的，我希望你能为后面的人做个好榜样。"他们师徒间有过约定，失手一次，就少付一份报酬。竹窗外微风轻拂，吹来皂角的香气，东门秀有些艰难地把洗好的衣服晾到竹竿上，肚子圆圆，面孔也圆圆。

门上传来两声轻响，又有人到了。兰娘望见东门秀一路小跑地迎过去，和那人站在墙根下说话，不时传来她的笑声。

殷放鹤自然也听见了，问道："是谁来了？"

"老褚。"东门秀轻飘飘回了一句，"你们的话说完了？"

"还有几句。"殷放鹤缩回脖子，又对兰娘道，"你不该拿死人的东西。"

"师父放心，我已物归原主。"

他们说的是兰娘在底舱里找到的物件，一方青灰的印章。据夏庭兰讲，这是前朝小皇帝抱着跳海的那枚，淹水里泡了几年，最后被渔民在一条大鱼的肚子里找到了。他们剖开人头大小的肠胃，竟露出一角黄金。

印章到夏庭兰手里的时候，边角上的黄金已经不见了，审过那些渔民，谁都不肯承认。

他们不知道那块青灰色的石头是和氏璧，但人人都听过将相和的评话。

美玉良臣，同病相怜。夏庭兰几乎想抱着它大哭一场。

这位良臣死后，兰娘在船尾找到了几个宗室女子的尸体，她们身无伤痕，面容安详，嘴角若有笑意，似做酣甜好梦一场，或随梦中的如意郎君乘龙而去，或目送一只风筝逍遥天地。最小的那个姑娘手中，还缠着兰娘用来扎袖口的那根绑带。

殷放鹤只教过徒弟们武功，却没来得及传授他们采补术。男女同修如阴阳两极，独阴不生，孤阳不长。夏庭兰若死，她们势必不能苟活。殷放鹤自家师父收徒也分一男一女，未必不是这个意思。阴阳和合，术士可至大成，刺客则成杀神。

兰娘在礼部侍郎衣摆上留字盖章，又将玉印系在宗室女的腰带上沉入江底。运河连长江，长江入汪洋，终有一日会回到主人怀里。

殷放鹤再无话说，抬手让他出去。兰娘戴好斗笠，迎面看见褚焕山过来，她的面孔隐在蓑衣后面，脚踩一双草鞋，左边衣袖下露出一只银镯，手腕几乎挂不住。

褚焕山不是男人,正如兰娘不是女人,都是他们借来的名字。

"放鹤这两个字也是我借来的。本门的规矩,刺客离家别亲,不可再用本名。徒弟拜师时,出门遇见的第一个身负刀剑利器的人叫什么,就改叫什么。借了别人的名字,遇事能代死一回。"殷放鹤话音刚落,六个人就争先恐后地跑出去,还有人掉了只鞋,露出一只小脚。

兰娘遇到的是个农妇,年纪很轻,腰里别着一把镰刀,正带着两个孩子祭拜松树下的一座小神龛。看见他威风凛凛地走过来,农妇让两个孩子先回家,然后坐在田坎上抱怨丈夫又懒又馋,最近还迷上了赌博,整日不回家。但兰娘只问了她的名字,农妇依依不舍,一直送到桥头。

殷放鹤有六个弟子:兰娘、褚焕山、小嘎、巴察汗、月眉儿和黑狗。其中褚焕山这个名字最为寻常。

褚焕山碰上的是野狐禅院的香客,手握一把剃刀,正准备去国离乡,远赴南洋。他祖上是北方人,舍弃百亩良田,追随夏室南逃。安稳了几十年,又不得不迁往更南的地方,家中二老死于路上。三年后再迁近海诸岛,途遇风浪,一子一女落水而亡。正当他谋算东渡扶桑,却传来铁骑远征的消息,他索性回到故里,拜别先祖。野狐禅院就是他家老宅所在。三代人颠沛流离,只为寻一个没有乌羌人的地方。

他将这些一五一十都说给老君听,门外的刺客学徒也听到了。

褚焕山来拜见殷放鹤,还带着她自己种的一袋小米,平民百姓桌上三餐,东门秀用来喂鹅。褚焕山家里以前也养过鹅,传说鹅蛋补脑,读书人吃了耳聪眼明,能过目不忘。后来,那几只鹅成了饯别宴上的一道菜。

兰娘出来的时候,褚焕山刚与东门秀说完话。她们两个都是淮南人,私下讲方言土语,也不怕被别人听见。那日褚焕山并未久留,殷放鹤也觉出她志不在此,稍稍交代了两句,连晚饭也没留,就让她回去了。临别时东门秀追到门口,送她一碗鹅汤喝。

"怎么样?"东门秀满怀期待,红着脸问。

"师父喝了吗?"

"他尝了一口，说太烫，要等一等。"

屋里突然传来"哗啦"一声，殷放鹤嚷道："一时没留神，把碗打了。"

"唉，我就熬了这么两碗。"

褚焕山连忙道："我这碗就给师父吧。"

东门秀笑逐颜开："好得很，改天我让他多教你两手，不让其他人知道。"

拜师后，殷放鹤只传了褚焕山一招，是他师姐当年的绝技莲花手，一门坐着修炼的功夫。

向来习武者多为男子，下盘稳健，身量高壮，女子天生不及，褚焕山也早过了稳扎根基的年纪，殷放鹤就让她在双手上下苦功。

褚焕山有一双好手，纺纱织布，抽丝绣花，样样皆精，但殷放鹤先教她如何坐。

杀人之前，刺客多是坐着的，比站省力，比趴硬气。临动手杀气往上冲，往往让有经验的目标觉察，老刺客会用坐下这个动作压一压。至于正坐、反坐、跨坐、对坐、围坐，姿态不同，应对也各有区别，殷放鹤教褚焕山的是采莲女之坐。

船行水上，微风细浪，采莲女一手引舵，一手操桨，稍不留神就有翻覆之虞。在这样的情形下，她们竟还能腾出手来摘折莲蓬。殷放鹤的师姐就曾在一艘莲船上住了三年，白天一动不动坐在船舷旁，晚上她睡中间，采莲女和她的丈夫睡两边。

采莲南塘秋，莲花过人头。师姐身材娇小，遇到比她高大许多的目标却从未失手。今夜，褚焕山也凭那只莲花手取人性命。

她要杀的人是张蜀桐，官至治书侍御史，兼着国子监学正。褚焕山牢记殷放鹤的告诫，从始至终，只是杀人而已。

张蜀桐从车上扑倒，咽喉上有一个血洞，他尽力想要爬起来，往前走，却被一把快刀穿胸而过，钉在地上。再过两条街，就是京城城中最热闹的地方，人潮涌动，灯火辉煌，张蜀桐的魂魄已经飘去了那里。

刺客仿佛也用尽了所有力气，拄着刀柄待他死。

张蜀桐偏过头，那一手切断了他的气管，却没损伤声带："你拿钱杀我，我认命，我也拿钱买你办一件事。车里有箱黄金，一半给你，另一半还请送到萱花院，月行首处。顺便转告她，她的赎身钱，要再攒一阵了。"

"这话你自己去说。"刺客抬手拔刀，这下也用上了莲花手的巧劲，刀锋如麻，张蜀桐竟未感到丝毫疼痛，他甚至还能站起来，在夜风的驱使下，手扶残墙，一

步步往长巷的尽头挪动。这时,刺客突然道:"喂,你东西掉了。"

他低头,见地上落着一只珍珠耳环。

"怎么只有一只……"他嘟囔一句,弯腰去捡,时间就停驻在那里了。

第五章 入阵曲

他对着那双瞎眼磕过头、敬过酒、发过誓,今生只拜他一人,只跪他一个。

　　二更时分，张蜀桐之死已尽人皆知。三天内两位高官先后遭遇暗杀，让京城里人心惶惶。不少商铺提前打烊，生怕飞来横祸，断送了大好性命。

　　消息传到春明楼，酒宴刚过一半，席间都是官宦贵胄子弟，多在国子监进学，和张蜀桐相熟，一时纷纷唤来家仆，更衣醒酒，赶往张府吊唁。

　　只有周世洁不动，他已喝得半醉，枕在琵琶女的大腿上酣睡。

　　"去把你家少爷弄醒。"有几个青年人看不过，对周世洁的亲随道。

　　"少爷脾气大，他不自己醒，老爷都不敢叫。"

　　他们都是周世洁的同窗，年少气盛，家世显赫，从未把什么人放在眼里。

　　"我来试试！"有人推开家仆，弯腰对琵琶女道："入阵曲会吗？"他面孔白皙，还带着南方口音。

　　琵琶女低头道："会的，但弹得不好。"

　　"就弹最后一拍，我先敬你一杯，以壮声势。"

　　琵琶女待他喝完，道："大曲当佐酒，公子是懂音律的人。我不会喝酒，只能取醉意。"说罢，她用小指指甲在弦上轻轻一拨。

　　城北的李秋平蓦然抬头，几乎握不住手里的剖尸刀，他面前躺着一具尸体，浑身焦黑，分辨不清面目。刽子手提起毛笔，在纸上落下几行文字。于无声处响惊雷，不是有奸人离世，就是有贵人降生。四十年来，他只听过三次，都应在了头一桩上。

"有刺客！"周世洁一骨碌跳起来，拉开个奇怪的架势，踉踉跄跄，摇摇欲坠。

同窗们都笑了，同琵琶女说话的公子道："这就是你跟那刽子手学的把式？小娘子一样。"

周世洁的父亲官居四品，曾请来李秋平教过他一点防身的拳脚。周世洁开始时兴致高涨，每天缠着李秋平问东问西，半个月后渐觉厌倦，让人送了刽子手一百两银子，不许他再登门。

"你们懂啥，这叫……"

"叫什么？"

周世洁忿忿道："我答应了师父不跟别人说。"

同窗们又是一阵大笑。公子道："凭他也配得你一声师父？张师父可真是死不瞑目。"

"张师父怎么了？"

"他死了，咱们得去上炷香，点个卯，你去不去？"

"死了……真的死了？"

"这还能有假？"

"刺客抓到了吗？"

"算他跑得快，不过听说皇上已经下了旨，逃不了多久。"

这时有另个人插话："老周，我怎么看你还挺开心的。"

周世洁一怔，理直气壮道："那当然，他一死，咱们今年的策论就不用写了。"

"说的也是……"那人想笑，又连忙正色，"不过他终究是国子监的学官，礼数不能少，不然你爹面子上也过不去。"周世洁生性急躁，当初为他入学，周大人费了不少工夫，这在国子监里无人不知。

"那你们先去着，我还有事。"

"这么晚了，能有什么事……你诓我？"

周世洁嗤笑："赏花，赏月，都不足为你们这些外人道。"他打了个呵欠，顺势披上亲随递来的外氅，转身抓起马鞭凌空一挥："走了。"

花是萱花，月是月眉，两样都只能活在有情人眼中，睁眼同现，闭眼同寂。

他刚离了春明楼，就打发亲随给家里人报信："今晚不回去了。"

亲随一脸愁苦："可明天就是大小姐的好日子……"

"知道了,我准到,让大姐放心。"

支走亲随,周世洁连马也不愿骑,甩开缰绳当街打了一套拳,夜静更深,无人看见。这套拳一共二十五式,又叫梅花钗,以前在妓女间流行过一阵,用来对付醉酒无礼的客人。半年前,殷放鹤将其传给了自己的徒弟小嘎。

比起李秋平,殷放鹤才算他真正的师父。他对着那双瞎眼磕过头、敬过酒、发过誓,今生只拜他一人,只跪他一个。

当初借名的时候,周世洁跑得慢,落在最后。等他回来,东门秀已经开始伺候殷放鹤吃晚饭。

"你的名字呢?"瞎子嘴里含着汤,遥遥地问。

"我走出很远,都没有遇见一个人。"

"没有就继续走。"

周世洁闻着菜香,心里涌出一阵委屈:"我走不动了,只看见这个。"他手里提着一只灰野鹅,屁股上插着一支小箭,似乎刚从某个猎户手底死里逃生。野鹅张嘴,"嘎嘎"叫了两声。

从此他就叫小嘎。小嘎有个同门,叫做月眉儿,和萱花院中的某位花魁同名。月眉儿练功刻苦,寡言少语,甚至不知是男是女。

周世洁迷恋花魁月眉儿,已不是一两年间事。十四岁被同窗领进风月场,张蜀桐就已是独占花魁的入幕之宾,两人差着三十载岁月,出双入对却无比般配。周世洁为讨月眉儿青睐,常常一掷千金。

后来父亲周如璧去张府做客,见亭台楼阁修葺一新,一问下人才知道同僚建房,用的都是自家银钱。

月眉儿自觉过意不去,请周世洁喝了一次花酒。他们两个喝酒,张蜀桐就在旁边逗一只金丝雀,一边逗,一边道:"多喝点,钱都记我账上。"

喝到一半,周世洁已沉醉不醒,姐姐从菡亲自来接他回府。那日天寒地冻,雪花扑面,侍郎千金上了楼,将弟弟一步步背下来。她的马车就停在萱花院门口,占了半条街的风月。

周世洁行至萱花院,正好三更,比往常慢了一刻。离得最近的那条小巷突然被官兵封了,他只好绕道。萱花院上下都对他熟得很,刑部侍郎家的小公子,年少浪荡,风流倜傥,最要紧的还是囊中多金。

"月眉儿呢，怎不见她屋里的灯亮？"

"亮着，只上头罩了层黑纱，光透不出来。"

"谁死了？"

"张大人呀，难道你还不知道？月眉儿说，从今天起，她要为张大人守节，再不接客了。"

"胡说！"周世洁一拍桌子，"妓女不接客，这世间岂不乱套！"说着他就往楼上跑。

龟公和鸨母都扒着栏杆喊："周公子，下手轻点！"

月眉儿的房间在二楼东边的拐角，以往是萱花院里最喧腾的地方，烈火烹油，管弦不休，现在却连半个人影都没有。

找不到开门的仆从，周世洁一时不知该如何伸手，他盯着门框上写有"月眉儿"字样的红头花签，冷汗将后背都浸透了。他怀里也有支红头签，上面的姓名反复看过许多遍，仍是记不住。

"外面是周公子吗？请进来吧。"

"怎么进？"

"推门。"

"推不动。"

"你在拉。"

"什么是拉？"

月眉儿亲自打开门，手提一盏灯，将周世洁迎进去。青灰的烛光里，她白衣黑发，鬓边戴了一朵绢花。周世洁没见过她这么静，也没见过她这样美，像一阵骤雨，打在池塘里，涨落都悄无声息。

"听说张大人要给你赎身，就差一点，真是可惜。"

月眉儿也有些失落："妈妈开价三千两，我这里凑了凑，还差一半。"

周世洁摸出钱袋："这里有二百两，还有这块玉坠子，我从小就带着的，应该值点钱。"

月眉儿也不推辞，尽数收了，气度做派仿佛正经师娘。张蜀桐一妻二妾，都是书香门第出身，周世洁去过张府数次，一面都没见着。

"你不卖身了，以后靠什么活？"

"其实我会打拳。"

"什么拳?"

"太久没练,生疏了。"月眉儿随手摆了个起式,"小时候遇到个人,说我是练武的好材料,传了我两招。"

那是殷放鹤的梅花钗,耍得比小嘎还好。周世洁突然想起那个与月眉儿同名的师姐,心中泛起满满的侥幸。他看着花魁的手,又细又白,似乎比他姐姐的还要娇嫩,周小姐讲德容言工,指尖上都是被绣花针扎破的针眼。

"你跟我走吧,我帮你赎身,我养着你。"

"你爹会答应?"

"我可以在外面买个院子,多大、什么样子,都你说了算。"

月眉儿道:"大人发过誓,给我赎身后,让我做平妻,在那两个妾之上。"

"我能让你做正妻。"

月眉儿被他逗笑了:"这话只有一家之主能说,你呀,真是不讲规矩。"

同样两个字,张蜀桐也常讲。乌羌人入主中原,能废的都废了,连礼义廉耻都被赋予了全新的含义,可见连那些牧马放羊的人都知道,这二字是个好东西。

周世洁似是被月眉儿说服了,一双眼睛定定地,望着灯上的蛾子出神。今夜云淡风轻,却无星无月,楼下寻欢的男女也到了分别的时刻。退潮一样暗淡下去的城池里,只有更夫还是一个人。再过不到四个时辰,就是周家小姐的婚礼,两人郎才女貌,门当户对。当年周小姐来寻弟弟,新郎就在楼下看花,人走了,花谢了,徒留一个背影,成就一段姻缘。

姐弟俩是一母同胞,容貌极似,他发愁的时候,垂眉低眼,有一种沉静少女的神情。

不知过了多久,月眉儿突然道:"帮我做件事,我就跟你。院子不敢想,有间能遮风挡雨的房就行。"

"什么事?"

"杀了害死张蜀桐的人,替我报仇。"

第六章 红头签

十四岁之前,周世洁从未舍得离开她的裙裾半步。脖子上一对长命锁,她一个,弟弟一个,锁得住命,锁不住人。

暗室中,每人面前摆着一支竹签,签头上蘸了一点朱砂,像是眉心的红痣。

"在竹签上写下你要杀的人,不是绰号,不是代称,字迹要清楚,笔画要工整,不过……也不要太工整,免得被人认出来。"

一开始谁都没动,周世洁也在等。半晌,他左手边有人道:"我不识字,怎么办?"

"还有人不识字吗?"

包括周世洁在内,又有两个人举手。

"现在我们有两个办法,第一,把名字告诉我,我来写替你们写。"

这个提议很快就遭到了反对:"你只是个牵头的人,我们凭什么相信你。"

"那就用第二个办法,你们各自回去,把这几个字学会了再来。"

"耽搁太久了,不成。"

"成与不成,不该你我说了算。"牵头人就站在周世洁面前,衣袂联翩,呼吸可闻,他的每一句话,都好像是说给自己听,"这里的每一个人都冒着抄家灭门的风险,既不想留下任何痕迹,那就请出去吧。"

周世洁觉得一阵羞愧。他只想做一件快意之事,却没想到在享受那份快意之前,还要经历这样多未定的煎熬。他缓缓往后退了一步,又退一步,手肘抵在门板上,指头按着门栓。

门栓卡得紧紧的,就像月眉儿的眼帘,又冷又硬,不肯在他面前露出一点风情。

一想到月眉儿，周世洁的心就定了，他走到桌案前，提笔握签，端端正正地写下了老师张蜀桐的名字。

"就让我来做第一个吧。"他将红签往桌上一拍，从牵头人身边昂首挺胸，大步走过。

周世洁从萱花院出来，时辰已近四更，月眉儿将他送到门口，亲手扶他上马。

"事情办完了，就早点回来，我等着你。"

周世洁点点头。就在下楼前，他答应了月眉儿的请求。世间没有比这更荒唐的事了，但也并不是无法可想。刺客已经逃了，无人见过他的真面目，更无人知道是谁在那根轻薄的红签上写下了张蜀桐的名字。策马行出一里，周世洁已经打定了主意，他调转马头，直奔张御史的府邸。

张家正笼罩在一片愁云惨雾中。

张蜀桐死得突然，撇下了三个妻妾和六个子女，最大的年近三十，穿一身丧服站在正门口迎客，最小的那个还没断奶，被奶娘抱着，跪在灵堂上。他们都没办过丧事，空有双手双脚，却不知该往哪里放。

四周闹哄哄，张小少爷又哭了。

院中有识得周世洁的人，递给他三炷香，他就跟在几位同窗身后，向张蜀桐的遗体跪拜行礼。一头磕下去，听见旁边站着的两个人在讲话，吸气发声，呼气吐字，是高手无疑。

"现在吃得好喝得好，就是半夜吊丧受不了，太折腾。"

"这是萨满算的吉时，由不得你不信。"

"从前可没有这种做法。"

"从前……除了对着天地，跪下就拜的只有犯人。"

三叩已毕，周世洁顺着那四只黑靴子望上去，见是两个没有胡子的男人，一高一矮，一俊一丑，手拉手，头挨头，一片素白中，只有他们仍穿着一身红衣。正巧那两人也在看他，嘴含微笑，目光缠绵，俊的那个对他道："你是哪家的小公子？张御史是你什么人？"

周世洁不说话，自有同窗替他讲："他爹是刑部侍郎周如璧，张大人是咱们的座师。"

"深夜拜祭,果然是师徒情深。"

丑的那个突然道:"周侍郎官大,脾气也大,怎么他儿子却像是没长嘴巴。"

同窗道:"他平日舌头甜得很,但好话只对别人说。"

"男人还是女人?"

"月眉儿。"

两位红衣人了然一笑,月眉儿出道十载,艳名远播,连宫里人都知道。京城勾栏中有妓乐双绝,卖身月眉儿,卖唱东门秀,但在常人眼中,两者并无本质区别,一点名头上的差异,总能用别的东西轻易消弭。

周世洁上过了香,正要告辞,俊宫人却叫住了他:"你身上的功夫不错,哪里学的?"

"功夫?"

"嗯,就是这种杀气。"

周世洁这才惊觉,片刻前提起月眉儿,此时彼时,灯前誓,签上字,张蜀桐就躺在面前的棺材里,他是罪魁祸首,也立志为他复仇。五位不知面目的同门,外加一个殷放鹤,是他动了杀心。

"师父不让说,我也不敢问。"

红衣人问他的同窗:"你们知道吗?"

"当然知道。"

周世洁双手一紧。

"就是刑部的那个刽子手,叫李……"

"李秋平。"红衣人笑了,眼角露出几道细细的皱纹,"二十年前,我和他差点做了同门。"

"你也想当刽子手?"

红衣人摇头:"是他要当太监。"

天下刀法最好的地方,莫过于宫里的净身房。掌刑的刀子匠姓白,宫人们不敢称名,往往叫他一声师父。入宫如剃度,从此远离俗世烦忧,他就是带人渡苦海的头陀,"师父"两个字,不为过。

"那阵要进宫的人多,床不够睡,咱们只好躺在门板上。他见我年纪轻,让了我半爿。"说起旧事,眼前的生死便不算什么,"他有点怕,也有点羞,我俩都没穿裤子。"

"可我听说李秋平已经成亲了。"

"我不是说了吗，就差一点儿。"后面的事红衣人没细讲，周世洁也早知道。李秋平横空出世，成了京城第一刀。这时天色渐明，府中的哀泣也低沉下去，在同僚的声声催促中，红衣人将一柄小剑交给周世洁："带给你师父，顺便告诉他，我一直想找他叙叙旧。"

周世洁回到家中，已是身心俱疲，他一头栽倒在床上，睡得人事不省。但睡觉时也不安稳，梦中听见刀枪剑鸣，回望月上枝头，殷放鹤依旧坐在囚车上，奔赴刑场。雪亮的刀锋，乌黑的盲眼，行刑者却不是李秋平。

殷放鹤道："教你的梅花钗，你既然不用，那就还给我吧。"

周世洁悚然惊醒，见床前坐了个人，满头珠翠，一身喜服，正是他的姐姐周从菡。见他睁眼，周小姐道："我派人去月眉儿那里，她说你早就走了。"

"我去给老师吊孝。"周世洁擦了擦额头上的冷汗，翻身就要下床，"我的鞋呢？"

"你要去哪儿？"

"我的衣裳呢？"

"马上就是吉时了。"

"不还有半个时辰么，我有事要给爹说。"

"你现在这副样子，让爹见到，又要挨骂。"周从菡拉过他的手，细细抚摸他纤瘦的脊背，像安慰一个迷路的小姑娘，"有什么事，先跟我说说，省得又惹爹生气。"

周世洁将面孔埋在姐姐肩头，一滴滴眼泪顺着她的喜服滑落。周从菡见他落泪，痛惜不已。他们是同胞姐弟，亲娘去得早，临别前特地交代，让她多顾念手足之情。

十四岁之前，周世洁从未舍得离开她的裙裾半步。脖子上一对长命锁，她一个，弟弟一个，锁得住命，锁不住人。

周世洁趴在她耳边悄声道："阿姐，我杀人了。"

周从菡一笑："你哪有这个本事。"

"是真的。"

"杀了谁？"

"张蜀桐。"

周从菡眉头一皱:"不可能,我问过你的亲随,张蜀桐死的时候你还在春明楼喝酒。"

"那是根夺命签,我写了他的名字……"

第七章 姐弟

『山无数，烟万缕，憔悴杀玉堂人物……』

不知过了多久，周世洁仍未习惯黑暗。目力所及，只看见身前桌案上的一点灯火，仅有拇指大小，所照之地，不过方圆一尺，再远，便重新归于混沌。案头有一只蚂蚁，匍匐在烛光与阴影的交界处，一动不动，似是死了。

那烛火突然一晃，周世洁才意识到自己走了神。牵头人还在讲话，他的声音又轻又暖，像一泡温水，听着听着，总让人想起些好事。

"我们都有同样一个目的，除国贼，杀贰臣。但不幸的是，那些该死之人，也正是我们最为亲近之人，父母、兄弟、师友、骨肉……如何下手？如何下得了手？"

周世洁听见有人在低声哭泣，分不清是男是女，更多的则是叹息。他们要大义灭亲，周世洁只为私情。

"既然自己不忍下手，那就交给别人吧。"接头人顿了一顿，"也就是在座诸位。"

易亲而杀，这就是他们的办法。忍无可忍，没可奈何。

在他们七个人中，第一个动手的是夏庭芝。他写下了夏庭兰，抽到了洪铁崖。

夏二公子怀揣一把尖刀前去行刺，不幸失手被擒。听在场的侍卫说，第一刀扑空后，刀身嵌入木柱中，一时拔不出来，但他若肯弃刀，未必没有机会。就在他奋力拔刀的瞬间，乌羌武士赶来，一掌打折了他的手腕。

他们不是刺客，只有满腔义愤，纵使身手再高、心志再强，也难以成事。夏庭芝失败后，剩下的人费尽心机，从刑场上找来了殷放鹤。

周世洁将此事讲给姐姐听，生怕她不信，又从怀中掏出了他抽到的那根红头签。签上的名字他认得，人却没见过。那人叫做时又予，官至兵部左侍郎，扛刀的武夫，前朝的降将。

周从菡细看那根红签，笔迹甚是陌生。时又予戎马半世，杀名极盛，御笔亲题的江山柱国匾墨迹未干，他便开门揖盗，将东南干城拱手让人。想到周世洁竟妄图手持屠刀，与此人为敌，周从菡便又怜又恨，忍不住骂道："你这糊涂蛋，闯下这样大的祸，要是传出去，恐怕爹也保不住你。"

"我已经想好计策，绝不会连累家里。"

"谋害朝廷命官是诛九族的大罪，你说不连累，难道就真能撇得一干二净？周世洁呀周世洁……"周从菡突然连名带姓地叫他，"你这次是要把咱们都给害了。"

"阿姐……"

新娘肩头泪迹犹在，道道都往心尖流。

"当初就不该让爹送你去国子监，更不该放那个月眉儿活到今天。"

周世洁不敢争辩："阿姐救我，从今往后，我什么都听阿姐的。"

"你说已经想好了计策，讲来我听。"

"报官，将他们一网打尽。我们出入时都乔装过，没有人知道彼此的真面目。"

"七个人，漏了一个都不成，你怎么脱身？"

周世洁筹谋许久，侃侃而谈："去奴市上买个人，教他做小嘎。二百钱值条青壮，咱们出四百，不算亏待他。至于易亲而杀……张蜀桐风流半生，不信没有一儿半女流落在外。"

"此事何等隐秘，你是怎样知道的？"

"还没有计较，等问过爹了再做谋划。"

少年满头大汗，两道泪痕。他才十六岁，尚有新的梦没有做，许多疑不及解。

周从菡道："你的衣服脏了，脱下来换身新的，今天是我的好日子，你别给我丢脸。"

"那你什么时候去跟爹说？"

"吉时快到了，等我拜完堂。"她从熏笼上抓起两件外衫扔到周世洁床上，"讲了半天话，口渴了么？我去给你倒点茶来。"

"桌上不就有吗？"

"你肠胃娇贵，喝不得凉的。"

那衣服是周从菡亲自缝制，一针一线，俨然出自慈母手底。周世洁穿戴好了，对镜端详，见眼目俊秀，笑貌温柔，只少了一弯月眉相照。

这时周从菡端着一盏新茶进来："趁热，喝完咱们就去喜堂。"

周世洁接过来一饮而尽，对新嫁娘道："阿姐，你今天的衣服怎么不是以前定的那件？"

周从菡的嫁衣是她自己裁的，从头到尾缝了两遍，第一遍和娘亲宋氏当年的喜服如出一辙。

"爹不喜欢那个样式，让我重新换了。"

"长袍子，罟罟冠，你现在就跟个乌羌女人没两样。"

周从菡心里没底："看着奇怪吗？"

"跟别人都不同，我觉得比以前那件还好看。"

"那你就多看几眼。"

周世洁笑了笑，像小时候一样，抓着她的衣袖往外走，没走出两步，突然觉得肺腑一阵绞痛，他越发捉紧了那只手，不住地颤抖："阿姐，我有些不舒服。"说完他就倒在了地上，鲜红的血液顺着嘴角往下流，把还未穿暖的新衣也弄脏了。

周从菡知道他痛，却帮不了他，只低声道："再忍一忍，一会就不难受了。"

"阿姐，你……"周世洁的舌头渐渐麻痹，呼吸也越来越急促，沉重朦胧的视线中，只见周从菡自袖中取出一支红头签，却不是他的那根。

"小嘎，我是你师姐，我是月眉儿。"

拜师那日，殷放鹤说要借名。周从菡跑出庭院，才发现脚上掉了一只鞋，她不敢折回去，只好继续往前走。

周从菡选了一条大道，没有人与她同行。

四野荒僻，只有鸟鸣。走出二里后，黄土道上出现了一个骑驴的女人。她头戴幂离，脚蹬木屐，斜坐在驴背上，指缝里夹着把修甲刀，一锉接一锉，走得旁若无人。

她看见周从菌,便将肩背伏下来,靠在鞍鞯上,道:"你要去哪里,若也到野狐禅院,我就送你一程。"

"不必了,我等家里人来接。"

女人撩开幕离,露出一张未施粉黛的秀丽面孔:"别怕,我不是坏人。"

周从菌点点头:"不是坏人,你是妓女。"

"你认得我?"

"看着眼熟。"

女人笑了:"那就是你的丈夫认得我。"

周从菌与未婚夫相识,就在一间妓院中。年轻人连饮了三杯烈酒,追在侍郎家的马车后跑了一路。北风呼啸,大雪弥漫,车檐上周府的灯笼随风摇曳。周从菌掀开窗帷,见寒夜中的雪地上拖着两道痕迹,一边是足印,一边是车辙。

"野狐禅院里只有和尚,你做不成生意。"

"那里的菩萨灵验,我是去还愿。"

妓女最大的两个愿望,一是生意兴旺,二是早日从良,无论实现哪一个,都值得庆贺。

"你比我命好,"周从菌说,"我也许了一个愿,不知道能不能应。"

骑驴的女人直起身子,伸手把木屐脱下来:"男人靠不住才信命,你还没到那天。"她的脚并不像手掌那样细嫩,后跟上有厚厚的一层老茧。

"拿去穿吧,回家有人给我洗脚。"

周从菌犹豫了片刻,接过木屐问:"你叫什么名字?"

"真名还是花名?"

"随你喜欢。"

"月眉儿。是哪三个字,问你丈夫就知道。"

周世洁轻轻呻吟一声,把周从菌的喉咙都叫得紧起来了。

最厉害的毒药并非无色无味,而是由最无防备之人亲手喂下。周从菌第一次动手,就悟出了这个道理。门外阳光耀眼,早上有两只喜鹊飞入庭院,歇在最高的那枝芍药上,吱吱喳喳叫个不停。典雅的鼓乐从前院飘来,先是凤求凰,再是

喜迁莺,然后又变成了一首异族乐曲,恨不得将古往今来所有恩爱美满的故事都演绎一遍。

周从菡耳中是人月两圆,眼前是骨肉相残。窗棂外花枝轻颤,劲瘦的阴影刮在周世洁脸上,忽上忽下。

"我不能让你去报官,更不能让你见到爹。"

周世洁的眼睛迅速黯淡下去,嘴唇却抖动得更加剧烈。

"我要杀的人本不是你。"

话已至此,结果呼之欲出,但周世洁全都无暇顾及。

"阿姐……"

"我听着。"周从菡将脸颊凑到他唇边。

"我要买栋大房子……把月眉儿接过来……一起住……"在他短暂的生命中,似乎只剩下这一个愿望,就像今日黄历上所写的那样,诸事皆宜。

密谋杀害张蜀桐的小嘎死了,死在月眉儿手上。

丧事还未预备好,喜事还得继续办。周从菡擦了擦脸上的眼泪,将弟弟的尸体搬到床下。刚刚失去生命的肉体,肌肤仍然光滑温热,肋下有一块硬物,周从菡拨开衣服,见是一把红色木鞘的小剑,柄缠金线,身镶玉石。这样贵重的东西,并不是周世洁所有。

或许是昨夜在萱花楼时,月眉儿给他的定情之物。周从菡拿在手中看了很久,终究不敢肯定。这时,廊外响起一阵纷乱的脚步声,夹杂着欢言笑语,环佩叮当,是周侍郎亲自为女儿挑选的几个陪嫁丫头,个个年轻貌美,多情多艺。

周从菡迎出去,站在芍药花下等她们。

"小姐,时辰到了,老爷请您去喜堂。"

"韩公子呢?"

"早来了,正和老爷说话。现在就差小少爷,到处都找不见人。"

周从菡道:"差人去萱花院,问问那个月眉儿。"

小丫头犯了难:"这个时候,恐怕里头的人还在睡。"

"那就多带几个家丁,把他们都叫起来。"

小丫头唯唯称是,刚要转身,又被周从菡叫住了。

"这是月眉儿的刀,拿去还给她。"

此时正是艳阳高挂，彩云相随，远处的喜堂里云板一响，丝竹声起，字字句句唱的都是"山无数，烟万缕，憔悴杀玉堂人物"，周从菡一面听一面往那里走，心里转的第一个念头却是：到底不如东门秀的嗓子好。走出两步，又记起给东门秀赎身，用的是她的体己钱。

第八章 拜堂

两个披红挂绿的女人搀着她连拜三次,向天,向地,向父母高堂。新郎的父母笑中含泪,而她只有一个爹爹,黝黑面庞,大红衣衫,正瞧着她轻轻点头,仿佛仍在说,等拜完以后。

东门秀的肚子已经八个月了，干不得重活，但殷放鹤双目失明，身边离不了人。今日没有徒弟过来，他也乐得清闲，自己搬了把椅子坐到门口，听东门秀一边缝衣服，一边哼曲子。

殷放鹤低头一算，夏庭兰加上张蜀桐，不到三天已有二百两银子入手，哪怕接下来的刺杀全部失败，也足够他在苏州扬州置办间庭院，或是几十亩桑田稻田。

到时东门秀的孩子也该出生了。

"咱们还是请个用人吧。"殷放鹤说。

"以前也跟你提过，可你嫌灭口麻烦。"

"事前就说好，多给些银子，不叫他做糊涂鬼。"

东门秀停下手："还是算了，总听你跟他们说因果，我也想给这孩子积点德。"

灶上的水开了，白气把壶盖顶得上下翻腾，东门秀连忙起身，把滚烫的热水倒进一个陶碗里，她拿手轻轻扇了扇，就端给殷放鹤喝。

"又是羊肝决明汤？上回不是说好，不喝这东西了吗？"

"你怎么知道？"

"臊得很。"

"越臊越起效。"

"又是那个乌羌大夫说的？"

"瞎讲，人家是异域大夫。"

"总是差不多……"殷放鹤牵过东门秀的手，把头放在她肚子上，"你说是儿子，我都没见他折腾过。"

东门秀道："他在想他爹。我跟他说了，好好守三年孝，不然我就不认他。"

殷放鹤捏着鼻子把药喝完，又吃了几颗冰糖，嘴里仍是苦。东门秀竖起两根手指，在他眼前晃："怎么样，好点了吗？"

"只看得见点光，红的，黄的。"

"红的是太阳，黄的是火。"

"你呢？"

"我穿了一件蓝衣服。"

"我闻出来了，有水气。"

"少胡说。"东门秀推开他，坐下来继续穿针引线，"等银子都拿到了，咱们去哪里？"

"你不想回淮南？"

"爹妈死得早，还有个妹妹，和我同一天被卖。我来了京城，她……我不知道。"

"你就不想去找她？"

"找过，"东门秀说，"后来就不找了。她过得好，我心里难受；她过得不好，我更难受。"

"那就随我回衢州，那是我老家。"

"你老家还有人？"

"有，但他们不认我。"殷放鹤像是坐得有些不舒服，攥着扶手站起来，院门没有上栓，两片木板被春风吹得来回作响，"放鹤这个名字，就是问他们借的。"

"我家是衢州的名门，祖上出过京官。三十年前乌羌人南下，围城打了三个月，损兵折将，无功而返，当时负责守城的县令就是我爹。"

东门秀惊讶道："想不到你还是忠烈之后。"

殷放鹤摇头："我不是忠烈，你去看衢州县志，里面写得清清楚楚。"

"后来还是降了？"

"见多了屠城,不得不降。城里还有几万人,总得给他们留条活路。开城门的时候我爹在家里上吊,第一次绳子断了,第二次他用自己的裤腰带,谁知又断了。"

"这是老天不肯收他的命,那就好好活着吧。"

"天不收,有人收。后来族里的几个叔伯请刺客暗杀我爹,来的就是我师父。"

屋里的血腥气还没散,杀手就在他耳边说,去吧,随便借个名字,无论好赖,总能替你死一次。他推开门,见槛外站着三个人,神情坦荡,器宇轩昂。这三人他都认识:一个姓殷,是族长之子;一个名放,在家塾中任职;最后一个自号为鹤,早已弃官归隐,终日无所事事。三位看见他,都露出钦佩之情,纷纷称赞杀手诚信守诺,说杀一人,就只杀了一人。

东门秀听得仔细,手上没留意,被绣花针扎破了拇指。她一时间竟不觉得疼痛,只是追问道:"就是他们杀了你爹?"

"杀我爹的是师父。"

"他们出的钱。"

"钱不能杀人,"殷放鹤想起凭空飞来的那二百两银子,白花花,晶亮亮,正静静地躺在木箱中,还没被任何人碰过,"但可以买命。你不也是我买来的吗?"

东门秀听了,不再说话,拇指上的血还在流,却已没有了做活的兴致。突然,殷放鹤"啊啊"号叫了两声,跌坐在椅子上。东门秀慌忙站起,衣服顺着她的膝盖滑落。

"怎么了,是哪里不舒服?"

殷放鹤指了指自己的眼眶,抖抖索索道:"我……我能看见点东西了。太阳……火……还有你……"

"我?"

"你穿白衣服真好看。"

周从菌被丫头们簇拥着,走进喜堂,有个花白胡子的中年男人迎上来,是当朝的刑部侍郎周如璧。

"三催四请,大小姐终于肯出阁了。"

她屈膝行了个礼,道:"不疑呢?"

"果真是嫁出去的女儿,一见面不问爹爹,只问夫婿。"

周从菡也不分辩，只是笑："几个姨娘时时缠着你，我再问，怕你烦。"

"她们年纪轻，见识也浅，我只图了眼睛舒服，却不料耳朵造孽。"这时有仆妇过来禀报，再过一刻，就是吉时，周侍郎环顾四周，眼神又落到周从菡身上："你弟弟呢？他跑到哪里去了？"

"一晚上没见，大概又睡在月眉儿那里，我已经派人去叫了。"周从菡顿了一下，这一字一句，并非虚言。

养儿如此，周侍郎只得喟叹："你娘亲何等规矩，生出个儿子却最欠规矩。"

"娘亲她……"琴起箫落，周从菡抬头，见未婚夫韩不疑正站在人群中，身前是满堂傧相，身后是白发爹娘，目光相交处，举杯对她轻轻一晃，再有什么话，就都化在这一饮一啄中。

周从菡亲眼所见，乌羌入城后的腊月初八，生母被周侍郎请入了佛堂。

那时周世洁刚刚满月，还没取好名字，外面兵荒马乱，一两银子能换三斤人肉。周如璧钉死了门窗，一家人守着半锅米糊充饥，幼子无力啼哭，只会流泪，周从菡胸前的衣服从未干过。

周从菡生母姓宋，是某位郡王之女，当年平步青云靠她，如今改换门庭也要靠她。周侍郎将宋氏引到菩萨面前，双膝及地，向她叩首三遭。宋氏俯瞰下来，只见丈夫顶上数根乱发，是抚是拔，乱人心智，但她最后却伸出手指，一一捋顺了。

娘子低眉问了一句，侍郎怒目答了数声，或走或留，或怜或爱，周从菡一字都没能听清。两人说了许久，宋氏都只是摇头，侍郎沉默片刻，在她手上写了几个字。周从菡后来才知道，写的是弟弟的名字。宋氏面露微笑，终于应允，侍郎便站起来，一把箍住她的脖子，将她拖到帷幕后面。

香案上的佛像突然剧烈地抖动起来，宋氏紧紧抓着厚实的纱帐，在上面留下一个浅浅的掌印。只听"喀"的一声，她手上的珠链断了线，十几颗圆润光滑的檀木佛珠滴溜溜滚了一地。

炉中的线香还没燃尽，周侍郎俯下身，帮她把散落的佛珠收好了。随后他让周从菡抱来弟弟，顺手解开了宋氏的衣襟，说，现在找吃的不容易，我刚才摸了摸，应该还有几口奶。

婴孩闻见奶香，不用人教，自动伏在胸脯上，发出咂砸的吮吸声。周侍郎有些羡慕地道，你先吃饱，明天咱们就能吃好。

后来周侍郎东山再起,得封高官,请教坊里的杂剧班子来家里助兴,不知是谁,点了一出吴起敌秦拜将记,有一个正末唱罢"那吴起是何等样人",另一个便接口道"杀妻为求将,母死不奔丧",周侍郎一碗热茶都洒在鞋上,还正襟危坐,与诸位同僚谈笑风生。

从此,这"活吴起"的绰号就在京城不胫而走,周侍郎知道,韩不疑也知道,但他依旧登门来求亲了。

拜堂前,周侍郎对新娘道:"归宁的时候,陪我走一趟野狐禅院。"

"还求官运亨通?"

周侍郎压低了声音:"我在那儿给你娘立了个衣冠冢。"

宋氏死后三日,尸首被乌羌人带走,从此下落不知。几年后,传来南平六座帝陵被盗掘的消息。

"怕被人知道,名字都不敢刻。我在里面埋了串佛珠,当初装殓的时候偷偷藏的,用樟木箱子装着。"

"樟木好,不生虫。"周从菌无力细听,只有顺着他说。

老父亲干涩的唇齿,韩不疑明亮的眉眼,她定了定心神,还有交杯酒没喝。

"那佛珠上还有种香气,以前人用的,现在买不到。"

"野狐观有八百墓,你埋的是哪一座?"

"时辰到了,等拜完堂再说。"

周侍郎将新妇交到喜娘手里,两个披红挂绿的女人挽着她连拜三次,向天,向地,向父母高堂。新郎的父母笑中含泪,而她只有一个爹爹,黝黑面庞,大红衣衫,正瞧着她轻轻点头,仿佛仍在说,等拜完以后。

拜完美满夫婿,再拜薄命娘亲。

年轻的新郎转过身来,目光灼灼。

韩不疑是有名的少年才俊,身材高大,面容白皙,他自幼饱读诗书,还写得一手好书法。若在前朝,应能中个进士,至少二甲,但如今科举已废。幸有良缘天降,也算登科。

站在众人热切的目光中,韩不疑却没有动。两个喜娘心眼转得快,连声道:"新娘子都没脸红,您害什么羞呢。"

"你在等谁?"周从菌问。

"我跟世洁说好了,第一杯酒要先敬他这个媒人。"

"日子长着呢,时间多的是。"

"当初我也这么想,春天的时候,我还和夏庭芝有个赏花之约。"他声音很小,只有周从菡听得见。

"我已经派人去找了,总能找着的。"

"好日子也敢迟到,等拜完堂,我要罚他三杯。"

又是拜完堂。"那就拜吧。"周从菡说。

两人干净利落地行完了礼,随后喜娘为他们奉上水酒,一个敬公爹,一个敬岳父。

这才是刺客月眉儿今日的目标。

第九章 搏命

贵足履贱地,一般只有两个理由:一是自嘲,二是自愿。

　　进入暗室良久，周从菡却没有丝毫局促。

　　深湛的黑暗中，只有牵头人在说话。他的声音极有节奏，韵律分明，就像是独坐台下观一场精彩大戏，每一句台词都是从天上掉下来的，砸在看客眼前。演的是别人的故事，却又与自己息息相关。

　　在这七个人里，只有她与韩不疑知晓彼此的身份。这时，身旁的未婚夫凑过来道："他刚才说私下不能打听结果，却没说不能打听身份。"

　　周从菡一笑："你想知道谁？"

　　"对面那位，是个女人。"

　　"女人就不能杀人？"

　　"要杀的都不是凡人，但你听她走路，穿的是双草鞋。"

　　周从菡从小到大，只穿过缎鞋。

　　"贵足履贱地，一般只有两个理由：一是自嘲，二是自愿。"

　　周从菡道："她是要隐藏身份？"

　　韩不疑摇头，缓缓说了四个字："不食周粟。"

　　周从菡静默片刻，抽签已经开始，她回过神来，抢在韩不疑前面拿到签筒，此时里面还剩五支红头签。周从菡手指一转，在其中一支背后摸到了个模糊的指甲印，那是她在落笔时悄悄按上去的。

她将签筒递给韩不疑："你先来。"

未婚夫抽完后，那支留有印痕的红签仍在，周从菡松了口气。她匆忙取走自己那支。余下的三个人中，有一人将要去行刺她的父亲。

韩不疑问："你抽到了谁？"

"规矩说了，不能打听。"

"我不看，就摸一下。"

"你能认得出？"周从菡半信半疑，将红头签递到韩不疑手边。他伸出两根手指，像诊脉一样轻轻搭在上面，过了一会，他说："你能办得到，是支好签。"

出暗室后，韩不疑送周从菡回府。车过柴市口，周从菡撩起车帘，见李秋平站在街角，正在卖刀。刀柄长，锋刃窄，专用来割胸腹上的肉。半年之后，夏庭芝死于同样的刀下。据说此刀血光冲天，挂在家里能驱邪避凶。

买主接过刀，低头诵了声佛。李秋平收了钱，转身就往桥上走。

周从菡问："他是要去哪儿？"

"八成是萱花院。每次杀完人，我都能在那里遇到他，但好像从来没见过他找姑娘。"

"以前你比他去得还勤。"

韩不疑一笑："很久不去了。"

夏庭芝是韩不疑的挚友，从小一同长大，凌迟他的那把刀，韩不疑托人悄悄买了下来。

周从菡与韩不疑在门前分别。时值傍晚，半个月亮刚升起来，他站在石阶下，手里提着一个纸灯笼，与门前的石狮子相对而立。周从菡走到背光处，拿出袖中的红头签，如今已被体温捂得温热，签上只写着两个字：韩敬，笔迹与婚帖上的八字如出一辙。

户部侍郎韩敬，韩不疑的亲生父亲，正如侍郎千金写下了周如璧。

韩不疑早就料到，月眉儿会在此时动手，两个新婚眷侣，一对搏命鸳鸯。

周从菡看韩敬毫无怀疑地喝下那杯毒酒，药性之烈，她已在周世洁身上见识过。

她屏息敛手退到一旁，静待药效发作，突然身后传来重物倒地之声，猛一回头，见几个姨娘面面相觑，周如璧匍匐在她们裙底，脊梁静如平湖，已然没了呼吸。

而新郎正站在他身边,手里握着把滴血的小刀。

门口的侍卫听见响动冲进来,其中还有两个乌羌武士。他们将韩不疑团团围住,一声呼啸,刀剑出鞘。

"慢……慢着!"韩敬站起来,用乌羌语喝止他们。他喉头蠕动几下,嘴角流下乌黑的鲜血:"不疑,你……"话未说完,他就倒在了周如璧身边,胸膛起伏,似还有气。

堂中顿时大乱,乌羌人要捉拿凶手,傧相们却叫着要请大夫,周从菡匆匆望了韩不疑一眼,立时被他抓过来,将一把小刀横在她的脖颈上,道:"让开,否则我就要她的命。"

众人都是一怔,忽然有个丫鬟满面惊慌地跑进来,将一室刀光剑影视若无物。

"小姐,少爷死了!"

几个姨娘一边拭泪一边训斥:"喊什么,老爷也死了。"

丫鬟低头,见周如璧的心口热血蜿蜒连绵,淌了一地,正向她流过来。

周从菡道:"你先别怕,给姑爷把路让开。"

乌羌武士喝道:"不能让!"

姨娘们也说:"把门关起来,别放走他!"

"等等……"地上的韩敬并未立刻咽气,他一字一口血,却还要讲话,"此事尚有蹊跷……"

武士冷笑:"他杀了人,罪证确凿。"

"我也遭人暗算……"

"南人向来诡计多端,大汗说了,信不得。"

"现在该叫皇上……"

"你们的皇上跳海了。"乌羌武士不再理会,挥刀直指韩不疑,"要么现在投降,要么等着我把你的手脚都砍下来。"

韩敬气急攻心,竟在弥留之际挣扎而起,双手按住武士的刀柄:"就算他真杀了人,也该收押审问,明正典刑!你怎能……怎能……"话还没说完,力气已耗尽,户部侍郎瘦削的头颅缓缓垂下去,搭在武士的手腕上,像一件穿旧了的厚衣服。

武士提着他的衣领,将他和周如璧的尸首丢在一起,对周府的妻妾道:"你们好好看着,这些都是罪证。"

最年轻的四姨娘垂泪道:"他又不是我男人,凭什么让我看着。"

武士听了点头称许:"只听丈夫的话,是个好女人。"说着,他将此女上下打量一番:"长得也不错,你丈夫没了,跟我回去吧。"

"我……我还得守孝。"

"多久?"

"至少三年。"

"给你三个时辰,晚上我就来接你。"

四姨娘拉着周如璧的手不放,泪眼婆娑,犹有余温。

韩不疑冷笑:"果然蛮夷。"

"我改主意了,"乌羌武士笑着将刀收回鞘里,"我要把你交给李秋平,让他在你身上剐三千刀,少一刀也不能死。"

他正说着,李秋平就到了。刽子手一身布衣,头发梳得服服帖帖,他手里提着两只鸡,恭敬地站在庭院里。

"下官李秋平,来贺周老大人之喜。"

武士说:"周大人已经死了。"

李秋平看了看带来的贺礼:"总不能再带回去,不如就当做奠仪了。杀老大人的凶手是谁?"

武士一指韩不疑:"你看他怎么样?"

"骨肉均匀,肌腱相宜,挺好的。"

"想不想剐?"

"想!"

武士大笑:"给你了!"

"现在不成。我是刑部的刽子手,只能剐判下的犯人。"

"我已说了,他就是凶犯。"

"皇上御批的勾决书在哪里?"

"推三阻四,你还是个男人?"

李秋平倒吸一口冷气:"差点就不是了。"他走到门口,将带来的两只鸡交给丫鬟,又对韩不疑道:"把刀放下,你是刺客,不是武夫。"

周从菡闭上眼,她脖子上的那把刀正在颤抖。李秋平十五岁开始杀人,熟悉

每一把刀的秉性,他能和它们说话,语重心长,教诲谆谆。

韩不疑是久闻李秋平的大名了,两个人却从没面对面说过话。

"我是武夫,你是什么?"

"半个屠夫,半个懦夫。"

乌羌武士咧嘴一笑。

"你看,连他也承认。"

日光当头,韩不疑无意久留:"你放我走,我以三百两白银相赠。"

"你走吧,我一文都不要。"

"谁敢!"乌羌武士急了,抽刀怒斩,宽阔的锋刃在空中划出一道刺眼的弧线。李秋平随手一抓,就把它收在手里,白日入咸池,飞鸟投深林。李秋平回头道:"算了吧,生死不在这里。"

"周大人对我有提携之恩,他家千金的性命,我得顾忌。"他什么人都没有看,不知是说给谁听,"你们走,别被人抓住。"

四姨娘目送这对小夫妻离去,韩不疑带走了周从菌,乌羌武士将带走她。周侍郎的身体已经冰凉,蕴藏的最后一点温度,也逐渐消散殆尽,她紧紧握着丈夫的手,却只留下花白的头发和松弛的皮肤。四姨娘默默望向她的几个姐妹,她们也正看着她。

"早知道当初就该答应那个卖油饼的……"她突然站起来,一头碰在白墙上,死了。

第十章 坳口

简陋的驴车左摇右晃,驾车的老头哼着陌生的谣曲,他满面笑容,高举长鞭,心里头却想:等到下一个坳口,就该停车了。

　　李秋平擅望气，这是从刀子匠白师父那里学来的本事。去势与其说是斩断一截肉体，实则是割去男人身上的雄性之气。自古就有阳气重的宦官，即使肢体残损，多年后竟也能长出一段假阳根。凡此种种，屡见不鲜。于是宫里立下规矩，每隔五年，刀子匠会查验所有的宦官，以免秽乱中宫，龙庭易主。

　　好的刽子手也要会这一手，行刑之前，必先斩断活人的生气。

　　人是万物灵长，生不尽，死不灭，上古有刑天舞干戚，商周有彭祖寿八百，李秋平相信，这些传说都曾真实存在。某人汲汲于生，某人心念未成，只要他们愿意，就能一直活下去，不管是在此处，还是在彼处。

　　白师父死在六十岁上，弥留之际，他对李秋平说，跟人约好了，现在必须走，从此十根手指再不碰剃刀，改拿绣花针。你看窗户上站着的那只翠鸟，好看不好看，都是我一针一线绣出来的。话还没说完，翠鸟就飞走了。李秋平看得清楚，那鸟嘴里叼着一只蜈蚣，它就是白师父的生气。

　　韩不疑与周从菡的生机已断，但周围的人却舍不得他们死，人心比天大，仅凭乌羌人的一把刀，是杀不动他们的。李秋平问过来龙去脉，对武士道："你不该看上那个女人，也不该再留韩大人活那么久。"

　　武士为难："可我总不能亲手杀了他。"

　　"那就割了他的舌头。"

这时，有个青衣人从角门进来，对李秋平道："他们牵走了两匹马，正奔东门去。"

"你师兄呢？"李秋平正在验看地上的三具尸体。

"还跟着。"

"别丢了。"

"是。"那人答应一声，越墙而出。

武士问："这就是你新收的徒弟？资质不错。"

李秋平摇头："是个犯人，受过我的刑，割了样东西。他没地方去，就留在我身边了。"他推开桌案前的傧相，将上面的红烛瓜果统统拂到一边，在礼单背面蘸着金粉朱砂奋笔疾书。

武士好奇，凑上来看："你在写什么？"

"我的一本医书。今天运气好，除开那个中刀的，毒死的、碰死的，都不多见。"

武士叹道："这算什么运气，你没赶上咱们南征的时候，一路上什么死法都有。"

韩不疑与周从菡一出城就用马换了辆驴车，再出几两银子，雇了个老头当车夫。

"去登州，这是定金。"韩不疑脱下绸缎喜服扔给老头，"等咱们到了，还有别的好处。"他将周从菡扶上车，自己也挨着她坐下，掩上了车门。

京城巍峨的城楼在渐渐远去，周从菡脖子上的血已经止住了。她出城前想了一路，从父亲到弟弟，再到母亲无名的坟冢，突然，她敲了敲车门，对正唱着俚曲的车夫道："先去一趟野狐禅院。"

韩不疑点头："上路之前，是该去求个平安。"

奔波半日，周从菡早已筋疲力尽，她屈在韩不疑怀中，细声道："就在拜堂前，我爹跟我说，他给我的生母宋氏在野狐禅院立了个衣冠冢。"

"原来你亲娘姓宋。"

"她是前朝宗室，当年还很有些名气。"

"或许我爹听过。"

"离经叛道，不是什么好名声。"

好名声，坏名声，韩不疑却只想着，应不会比弑父杀翁更令人侧目。

"当年有套小曲唱过这事，扮宋氏的是东门秀。"

"小曲我不大听。"

"不听也好,你已经成亲了,往后教坊院要少去。"

"嗯,再不去了。"

周从菡似乎更倦了:"他说等拜完堂,就告诉我宋氏的下葬之处,但你却先动了手。"

韩不疑抱紧她:"我陪你一个一个找,总能找得到。"

周从菡嗯了一声,她心中还有许多谜团未解,却不想再问了。韩不疑身上有她的血,也有自己的汗,但他们还活着,并期望一直活下去。

冬去春来,野风浩荡,路途仍旧漫长,但终究是有些不一样了。简陋的驴车左摇右晃,驾车的老头哼着陌生的谣曲,他满面笑容,高举长鞭,心里头却想:等到下一个坳口,就该停车了。

第十一章 杀意

酒浆浓酽,殷赤如血,顺着木板的缝隙,滴入楼下的河水中,此河连通惠,入京杭,再由京杭纵贯南北,接五湖,汇沧海——这不是江水,是二十年流不尽的英雄血。

　　韩周二人落网那日，殷放鹤已经收到消息。朝廷的牢狱是什么样子，他知道得一清二楚。通风报信的是兰娘，他进门就道："巴察汗出事了。"

　　巴察汗是韩不疑借来的名字，他运气不好，出门遇见的第一个人是位配着腰刀的乌羌武士，回来时眼角多了一道瘀青。

　　殷放鹤连忙问："失手了吗？"

　　"成了，但他带着老婆，没跑掉。"

　　"那钱就不能退了。"殷放鹤自从眼睛有了起色，天天药不离手，"刑部除了李秋平，只有两个差官腿脚够快，人称一老一少。"

　　"听说过，老的是翁白头，少的是滚地青。"

　　殷放鹤长叹："当初在牢里，就是翁白头给我用的刑。"他低头喝完了手里的药，却找不到放碗的桌案，兰娘顺手接过来。殷放鹤突然握住他的手臂，道："你知道巴察汗的身份，你们私下说过话了？"

　　兰娘一惊，空碗掉在地上，摔成几瓣。

　　东门秀听见动静，在院子里叫道："喝，再苦你也得喝！"

　　兰娘蹲下来，将碎瓷片一枚枚捡起："我找巴察汗换了红头签，他原本的目标是夏庭兰。"

　　"他竟也肯同你换。"

"一开始不愿，过了几天，突然就答应了，还送我一把刀，让我凭此刀取夏庭兰性命。"

殷放鹤看过这刀，刀柄长，锋刃窄，握在手中轻飘飘，最适宜剜皮割肉。

"你和夏庭兰有仇？"

"没有，但夏庭芝死后，我就动了这个念头。"

"你们素昧平生，甚至连真面目也没见过。"

"风骨难得。"

夏庭芝受刑的时候，兰娘正在对面的酒楼上喝酒，白日观刑，那里向来是最好的去处。易亲而杀的第一次行动就宣告失败，并不是个好兆头，兰娘唯恐有朝一日，也会有别人坐在这里看他。

夏庭芝遍体鳞伤，仍然怒骂不绝，兰娘不忍再看，低头将杯中残酒往地上一泼。酒浆浓酽，殷赤如血，顺着木板的缝隙，滴入楼下的河水中，此河连通惠，通惠入京杭，再由京杭纵贯南北，接五湖，汇沧海——这不是江水，是二十年流不尽的英雄血。

人生最难至极致，无论生死，夏二公子都已做到，兰娘自忖差他甚远。夏庭芝父母双亡，与亲兄相依为命，他在红头签上写下的名字，谁都猜得到。

殷放鹤曾与夏庭芝比邻而居三个月，两个人见面的时间比二十年来兄弟相聚还多。他们反复推演过那场刺杀，殷放鹤静极思动，自愿做他的目标，夏庭芝竭尽全力，一次也没能得手。

殷放鹤问："你不会使剑，为什么下手的时候要选择用剑？"

"剑是百兵之君，我奉大义之名，讨伐无道。"

殷放鹤茫然："大义是谁？是他教你这么使剑的？"

"这龟孙早就走了，到处都找不到。"

"岂有此理，真是误人子弟。剑走直刺，他却教你劈砍，那是刀法。"

"刘玄德战吕布的时候也有这么一招。"

这两个人殷放鹤就认得了："所以他们三兄弟联手也没能讨着便宜。"

"那你怎么说？"

殷放鹤用泥土抟了两个圆球，又从草席里抽出一根麦秆，面墙而立。他将两个圆球叠起，单手持麦秆，将其顶在墙上，剑与鼻齐，呼吸绵长。

"持剑以柔，出剑为刚，你照此法练习，一月后换木球，半年后换铜球，功力再深，就可以用铁球试试了。"

殷放鹤的剑法，最后落在五个字：握剑如握茎。即使再粗豪的莽汉，一旦握住此处，用力也能适当无比。

牢里的人都以为夏庭芝一案应会从轻发落，只有他自己不这么想。某天夜里，殷放鹤被夏庭芝叫醒，二公子浑身是汗，目光呆滞，隔牢门抓住他的手问："快看，我的头还在不在？"

殷放鹤睁眼一瞥："不在了。"

夏庭芝摸了摸后颈："那我现在脖子上的这个是什么？"

"睡醒了就知道。"殷放鹤甩开他的手，翻身睡觉，早上醒来，见夏庭芝浑身赤裸，手握麦秆，对着墙壁顶了一夜泥球。

但夏庭芝自己也没想到，最后勾决书上写的竟会是凌迟。

瓷片细小，有一块滚到床下，兰娘伸手去够，听见殷放鹤在头顶上深深吸了口气，很是惋惜地道："上次是你，这次怎么又是你呀……"

兰娘将瓷片夹在指间，双脚一前一后，在殷放鹤面前站定："师父今天还要见其他人吗？"

"你们让我教刺杀术，我教了，其他的不关我事。"

殷放鹤直起身，久未练武的躯体有些消瘦，他眼皮浮肿，肌肤苍白，静静地坐在椅子上，像一个文弱书生。刺客的生命本不长久，最风光不过十年，时间一到，尘泥俱下，失去胜负心是第一步。

世道艰难，文统衰落，武道大兴，两人相见，多用刀剑说话。刺客出头越来越早，十七岁前不成名，过两年再见面，多改作富贵人家护院。殷放鹤会过几个晚辈新锐，皆有天才之称，杀人夺命，如自斟自饮，与他们等同一单生意，不到三十已是力不从心。

殷放鹤入狱前取的最后一条性命，是位坐拥百亩良田的乡绅，家里养了七个儿子，五个出钱买他翌日就死。殷放鹤收了定金和封口费，从墙角的狗洞钻进来，悄无声息地潜进他的卧房，等子时一过，手起刀落，将其捅死。

第一刀偏离心脏两寸，乡绅猛然惊醒，喉咙里发出细弱的哀鸣。这是殷放鹤

知音动漫重磅大作

福布斯2018亚洲精英榜上榜作家**天蚕土豆**燃魂新作

《元尊11·苍玄圣印》已全国上市，热卖进行中！

圣印之战 | 绝处逢生 | 远走混元 | 任重道远

风云变幻矢志不移，异界求存机变无双。

高能预警！ 外星人、幽灵、不知名生物组团出没，花式作妖！

10个无厘头少年开启谜之羁绊，13个脑洞大开的神展开日常。

全宇宙极具怪谈气质的大学宿舍！我的室友又损又坑怎么办？在线等，急！

超人气作家**两色风景**校园幻想代表作纪念版！

已全国上市，热卖进行中！

经典图书产品

  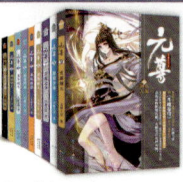 

《龙族》系列 江南/著　　《哑舍》系列新版 玄色/著　　《元尊》系列 天蚕土豆/著　　《浮生物语》系列 裟椤双树/著

龙族Ⅰ：24.80元	哑舍Ⅰ：35.00元	元尊ⅠⅢⅢ：32.80元	浮生物语Ⅰ（新版）：39.80元
龙族Ⅱ、Ⅲ上、Ⅲ中：29.80元/本	哑舍Ⅱ：35.00元	元尊ⅣⅤⅥ：32.80元	浮生物语Ⅱ（新版）：42.80元
龙族Ⅲ下：36.80元	哑舍Ⅲ：35.00元	元尊Ⅶ：32.80元	浮生物语Ⅲ上/下（新版）：39.80元/本
龙族Ⅳ：32.00元	哑舍Ⅳ：35.00元	元尊Ⅷ：32.80元	浮生物语Ⅳ（上）鱼门国主：42.80元
龙族Ⅳ（精装）：42.00元	哑舍Ⅴ：35.00元	元尊Ⅸ：32.80元	浮生物语Ⅳ（下）天衣侯人：42.80元
			浮生物语Ⅴ（上）西溟幽海：39.80元

《芥子》系列 橘花散里/著　　《浮云半书》系列 李惟七/著　　《半面妆》系列 萧十一狼/著　　《饕餮记》系列 殷羽/著

芥子：36.00元	浮云半书：25.00元	半面妆Ⅰ：25.80元	饕餮记Ⅰ：29.80元
芥子Ⅱ：36.00元	浮云半书Ⅱ：26.80元	半面妆Ⅱ：28.00元	饕餮记Ⅱ：28.00元
	浮云半书Ⅲ：28.00元	半面妆Ⅲ：30.00元	饕餮记Ⅲ：36.00元
	浮云半书兵法卷：35.00元		

《睡在我上下前后左右铺的兄弟》系列 两色风景/著　　《时间海》系列 原晓/著　　《将军在上》橘花散里/著　　《法老的宠妃》系列 悠世/著

睡在我上下前后左右铺的兄弟：26.00元	时间海：25.00元	将军在上（上下）：59.80元	法老的宠妃Ⅰ：32.00元
睡在我上下前后左右铺的兄弟Ⅱ：35.00元	时间海Ⅱ：26.80元		法老的宠妃Ⅱ：23.00元
	时间海Ⅲ：32.00元		法老的宠妃Ⅲ：28.00元

《灯火阑珊处》青衫落拓/著　　《长大的彼得·潘》两色风景/著　　《海盗鬼皮书》旋翼之刃/著

灯火阑珊处（上下册）：68.00元	定价：32.00元	定价：32.00元	落笔时光·诗经：52.80元
			落笔时光·飞花令：46.00元

《人间草木心》汪曾祺/著　　《落花入梦甜》梁实秋/著　　《我的心不止于这世界》季美林/著　　《此生平凡终成诗:林清玄说诗词》林清玄/著

定价：39.80元	定价：39.80元	定价：39.80元	定价：39.80元

全国各大书店线上书店、实体书店及漫客商城均有销售！

的失误，倒回十年，他绝不会犯。但他很快又造下第二个失误，拔刀时鲜血溅上袖口，留下一片腥膻的污迹。

殷放鹤无心再做遮掩，他匆匆割下乡绅头颅，放入撒满石灰的木盒，束紧腰带，穿窗而出。攀过院墙的时候，瞥见一道熟悉身影，那人醉眼惺忪，脚步虚浮，面目却俨然当日的黄花少年，脊背直得像一把钢刀。殷放鹤坐在墙头，往下抛出一枚铜钱，年轻人弯腰去捡，骨碌碌追了一路。

师父那辈，刺客二十年一代，到殷放鹤时，十年已足够惊艳，再往后三五年间，更不知有多少人潮水般涌现，又浪花般消散。殷放鹤望着那人佝偻的背影，再多几次失误，他也会走到这一步——木盒在手，此头似有千斤重。

"你们各人有各人的主意，几个想当英雄，几个想报私仇，我也有。过去杀人逃命喝酒看戏，事情太多想不过来，现在双目失明，废人一个，总算是看清楚了。"殷放鹤脑海中闪过那些杀人者的模样，仿佛都长着同一张面孔，沉默寡言，少年老成，下手干净利落，一刀致命。他们经过乱世的锻造，是刺杀术的巅峰。

但殷放鹤仍不满足，他们可称杀手，却并非刺客。天下刺客本就不多，侥幸留下名字的几位都进了史书。

"你们几个里面，黑狗悟性最高，褚焕山性情最合，月眉儿最为用心，至于其他人……"

"那我呢？"

"你太浅了。"

"浅？"

"换个人来说，应该叫坦荡。"

"不好？"

"对刺客来说，会被别人看见的东西都不好。"

兰娘跪下来："师父请教我。"

"你今年几岁？"

兰娘一怔，随即默然。

"你在猜我的心思，这是最糟糕的应对，"殷放鹤道，"就在你犹豫的时候，已经错过了下手的机会。陷阱引而不发，永远只是陷阱，是你的失误让它变成了现实。"

说着，他突然对窗外道："东门秀，你今年几岁了？"

女人立即嗔怪:"比你妈小!"

"瞧,这也算是一种应对。"

这种应对兰娘不解。

"我同你们说过,刺杀的要领是尽量保留可能。地上有一把刀,人人都看得见,隔着老远就会绕开——就像你一样。但倘若只有刀柄呢?"殷放鹤无光的眼睛转向兰娘,"你说,刀去哪里了?"

兰娘似乎明白了一些,却还不敢肯定,就在他目力所及的地方,仿佛的的确确存在一把消失的利刃,正悬在树上、倚在墙角、藏在小贩的扁担里,或者揣在奶娘怀中。呼吸可闻的所有人都变成了刺客,每一道目光都暗藏杀机。

兰娘被挟裹在这杀意交织的巨网中,前后左右,不辨方向,他陡然惊觉,这才是巅峰时的殷放鹤,是真正的刺杀术。

"刚才你动了杀心。"

兰娘并不否认:"我坏了规矩,怕你告诉别人。"

"动静大了,瞒不过东门秀。"

"一并杀了。"

殷放鹤点头:"试试。"

兰娘问:"对师父出手,有什么规矩?"

殷放鹤回想片刻,断然道:"全力以赴。"

第十二章 脱困

殷放鹤觉得世上没有比自己更可怜的人，银子是老婆的，孩子是别人的。长到三十多岁，头一次想大哭一场。

　　东门秀坐在灶台前，炉火将她的脸皮照得通红。干燥的柴火发出鞭炮一样的声音，瓦罐中沸水翻腾，不一会就有浓郁的香气从中溢出。东门秀咽了咽口水，看殷放鹤还在屋里同兰娘说话，她揭开盖子，用指尖试了试生熟，挑出一块肥肉，飞快地塞进嘴里。

　　这时外面突然有人敲门，东门秀扶着肚子过去，刚拨开门栓，就被一棍捅在胸前。她跌坐在地上，眼泪流出来，痛得几乎睁不开眼："你们是劫财还是劫色？"

　　来人大骂："去你的，我们是官差！"

　　"噢，那就是劫命了……"

　　"净胡说八道。"官差踢了她一脚，痛上加痛，东门秀晕了过去。官差弯腰探了探她的鼻息，挥手叫来个人，示意将她搬到一边。官差身后的滚地青看了半晌，问："这是个什么人？"

　　"按犯人的供述，应该是那个刺客的老婆，叫做东门秀。"

　　"你信他们？"

　　"翁大爷亲自去问，他们不敢说谎。"

　　东门秀怀胎十月，身体沉重，那一个人竟搬不动，只得勾住她的腋下，一点点往后挪移。

　　滚地青道："她的肚子真大。"

"据说是夏庭芝的种,迟早也是不能留的。"

"殷放鹤也算是一条好汉了。"滚地青叹服。他带人闯进殷放鹤的屋子,只见里面桌椅散碎,地上躺了个人。官差用手在那人脖子上一贴,欣喜道:"还活着!"滚地青上前细看,见他额头上有个血洞,呼吸微弱,人事不省。

"别装死。"滚地青往他肋下一戳,此人咳嗽几声,慢慢清醒过来。

"你是谁?"

他小声说了个名字。

"殷放鹤呢?"

"跑了。"

滚地青查看他胸前的伤口:"是你先动的手,他双眼已盲,怎么还输了?"

那人黯然道:"我们是师徒。"说完就又晕过去。

"大人,这里有半个脚印!"官差骑在房梁上喊。

"翁大爷说得对,殷放鹤十年不败,果然不好抓。"

"他一个瞎子,能跑到哪里去。多派点人来,不信找不到。"

"他是顶尖的刺客,不能小看了。"滚地青站起来,四周遍地狼藉,连个能下脚的地方都没有。

"那这个人……"

"你带回去,和那个女人一并交给翁大爷审问。"他跃上房梁,鼻孔凑在脚印附近,仔细闻了一圈,突然连打了几个喷嚏。滚地青揉了揉鼻子道:"他想要坐船走,快追!"

滚地青一行刚刚消失在大道尽头,负责押送的官差就被一条绳子勒死了。殷放鹤将尸体踢到一边,摸索着解开了东门秀手上的绳索。

"你的眼睛能看见了?"

"比前几天好一点,只能看清一尺之内的东西。"

东门秀掩面:"我这副丑样子可都被你看光了。"

"也不是没见过更丑的时候。"殷放鹤把官差的马牵过来,扶着她坐上去,"你儿子还好吗?"

"不太妙。"

第十二章·脱困

"让他再忍一忍。"殷放鹤正要上马,突然想起什么,"不好,差点忘了要紧的东西!"他立即折回家中,许久也不见出来。东门秀忍耐不住,腆着肚子下马来寻,却见殷放鹤一手拖着一个大箱子,用肩膀顶开房门,道:"快,来帮帮我。"

东门秀一边哭一边骂:"你可真是要钱不要命。"

"你没吃过缺钱的苦,比死了还难受。"两个人跟跟跄跄经过厨房,灶台里的火还没有熄,锅里的肉已经煮烂了,发出焦糊的气味。殷放鹤抽出一支柴火夹在腋下,对身边的女人道:"原本还有一箱,实在带不走了,我就先埋起来,等以后风声过了再来取。"

东门秀道:"你一死我就来取。"

"都是你的。"殷放鹤连忙宽慰,他转过身,正要用柴火点燃院子,忽然被东门秀一把抢走。殷放鹤两手空空,十分无奈:"真是老了,连个女人都防不住。"

东门秀抹干眼泪,道:"这是我的房子,我来烧。"

"好,我看着你烧。"

"你看得见个屁。"她将火把奋力往屋顶上一扔,厚厚的干草顿时腾起烈焰,并很快蔓延到整个院子,东门秀的脸被火光映得通红,嘴里小声道:"我儿子的衣服还在里面。"

"以后多的是时间缝。"

"我就放在床上,比你的这两口箱子显眼。"

殷放鹤心中烦闷,他没和女人吵过架,又不能动手,只好认命。东门秀把两个箱子拴在马背上,自己再骑上去,骏马的鼻孔里冒出一串白气,四条腿不住打颤。殷放鹤还要再上,被她一脚踢开:"马受不住了,你自己走吧。"

"我是个瞎子。"

"拽着尾巴,丢不了。"

殷放鹤觉得世上没有比自己更可怜的人,银子是老婆的,孩子是别人的。长到三十多岁,头一次想大哭一场。

东门秀见他不动,道:"再不走,追兵就要到了。"

殷放鹤道:"我不敢抓尾巴,怕这畜生踢我。"

东门秀轻轻叹气:"那你就抓着我的腰带吧。"

第十三章 旧识

一过三十岁，再好的刺客都不值钱，他那时已经二十八了。

　　两个人在荒野中走了很久，马匹负重太多，跑不快，所幸一路上都没见到追兵的踪影。东门秀陪殷放鹤在深院中坐困半年，如今重见天日，腹中的那点不适竟也可以暂时忽略，生出兴致去惦记一些别的事情。

　　"刚才我听你说，原来你叫……"

　　"你不是昏过去了吗？"

　　"早醒了，只是一直不敢动。"

　　"那是我的本名，多年不用了。"

　　"挺好听的，就是不像刺客，跟个姑娘似的。"

　　殷放鹤一笑："我同你说过，殷家原本也算书香门第，老人多，规矩大，取名讲究阴阳合宜，少爷避用雄、豪、磊，小姐忌讳英、淑、红，我这名字出生前就定了，男女都能用。"

　　东门秀恍然大悟："怪不得夏二公子说，等他日后有了孩子，就要取名叫雨农，我还嫌不好听，原来都是讲究。"

　　"名字已经定好了吗？"殷放鹤有些失落，"我也想了好几个，你要不要听一听。"

　　"他的大名，你的小名，正好。"

　　殷放鹤额头上的血洞只来得及简单包扎，一番颠簸后，又开始隐隐作痛。

　　"兰娘这小子，下手确实狠，他是真想要我的命。"

东门秀一惊："我还以为你是故意被他打伤，好骗过那些官差。"

殷放鹤握紧了衣带："骗不过更好。"

"是你教得好，青出于蓝。"

刺客的巅峰来得急，去得也快，殷放鹤能叱咤十年，已经是个异数。东门秀不懂杀人，只会唱曲，但刺客的青春比歌伎更短，从新水令到驻马听，四折一楔未过一半，已有人血溅当场。

"兰娘呢，他去哪里了？"

"头晕眼花，没看清楚。他说了，还有事情没办完。"

"又要杀人？"

殷放鹤望着天边重重压过来的暮色，沉沉嗯了一声。

兰娘离了殷放鹤的院子，直入京城。吏部尚书洪铁崖的府邸在积水潭边，高墙深院，守卫森严，但对如今的兰娘来说，这一切都已不在话下。

他躲在一艘木船底下，潜入洪府水门近旁，趁丫鬟推窗晾衣服的瞬间，从水里蹿出来捂住她的口鼻，将她按在地上。丫鬟两个眼睛骨碌碌地转，双脚不住蹬踏，兰娘扯着她的衣服擦了擦身上的水迹，道："你保证不出声，我就放了你。"

小姑娘被吓坏了，使劲点头。

兰娘松开手，问："洪铁崖在哪里？"

她眼泪汪汪，却不张嘴。

兰娘想起来，笑了："许你讲话。"

"我也不晓得。"她的声音又尖又细，惹人怜爱。兰娘还记着船上的那三姐妹，不知随水流飘到了哪里。

"谁晓得？"

"八成是二夫人。"

"她在哪里？"

小丫鬟指了指花木深处。洪侍郎久居京城，庭院却有江南风情，疏阔有致的几处湖石相映成趣，漏下一地天光。

"我去找她。"

"等等，"小丫鬟突然叫了一声，"听你的口音，不像北方人。"

"现在哪里算南方,南平还是泉州?"

小丫鬟似乎没听懂他的话:"你功夫这么好,是跟谁学的?"

兰娘回想起师徒间那惊险的最后一招,殷放鹤狭长的手指就悬在他的咽喉上,而他则紧紧贴着师父的眉心,阴差阳错,胜负已定,这一场比试,当可称作乾坤一回合。殷放鹤说,今天的事你知道就好,别告诉其他人。他点头后,老刺客坦然落败。

"你问这个做什么?"

"是你师父差你来的?"

"他没这么说,但知道我会来。"

她忽然一阵雀跃:"我晓得了,你师父是不是姓谢?"

"谢?"兰娘愣住。

"看这副模样,多半就是了。"小丫鬟一把抓住他的胳膊,"走走走,我带你去找二夫人。"

"给我放开!"兰娘暗中运劲,一时竟挣不脱,他心内震怖,却见小丫鬟回眸一笑:"乖乖跟着我,我就不为难你。"

兰娘知道这是遇到了高人,洪铁崖位高权重,他的府邸不会毫无防备。

"你这么高的武功,为何只做下人?"

"下人哪里不好,有吃有喝,还有床睡,总比刀口舔血强。"

"你以前也是刺客?"

"当年有过一点名气,但早就不干了。"

兰娘看她年纪,至多不过十七八岁,在她成名时,殷放鹤正如日中天。

"可惜了,这样好的身手,不花十分的努力练不成。"

小丫鬟走在前,兰娘跟在后,路上遇见些侍女小厮,她都一一行礼致意。洪侍郎院中有一株芭蕉树,清晨遭遇雷雨,红花落了一地。

"刺客只讲天才,努力不值钱。"

"你不是天才?"

"不算,但我曾有幸见过一位,他全盛时可称无敌。"

兰娘不信:"赵子龙也不敢这样说。"

小丫鬟却很笃定:"我同他交过手,全力以赴,我输他一招;只用七成功力,还是输他一招。"

"他是谁?"

两人在一扇黄铜铺首的木门前停下来。

"殷放鹤。"小丫鬟想了片刻,又补上一句,"一过三十岁,再好的刺客都不值钱,他那时已经二十八了。"说罢,她推开门道:"夫人,快看看这是谁!"

兰娘抬头望去,阁中槛外,竟是旧时相识。

第十回章 往事

天下事有四难——醉得恰好,懒得自在,生得糊涂,死得清白。

一

　　洪府的二夫人叫做谢瑶仙，二十多年前是故夏都城南平府数一数二的侠妓，她还有个孪生兄弟名叫谢淮，一手快剑使得出神入化。
　　兰娘久闻谢瑶仙的大名，当年两人在豪门望族的筵席上见过几面，二八佳人怀抱琵琶，色艺双绝，没想到今日重逢，她已摇身一变，成了尚书夫人。
　　谢瑶仙也一眼认出了他。
　　"原来是吴庚戌吴将军。怎么只有你一个人，时监军呢？"
　　"平湖之战后，我们就断了往来。"
　　"平湖？"
　　"十年前已经改叫阳谷了。"
　　谢瑶仙恍然："阳谷我知道，死了不少人，朝廷还让老爷写了一篇祭文。"
　　"洪翰林满腹经纶，这篇文章应能流芳千古。"
　　前朝末年，洪铁崖官至翰林侍讲，是天下文章魁首。而吴庚戌时任平湖团练使，与淮西道监军时又予是知己好友，两人坦诚相待，无话不谈，直至定元七年，平湖陷落。
　　故人相见，最高兴的却是那个小丫鬟："我去沏茶，你们慢慢说话。"
　　谢瑶仙一笑："她看上你了？"
　　"她以为我是快剑谢淮的徒弟。"

二十年前，谢淮立志刺杀乌羌大汗，从此一去不回。谢瑶仙枯等数载之后，终于嫁给名士洪铁崖为妾。

"谢淮走的时候才十八，跟那丫头一样大。"

"她跟洪翰林有仇怨？"

"定元十四年前生人，谁与他没有仇怨。"

四年前乌羌铁骑渡江南下，半壁河山陷落，王公贵胄死的死，降的降。洪铁崖也想要自刎，却因顾虑快刀会损伤他的一把美髯而再三犹豫，最后在隐居处被乌羌人活捉。过了五日，洪铁崖投诚，并为铁勒写下了讨伐夏帝的檄文。

吴庚戌看过那篇千古雄文，仅论言辞，可比骆宾王的讨武曌檄。

但这一切都已是平湖陷落之后发生的事情了。

吴庚戌不禁有些惆怅："我倒真希望是谢淮派我来的。"

谢瑶仙道："七万天了，他没有一点消息。有人说他贪生怕死，半路脱逃，还有人说他已经死了。"

"你来京城后找过他吗？"

"找了，不敢惊动官府，只好拜托给江湖上的朋友，但他们向我要一张谢淮的小像。"

"这还不简单，"吴庚戌望着洪夫人的面孔，"你们兄妹容貌酷似，有一回你换上男装，和谢淮站在一起，我和时又予都分不清楚。"

谢瑶仙却道："日子在过，人也会变。我天天都要照镜子，却还是想象不出他现在的模样。"

吴庚戌看看自己的右腿："那我就是变得最多的。"

谢瑶仙冷笑："排在你前面的至少还有七个人，你算老几？老爷说天下事有四难——醉得恰好，懒得自在，生得糊涂，死得清白。"

吴庚戌笑了："他要肯一直只当个风流才子，这四样都能占全。"

谢瑶仙叹息："我天天描这几个字，却只想试试最后一样。"

天色已近傍晚，小丫鬟还没回来。

谢瑶仙抽出火折，点亮了桌案上的烛台，黄铜仙鹤嘴里吐出袅袅青烟，喷在绸纱的灯面上，那上头有清风，有彩云，有流水，有山石，还有神仙月下宴饮，是谢瑶仙初嫁时，与洪铁崖一人一笔，亲自绘成。落款所题，就是她方才说的

十六个字,正压在两人的姓名之上,一生一世不得转移。

"你虽然不是谢淮的徒弟若用"谢淮"来表示一个可带来孩子的男人是不妥当的,因两人是兄妹。但我却想求你,遂我一个心愿。"

"什么心愿?"

"我想要个孩子,但老爷不行了。"

"但你是洪铁崖的老婆。"

"他也是前朝的臣子。"谢瑶仙端坐在圈椅中,面对提刀的故人,一副毫无防备的模样,"我不像你们,一把刀就能快意恩仇。但女人有女人的办法,他不忠,我不贞,没人能挑我的错。"

吴庚戌有些惊诧地望向她,谢瑶仙二十年来养尊处优,保养得宜,虽已年近四十,但面容神色,与当年席上相见时,并无太大差别。名妓在前,知己在侧,吴庚戌看得出神,一不小心打翻了酒盏,将心口染得一片鲜红。

红如烈火,红如热血,吴庚戌突然想起来,他是要来杀人的。

"你家老爷在何处?"

"下午就出门了,现在还没回来。"

"知道他去哪里了吗?"

谢瑶仙摇头:"你可以坐在这里等。"

"等不到怎么办?"

"只要我还在,他就一定会回来。"她亲自为吴庚戌搬来一把椅子,"而且我也有一件事情想要问你。我从老爷那里听说过,但不是你亲口承认,我绝不相信。"

吴庚戌心中已经猜到,却还偏要问:"什么事?"

谢瑶仙挨着他坐下,两个人肩并肩,眼望眼,有人的呼吸一瞬间乱了。

"平湖失陷后,你真投降了乌羌人?"

"景义二年,按现在的说法,应该是定元十四年,乌羌人挥军南下,我和时又予分别驻守平湖、淮西。"吴庚戌抬起右腿,架在左边的膝盖上,他扯开脚踝处的绑腿,将裤子从布靴里脱出来,"两城相距不到二十里,他那里埋锅做饭,我都能闻到香味。"

他的脚背前后各有一道褐色疤痕,周围的肌肤干瘪脆弱,布满褶皱。吴庚戌指着那伤处道:"右脚和手臂上还有另外三个同样的疤。"

谢瑶仙移近烛台细看，像是曾被利刃贯穿。

"我曾和时又予约定，他守淮西，我守平湖，宁死不降。"

"你们手里有多少大军？"

"厢军八千，民夫一万，时又予那边不太清楚，应该和我差不多。"

谢瑶仙皱眉："但我看老爷收到的军报，说你们有三十万精锐。"

"加上老百姓，一共三十万。"

"但两座城都被攻破了。"

"淮西先破，乌羌军队纵兵屠城，最后只逃出来三个人，都是时又予的副将。"吴庚戌正要穿好靴子，被谢瑶仙拉住了："等等，让我再好好看看。"

她的手指稍凉，呼吸却是热的。

"你说还有其他的伤口，我也想看。"

"太晚了……"

"那就再多点几盏灯。"

吴庚戌解开系带，两手把衣服抻开："淮西一破，平湖就是一座孤城。我逼着所有人发了毒誓，死守到底，决不投降。"

"我看过平湖的降书，上面确实盖着你的大印。"

"时又予被乌羌人杀破了胆，为保全性命，他献上了一条计策。还记得当初逃出来的那三个人吗？他们正是时又予派来的奸细，趁我不备，打开了城门，还将我的四肢钉在门板上，送去给乌羌大将伯颜请功。这些都是时又予亲口告诉我的，就在他们的军帐里。"

晚风轻摇，红烛高烧，雕窗外夜色昏沉。隔壁院落里琴住箫落，一场盛宴终于散了，星星点点的灯火从楼阁上飘下来，水门边客人劝酒，主人挽留，桨声帆影中，两个船娘一边掌舵，一边唱"深沉院舍，蟾光皎洁，整顿了霓裳"。

此曲时下最为流行，东门秀失踪不到半年，勾栏中已有新人独领风骚。后面两句谢瑶仙也会：不求富贵豪奢，只愿得夫妻每早早圆备者。

平湖城早就破了，但洪铁崖还没回来。

吴庚戌道："我被抬进来的时候，他正在跟一个乌羌将军喝酒，平湖半年前就喝不上酒了，人畜都只能等雨水。"

"我若是他，绝不敢前来见你。"

"伯颜有命,他不得不从。"

夜色已深,灯台上的烛火烧了一半,蜡泪如山沉积在铜盘上,谢瑶仙突然叹了一声:"那小丫头说去泡茶,怎么到现在还没泡好?"

吴庚戍摇摇头:"世事无常,我不也活到现在了。"

谢瑶仙又续上一根蜡烛:"你是怎么逃出来的?"

"时又予救了我。酒宴一散,他就用一个俘虏和我掉了包。"

"那个俘虏叫什么名字?"

"我不知道。"

"时又予该死,你也一样。"

吴庚戍不知谢瑶仙的怒气从何而来,低声解释道:"他不是谢淮,只是个普通的士兵。"

"偏偏你活下来了,不怪你怪谁。"

吴庚戍一掀椅子:"我不等了,明天再来。"

谢瑶仙按住他的手:"现在外头都是暗哨,你走不了。"

"留下来更危险。"

"但我有个办法。"

吴庚戍按着刀,刀鞘乌青,手指黝黑。谢瑶仙鬓边戴着一支蝴蝶钗,正在微微颤动,她小心翼翼地从袖底伸出手指,两片鲜红的长指甲,又薄又凉。

"你可以躲在那里。"

"床底下?"

"床帐里。"

第十五章 针锋

虚的东西有虚的好处,我想要赢,这个念头是风,结果如风筝。

走出二十里，东门秀说肚子饿了。她现在身上有两张嘴，吃得多，饿得快。

殷放鹤在地上摸了两棵野菜，擦干净泥土递给她："先凑合吃，等到了安全的地方，再让你们娘儿俩吃顿好的。"

两棵野菜八片叶子，他一片都没给自己留。

东门秀看了也有些痛心，道："你能让咱们吃什么，还不都是我做的。"

殷放鹤想了想："宛平有家昌德居，大厨是樊楼的后人，师父带我去吃过一回，他们的骡子肉做得最好，我一直记到现在。"

"骡子肉我在京城也吃过，没什么新鲜。"

"京城骡子都是战马生的，骨头硬，肉也糙，不像昌德居，骡子爹妈多是前朝的滇马，又软又嫩。"

"前朝什么都好？"

殷放鹤摇头："最好的时候我没见过，甚至我师父也没有，他只说得出一两分，咱们就敢往十分里想。咱们这种人总是乐意相信，从前有一阵，日子过得比眼前要好。"

东门秀埋头啃野菜，新鲜的叶脉喀嚓作响，她的牙齿又白又齐，像两排凝固的牛乳。殷放鹤听她吃得津津有味，肠胃也跟着绞痛起来，他空守住二百两银子，却仍填不满肚子。这时，东门秀拿脚尖踢了踢他的肩膀："把你的嘴伸过来。"

"不是说了都给你吗……"殷放鹤一回头,只见东门秀襟怀大敞,双手捧着淋漓的乳汁,正顺着指缝往下淌。

"这是你找我儿子借的,以后你可要好好养他。"

"养,一定养,我喝粥,他吃饭。"

"还得负责给他娶媳妇儿。"

"你生的儿子,公主也配得上。"

"你的绝活也得教他,就教他一个。"

殷放鹤猛然抬头,他才吃了一嘴奶水,下巴上都是粘腻的汁液。

"做点什么不好,非得学这个?"

东门秀斩钉截铁道:"刺杀术不能绝。"

"这得看资质。"

东门秀掀起衣摆,为他擦干脸皮:"跟了你半年,只见过你对徒弟手下留情。"

殷放鹤甩开她的手:"留给个废物,倒不如绝了。"

身上的担子太重,马只有慢慢地走,它浓密的鬃毛下渗出大量汗水,一滴滴挂在脖子上,似是生了一圈水痘。东门秀自小在教坊里厮混,尖牙利嘴从没有过对手,她六个月来含辛茹苦,却都被这一句话打翻在地。

委屈,却又不尽是委屈,就像一个未做完的春梦,梦中人语调温柔,手指纤细,脸上却始终蒙了一层雾气,怎么也擦不干净。

就让我看一眼又如何?就让我遂个愿又如何?她鼻腔酸涩,涕泪横流,一开口,却是一副商量的口吻,远不如想象中那样激动:"你怎么能说我儿子是废物?"

"不只是他,"殷放鹤拍拍她的肚子,"还有他爹。"

这比羞辱爱子更让东门秀愤怒:"二公子杀贼而死,他是个英雄!"

殷放鹤仰天冷笑:"死在我刀下的乌羌人不知有多少,光是叫得出名字的就不下八十个,他夏庭芝手上连血都没沾,怎么倒成英雄了?"

东门秀争辩:"至少他能身受酷刑,宁死不屈……"

"幸亏他死了,"殷放鹤道,"要是他还活着,现在你们这些敬他如神的人,也只会跟我一样,笑他自不量力。"这时,殷放鹤突然明白了夏庭兰的一片苦心,他牺牲了弟弟的性命,却彻底挽回了他的名誉。从斩首改为凌迟,并非是他不念骨肉亲情,早在夏庭芝入狱之时,他就已经谋算完毕。

第十五章·针锋

礼部侍郎博览群书,那一页页史籍上白纸黑字写得清楚,豫让搏命一击,从此流芳百世;耿恭屡退强敌,姓名却少见于经史子集,抛开成败胜负,差的只是一死而已。

生者受人言,死者得万全。夏庭兰为胞弟写下了一张催命符,也立好了一块无字碑。只等正月十五一过,夏庭兰便设柴市口为道场,李秋平与监斩官轮番亮相,帮衬他胞弟做了好一场大戏。

亡国百姓群情激奋,眼泪涟涟,从此往后,夏家的二公子就再不是那个一事无成的纨绔子弟,他活在演义里,活在评话中,活在戏台上,活得光鲜亮丽,活得神完气足,甚至千百年后,再无人记得那是何年何月、何朝何代,却能清晰地念出他临终时的那句台词——谁来杀我!

夏庭兰苦心孤诣,到头仍死在兰娘手里。为给夏庭芝报仇,兰娘特意换了红签。师徒缠斗之前,老杀手弯腰向他鞠躬致意,再抬头已是心如止水。

殷放鹤握着东门秀的手,女人挣了几下,没挣脱。

"刚才是我说错话了,你别怪我。"

东门秀眼泪在眼眶里转了几圈,终于流下来:"你吓到我儿子了。"

"我向他赔罪。"

"你有什么罪?"

"活罪。"在殷放鹤的眼睛里,东门秀的肚子像一片柔软的海浪,随呼吸一起一伏,而她的呼吸则是一艘轻巧的小船,在平缓的波涛中时隐时现。

"你儿子会原谅我吗?"

东门秀去摸他的脸,却只摸到一手干硬的胡荏。

"他比我大度,吃饱肚子就都忘了。"

"野菜你全吃完了?"

"你说别给你留……"

殷放鹤捉紧了她的手掌:"吃完就有力气跑。"老杀手转过身,面对一望无际的原野。

"有人来了。"

殷放鹤手无寸铁,只好捡了块石头捏进掌心:"来的人不多,不超过两个,我会想办法把他们都缠住。"

东门秀松了口气："只有两个人，应该不是你的对手。"

"话不能说早了。"殷放鹤解开了压在马背上的两口箱子，几十锭银子跌在草丛里，没砸出一点声音。

"一点行迹都不露，是两个高手。"双眼未盲时，他尚有信心一战，而翁白头柔软的手指像一把小小的锉刀，把他的骨头都磨平了。

"让你跑，你就跑，千万别回头。"

东门秀抓紧了缰绳："要是走散了，我在哪里等你。"

"宛平，淮南，随便你去哪儿，再找个人嫁了也行。埋的那一百两银子，就当是我的贺礼了。"

"你这人出手，比二公子还大方，就这么死了，天下女人都为你可惜。"

远处的芦苇丛中寒光一闪，殷放鹤看不见刀痕，却听到了空响。他一拍马屁股，"去吧"，那畜生就带着他老婆跑远了。

刺客相斗时见招拆招，一半靠判断，另一半靠直觉。十年前殷放鹤一飞冲天，他的直觉有如神助，在敌人出招后立即做出反应，他攻击对手的肉体，也摧毁他们的信心。

殷放鹤的师父看不起他的招数，但从十三岁起，大大小小近百战，师父就很少能赢过徒弟。

无人现身，却惊起一群鹈鹕。

殷放鹤弯腰往左纵跃三步，听见身后发出一声轻响，他凝立片刻，突然矮身往前一滚，头顶上的两根芦苇顿时折断，悠悠飘落在他颈边。

芦苇花又轻又细，上面还有只红瓢虫。殷放鹤伸手去挠，指甲刮在皮肤上，咻啦咻啦，又是一群鹈鹕飞起来了。

他匍匐在草地上，开始搓手指。

刺客未必有名字，却都有自己的癖好。即使没有，也会刻意养成一个。

人在全神贯注时，往往会有一些无意识的小动作，那是身体对于紧张情绪的自然反应，如果特意压制，反而会让肌肉僵硬。

师父喜欢扯眉毛，四十岁时眉峰细如新月，每天不得不让师娘帮忙画出两道粗黑的剑眉。殷放鹤则会搓手指，中指压在拇指上，飞快地捻动，就像是在数钱，一文两文，一贯两贯，数完了封口费，就是动手的好时机。

东风浩荡,百草低伏,东门秀的马蹄声已经听不到了。刚才的那一场交锋,三个人都有失误,殷放鹤让出了退路,而他们则暴露了自己的位置。

人人都不敢轻举妄动,殷放鹤放松膝盖,悄悄潜回原地,那里有他的两口大箱子,若斗不过,还能拿钱买命。光滑锃亮的银锭,跷着一对小脚,一只叠着一只,由着人安安静静地数,有一种说不出的可爱。

殷放鹤突然扔掉了手中的石头,从芦苇地里站起来。他摸索着坐上装银子的木箱,用脚跟敲了敲箱壁:"出来,咱们再试试。"

话随风过,人高的野草中现出两条身影。

东边那人像一只山羊,亦步亦趋,左右张望,西边那人是一头老牛,每一步都深陷进泥土里,再奋力将脚拔出来。殷放鹤就坐在银山上,一拍手,一长啸,歌一首妩媚缠绵的寿阳曲:"山无数,烟万缕,憔悴煞玉堂人物。奇篷窗一身儿活受苦,恨不得随大江东去。"

水往东流,人向北走,殷放鹤漂泊浪荡三十年,还远没有望到尽头。他一拳把箱子砸出个窟窿,箭一样冲了出去。

有弟子问殷放鹤何为刺客的直觉,殷放鹤想了想,问,你喝醉过吗?

不止一次。弟子回答。

那你还记得喝醉时是怎么回家的吗?

怕被姐姐骂,我都睡大街上。

殷放鹤笑了,如果你醉得不省人事,却依然能准确地找到回家的道路,绕过巡夜的守卫,还有你那啰唆的姐姐,最后成功躺回自己的床上,世上真会有这样的事情吗?

弟子支支吾吾,师父说有,那就有。

人的肉体有自己的灵性,心念不动,身如电转,这就是刺客的直觉。

殷放鹤的脑海中一片空茫,任凭身躯扭结腾挪,他将一切都交了出去,交给殷红的筋肉和枯黄的皮肤,就像他刚开始学刺杀术的时候,春雪石泉,枯桑垂柳,师父盘腿坐在芙蓉树下,他的眉毛又疏又细,像个还没长成的女人。

而在他们对面,就有一个真正的女人。师姐那时十五六岁,只杀过七八个人,她站在寒冷的水潭中,冲洗身上的血迹。殷放鹤问师父,都说握剑如握茎,师姐该要握哪里。师父说,她可以握别人的茎,也算一种修行。他交给殷放鹤一把匕首:

"去，试试她有多厉害。"

殷放鹤接连听见两声沉闷的撞击，拳头收回时，手背上有温热的液体缓缓流过，紧接不远处传来一声惊叫："怎么是你们！"殷放鹤牙根都软了："你回来做什么！"

"黑狗，褚焕山！"东门秀纵马跑下草丘，硕大的腹部在马背上一颠一颠，"你们也要像兰娘那个狗东西一样，欺师灭祖吗？"

"他们还杀不了我。"

"你闭嘴。"

"你才要闭嘴。"

两个人像是小孩子吵架。殷放鹤走到徒弟们身边，一人踹了一脚："最后能教给你们的也只剩这些，都记住了吗？"

黑狗和褚焕山连忙爬起来，规规矩矩在地上跪好："多谢师父。"

殷放鹤额头上的伤口又裂开了，血流满面。他重新坐回到银箱上，朝东门秀一挥手，女人的脚尖在地上蹭了蹭，最后还是扶着肚子挪过来，轻手轻脚地为他包扎。

"知道你们败在哪里了吗？"

黑狗想了想，道："师父说过，切磋靠神通，搏命靠针锋。"

"你怎么想？"殷放鹤又问褚焕山。

"师兄说的，怎么都对。"

"我记得他比你入门晚，该是你师弟。"

"他本事大得很，叫一声师兄，我不吃亏。"

殷放鹤揉了揉脖子，那只红瓢虫还活着，他将它捉下来，放进白银堆里。瓢虫在银山上爬了几步，不敢再动了。

"什么是针锋？"殷放鹤向二人发问。

"释道源《景德传灯录》曰，夫一切回答，如针锋相投，无纤毫参差。"

"狗屁不通！"殷放鹤抓起一锭银子扔过去，正砸在黑狗的心缝上："褚焕山，你来说。"

这回师兄没说对，她一时拿不定主意。东门秀笑道："这有什么难的，就捡你知道的说。"

"前几天在茶寮里听人演评话，讲的是《三国》。"

"《三国》里哪一段？"

"吕布遇上刘关张，四人战在一处，一点不让。"

殷放鹤叹息："比狗屁好一点，但也有限。"

"师父，我明白了。"黑狗又道。

"再说不对，就换兰娘来教你们。"

黑狗按着胸口，把那锭银子还回殷放鹤手中。

"譬如以长枪对短剑，比的不是输赢。"

殷放鹤收了钱，还在追问："不是输赢，那是什么？"

"最善的一招。"

"新鲜。"殷放鹤望向他。

此夜无星，却有一轮明月，黑狗的斗篷，褚焕山的蓑衣，都在月光下现出一条细密的轮廓。而在殷放鹤眼中，他们就像是一团稀疏的萤火，灯烛一照，雪逝冰消。

"说说你的善。"

"长能克短，但剑快枪慢，没有无敌的枪，也没有无敌的剑，只有最适合的应对。"

"怎么叫适合？"

"争斗时的两方，你赢不了他，他也赢不了你，离了谁都不算一场较量。"

"既然不能赢，争它做什么？"

"冷热看不见，日光捉不紧，但人人都离不开。礼义不可食，廉耻不可饮，试问天下谁不想要。虚的东西有虚的好处，我想要赢，这个念头是风，结果如风筝。"

"那胜负呢？"

"并不是想胜就能胜，"黑狗说，"风吹到哪里，风筝就飘到哪里，那是天意。"

"针锋在哪里？"

"在我手里的线，也是我唯一能与天意争的东西。"

殷放鹤额角的血终于止住了，东门秀扶他站起来。歇息了半晌的骏马已经恢复力气，原地转着圈，黑狗道："刚才我和褚焕山商量过了，房子烧了不要紧，我们已经为师父师娘安排好了新的住处。"

"远了我不去。"

"离这儿就五里。"

"这么近，不怕官兵发觉？"

"野狐禅院是刚搜过的地方，还算安全。"

殷放鹤垂下头，像是认了命："这回我要骑马，银子你们来驮。"

东门秀觉得好笑："这才几步路，你就不能再忍忍？"

殷放鹤翻身上马，抱着她坐好："我赢了，怎样都行。"他意气风发，松开缰绳，一口气带着妻儿跑出老远。

二十年前水潭边的那一战，殷放鹤惨败，他额头上流着血，抱住师父的后背哇哇大哭。师姐只见过死人，没见过泪人，她手里还握着刀，不知该如何是好。师父仍旧盘腿坐在枯桑树下，拍拍手把师姐招回来："你就不嫌吵吗？快让他别哭了！"

"你都管不住他，我说的话他会听？"

"他输了，就该什么都听你的，要钱给钱，要命给命。"

黑狗和褚焕山一人拖着一箱白银，走得气喘吁吁，身后突然响起一串熟悉的马蹄声。不等他们回头，就听见殷放鹤问："你们师娘说方向不对，野狐禅院在哪边？"

两个徒弟指指前面，马上的东门秀哼了一声："自己是个瞎子，还怨我走瞎道。"

"辛苦了，慢慢搬着，别着急。"殷放鹤呵呵一笑，打马归去。

第十六章 枷锁

这副枷锁是翁师兄亲手打造的,你师父当初也戴过。

吴庚戌以为自己做了一宿春梦，睁眼一看，竟还不到三更。

烛台上的灯火已经熄灭，他推了推躺在旁边的女人："你身上擦的什么香？似乎跟从前用的不一样了。"

谢瑶仙钗散鬓乱，睡眼惺忪，她轻轻打了个呵欠，说："你怎么知道不一样？"

"时又予偷过你的一条汗巾，还骗我说是你送给他的。"

"哪一条？"

"正面绣着红梅花，背面题了一句诗，当年我还能背出来。"

谢瑶仙翻了个身，鱼一样钻进他怀里，将被子裹得更紧了："他没骗你，是我送给他的。"

吴庚戌有些惊讶："那时候谢淮还在你身边。"

"时又予是我第一个客人，当初我年纪小，只会哭，连他的脸都没看清。后来再见面，还是他先认出的我。这事谢淮也知道，背后的诗就是他题的。"

谢瑶仙枕着吴庚戌的手臂，细密的呼吸喷在他的肩膀上："明朝望乡处，应见陇头梅……谢淮他想家了。"她自幼饱读经书，身上有一种文士气，最吸引武人，尤其是念诗的时候。吴庚戌听不懂，却也愿意随她一起坠入淡淡的乡愁中。

"我是闽南人，没去过陇头。"

"明月迥临关，行人夜吹笛……当年我央求过谢淮，等他办完大事，就带我回去看看。"

"不用再等了,你现在就能去。"吴庚戌爬起来,坐在床上四处找衣服,忽然,他在被子上发现一根长长的白发,"这是你的?"

谢瑶仙看也不看:"早就有了,我都懒得拔。"她从身体下抽出被压皱了的裤子,递给吴庚戌,"现在才急着走,已经晚了吧。"

"我去椅子上睡,"吴庚戌穿好裤子,又下床去找布靴,"我只跟老婆在一个床上过夜。"

谢瑶仙笑了:"这个我信,你老婆号称母大虫,名声比你响亮。听说她硬逼着你杀了三个漂亮丫鬟,不晓得是不是真的。"

"那是皇上赐的女人,我哪里敢动手,都被我送给时又予了。"

"你老婆还在不在?"

"在的,"吴庚戌点头,"平湖城破的时候,她被一个乌羌将军看中,带进府里当侍妾。前几天我还在街上遇见她。她也老了,身边跟着不少人,我不敢认。"

谢瑶仙道:"现在我见了谢淮,只怕也是不敢认。"

这时,有人在外面敲门:"夫人,有客人来了。"正是引吴庚戌过来的那个小丫鬟。

"等老爷回来再见。"

"他们说等不得。"

"是个怎样的人?"

"灯被风吹坏了,看不清。"

谢瑶仙思忖片刻,从床上坐起来,道:"请他们稍待,我这就过去。"

"夫人,要我进来伺候梳头吗?"

谢瑶仙看了吴庚戌一眼:"你粗手笨脚的,没少弄痛我。"她将被男人揉皱的内衣踢到床下,从箱笼中挑了一条崭新的裙裾。吴庚戌端坐椅上,看美人更衣。

谢瑶仙背上文了一把短剑,剑柄上嵌着层层叠叠的金线,纤细的肩胛骨一动,剑锋就跟着闪动起来。她拢了拢鬓角的碎发,白净的脸上不施脂粉,露出眼尾的几道细纹,乍然一看,仿佛刚刚哭过。

"人活越老,胆子越小,老爷被夏庭芝吓得不轻,招募了几十个高手养在府中。你答应我,好好待在这里,回来我给你带点酒喝。"

吴庚戌见识过殷放鹤的本事,除了那个小丫鬟,并不把其他高手放在眼中。

"万一洪铁崖先到,我就不久留了。"

"也好。"谢瑶仙理好簪环,款款出门。吴庚戍深陷在木椅里闭目养神,眼皮刚一合上,就看见床下的那件内衣无风自动,逐渐膨胀,上面的每一道褶皱都被无形的味道慢慢撑开,最后充盈成一副女人的躯体,散发出熟悉而诱人的香气。

他不禁有些懊恼,却并不感到悔恨。时又予有红梅花汗巾,他却什么也没有。

吴庚戍走到床前,弯腰将那件内衣捡起来,抬头时看见床头的木柱上有一道深深的刀痕。痕迹不很新了,两边还有木茬,像是拔出来的时候费了很大一番力气。吴庚戍脊背一凉,反身跃出窗户,却劈面迎来一条雪亮的刀光,将他又逼回房中。房门轰然洞开,谢瑶仙带着一个穿青衣的少年人走进来。

少年一见他,就对谢瑶仙道:"还是你考虑周到,否则又要让他跑了。"

这时,偷袭吴庚戍的人也从窗口跳进来,她手握钢刀,浑身湿透,正是那个小丫鬟。她望着吴庚戍,笑了笑道:"知道突然从水里钻出来有多吓人了吧。"

"是你报的官?"

"向来都是这样,要不是路上遇到了青捕头,夫人还能想办法再多留你至少一个时辰。"

吴庚戍身陷重围,已是插翅难逃。

"不要想自尽,"滚地青道,"你的刀还在鞘里,我的拳已经到了。"

梆子敲过三声,天干物燥,恰是三更。运河上的船娘次第散去,却仍有缥缈的歌声在水面回荡。吴庚戍指着那木柱道:"夏庭芝被抓的时候,也是在这张床上吧?"

"不止是他。老爷失节之后,刺客就没断过。他是个烈性人,却比你还糊涂,眼看着侍卫都到门外了,还想劝我和他一起走。"谢瑶仙说着,重新点亮了烛台,火红的光焰翻腾跳动,将天下四难映得熠熠生辉,"连这张床都下不了,还说什么诛除国贼,扫平奸佞。"

平湖虽已改名阳谷,却依然没能逃过陷落的命运。

"老爷该死,他自己也知道,但也应该是个能配得上他的刺客。"

"恐怕只有殷放鹤。"

滚地青疑惑地望着他:"你不是殷放鹤?"

"我们是师徒。"

滚地青一怔,鼻尖耸动几下,竟号啕大哭起来:"我把他放跑了,就在我眼前!"

谢瑶仙宽慰道:"有这人也能交差了。"

滚地青泪如雨下:"我怕李大人罚我。"

"堂堂男子汉,死就死,罚就罚,有何可怕?"

一听这个罚字,他就哭得更厉害了。

谢瑶仙哀叹:"没孩子的时候盼他来,现在一看,倒不如一辈子没有。"说罢,她转头问小丫鬟:"老爷怎么还没回来,灶上的参茶再热一热吧。"

滚地青一面哭,一面为吴庚戌套上镣铐,半扇铁枷六十斤重,两边一起压上来,他的腰背立刻弯折成鞠躬的模样。滚地青站在他的面前,坦坦荡荡地受了这一礼:"这副枷锁是翁师兄亲手打造的,你师父当初也戴过。"

"我已经赢了他。"

"我没想到他会败,是你救了他。"

"你跟他交过手?"

"翁师兄说的,"滚地青牵起枷锁上的铁链,"师兄讲的话,总不会有错。"

第十七章 苏醒

鲜血有多滚烫，天地就有多阔大，殷放鹤的胜负心随着他的双眼一同苏醒了。

　　杀亲之盟真相大白，天下震动，铁勒亲自下旨，将韩不疑、周从菡与吴庚戌问斩于柴市口，明正典刑。

　　五日后，因被拷问而奄奄一息的周从菡在狱中病亡，临刑前夜，韩不疑向吴庚戌讨了一根腰带，上吊自尽。他的双腿被翁白头折断，膝盖以下遍布脓血蛆虫，昔日风流俊秀的青年才士，如今已是面目全非。

　　韩不疑跪在地上，将脖子伸进绳结里："听说前朝从不斩读书人。"

　　吴庚戌道："那得身上有功名。"

　　"宫室留着，宫女也留着，怎么就把这条规矩废了？"

　　"忍一忍，再过十年，就没人这么问了。"

　　韩不疑理了理领口与袖口，又将散乱的头发重新束好："要杀的还剩下几个？"

　　"洪铁崖、时又予，还有一个不清楚。"

　　"那咱们这边呢？"

　　"黑狗、褚焕山，应该还没人知道他们的身份。"

　　韩不疑试了试绳结的松紧："你忘了殷放鹤。"

　　"银货两讫，就跟他再无瓜葛了。"

　　"你跟从菡说的一模一样，原本我还想着，咱们救了他，或许他也会来救咱们一命。"

　　吴庚戌一笑："那他就活不到现在了。"

韩不疑的心头突然涌出一丝歉意："明天刑场，只得你一个人去了。"

"听说是李秋平亲自动手，他刀法很好，不会让人多受苦。"

"行刑前要脱光衣服验明正身，我现在……"翁白头审问时用了一些阴损招数，韩不疑和周从菌都深受其辱。新婚的刺客睁大眼睛，最后一次打量这个世界，铁窗红锈，灯烛流萤，吴庚戌的一条左腿从土墙的阴影中伸出来，被铁钉扎透的地方血迹斑斑。

"也不知我爹被埋在了哪里……"韩不疑叹了一声，身体往后一歪，套在他脖子上的衣带瞬间绷紧，发出极为轻微的颤动，不久之后，就连这颤动也没有了。

四月初三，殷放鹤乔装改扮，上到柴市口对面的酒楼观刑。时辰尚早，楼上已是座无虚席。

酒楼的掌柜说，二楼最好的位置已被一位贵客包下，只有栏杆边还能站几个人。殷放鹤抬头，却只能看见一片模糊的光晕。

"你们这里什么时候立了一堵墙？"

"那是人家的玳瑁屏风，顶上镶的全是指头大的珍珠。"

"连养珍珠的蚌也一起搬来了？"

掌柜哭笑不得："那都是人，专门伺候贵客的。"

殷放鹤固执己见："就是蚌，就是蚌。"

他的声音不小，有侍者低头投来一瞥，幽怨又骄傲。

"你说的贵客在哪里？"

"就是中间那个穿红衣服，长得最俊秀的。"

殷放鹤一惊："我还以为是支蜡烛……就快要烧到底了。他出了多少钱？"

掌柜伸出三根手指。

"区区三两……我出五两，叫他把位子让给我。"

掌柜鄙夷道："五两哪里够，人家光定金就有三十。"

殷放鹤一怔："屁股大点地方，怎么这样贵？"他坐拥数百两白银，却也没见过敢这么花钱的。

掌柜只当他在玩笑，摇着头下楼去了。殷放鹤独自走到栏杆前，忽然听见刑场上铜锣三响，万千百姓齐齐东望，一队黑衣黑靴的人马，浩浩荡荡地出现在长

街尽头。

周从菡和韩不疑的死讯已经传遍京师,他们的尸身被官府弃于山林,任凭野狗啃食,只剩下吴庚戌一人的囚车,总显得有些孤单。

褚焕山念在同门一场,不忍他们暴尸荒野,便悄悄将那些剩余的尸骨都收殓了,合葬在野狐禅院的墓园里。她还在墓前立了一块小小的石碑,不敢题姓名,也不敢留生平,最后只得一个写巴察汗,另一个写月眉儿。刻字的石匠问起,褚焕山就说是一对胡汉有情人,生不能共枕,死了也要同穴。

车过运河桥头,有位白衣老者载来十坛好酒,请犯人喝醉了再上路。他递上一坛,吴庚戌摔碎一坛,酒浆流了满地,浓香四溢。殷放鹤听见身后的红衣人道,这是前朝都城南平的燕舌酒,酒坊毁于兵火,方子也失传了。

三春已过,南燕北飞,到明年不知还会不会再来。

囚车稳稳驶入柴市口,两位官差打开牢笼,将吴庚戌提上刑场。李秋平脱下半边外袍,露出肌肉结实的右肩,他腰上扎着红绸带,身后背着雪花刀。

天空中阴云密布,似有大雨将倾,监斩官整了整头上的官帽,对李秋平道:"现在就开刀,怕等会下雨淋湿了圣旨。"

"诏书上写的午时。"

"以往就没过先例?"

"都是前朝的旧事了。"

监斩官想了想,笑道:"前朝也行,只要能为我所用,尽管借来。"

李秋平活动了一下手脚,将那把雪花刀横在胸前,他嘴里含了一口烈酒,一半咽了,另一半狠狠喷在刀上。"你不要怨我,是皇上要你死。"他轻轻将吴庚戌散乱的头发拂到一边,"下辈子一定要投个好胎,即便要造反,也要先过二十年安生日子。"

"要真有下辈子,我就来给你当徒弟,乱世杀人,盛世杀猪。"吴庚戌应了他一声,尽力抻长了脖子,"听说被你砍掉的头,眼睛还转着,能再活一阵。"

"看准经脉和骨架,不是不行,你等会自己来试试。"

吴庚戌瞪大了眼睛:"来吧。"

这时,不远处突然有人高声叫道:"刀下留人!"

监斩官一惊:"有人劫法场?"

叫喊的人戴着顶白帽子，骑一匹黑骏马，穿过人群直入刑场。两边的守卫举着长矛来拦，都被他一刀斩断了。

"我是兵部左侍郎时大人的亲兵，不是反贼！"

李秋平双手握刀，问吴庚戌："你认识他吗？"

死囚抬头看了一眼，那人一对眸子又绿又润，像两块孔雀石。

监斩官倒是认得此人，时又予身边有支异域大夫卫队，个个骁勇善战，忠心不贰，他应就是其中一个。

"时辰还没到，你怎么能下令行刑？"异域大夫卫士的汉话说得很慢，却很清晰，带着一股闽南口音。他们的父母大多殁于战火，自幼就跟在时又予帐下。

监斩官指指天上："反正是个死，快一刻，慢一刻，终归逃不了。"

"大人正在宫里，求皇上收回成命。"

"他杀了朝廷命官，绝无可能赦免。"

"大人情愿以自己的官位来换，"异域大夫卫士深深望向吴庚戌，"哪怕只是改成绞刑，也能留他一具全尸。"

"但这贼子想要你家大人的命！"

"你说那支红头签？"异域大夫卫士转身，面向刑场内外滚滚人潮，断头台下的老百姓，隔江楼上的殷放鹤，只要他看得见，他们就能听得到，"时大人说了，刺杀这等龌龊伎俩不足为惧，还有谁想取他性命，他随时奉陪！"

屏风下一直端坐着的红衣人忽然起身，快步走到窗前，白的手指，黑的窗棂，窗外是沉甸甸的阴云。他的视线越过朦胧的帆影，参差的头顶，最后停到李秋平的雪花刀尖。

有些话说的时候不觉得，回头细想，已没有了听话的人。

监斩官万般无奈，只得道："也罢，那就等到午时。"说完这句话，雨就下来了。

殷放鹤先是闻到土腥味，再听到了雨声。从天而降的大雨打在树叶上，滴在船板上，滚在帽檐上，落在刀锋上，时间一分一秒地过去，皇帝的使臣还没有来。

监斩官劝道："还有不到一刻，无论如何赶不及了。"

异域大夫卫士紧抿着薄薄的唇，望着街角一言不发。

监斩官又道："那我去对面酒楼上躲躲雨。"

红衣人挥手召来侍从："送件蓑衣过去，别让他进来。"

监斩官接过裹衣,竟不敢有怨言,匆匆行了个礼,又退回到刑场上。他不愿去招惹异域大夫卫士,只有向李秋平抱怨:"原本跟老婆说好了,要回家吃午饭,怎么就遇上了这事。"

李秋平道:"你老婆不是回娘家了吗?"

"新娶的一个,还没跟她说。"

"模样长得好?"

"差强人意,胜在年轻。"

"时又予不到四十,也还算年轻。"三日前,皇帝颁布了讨伐日本的诏书,随征名单中,时又予赫然在列。

监斩官眉头一皱:"难道皇上会因此收回成命?"

"天意难测。"李秋平擦了擦刀上的水渍,回头去看吴庚戌,只见他双目紧闭,左脸紧贴着地面屏息凝神,仿佛正在沉睡。突然,他眼皮一动,正对上李秋平的目光,道:"有马蹄声。"

宫中传旨之人皆骑白马,挂金铃,走一路响一路,警醒闲杂人等提前回避。监斩官听着那铃声越来越近,不禁叹道:"想不到还真被他盼来了。"

白驹疾驰而过,观刑的人自动为它让出一条通路。马上的骑士穿一身质孙服,窄肩细腰,小眼睛,八字胡,从面貌上看不出是乌羌人还是汉人。监斩官迎上去问:"是杀还是留?"

骑士道:"跪下,听我宣旨。"他先念了一遍乌羌语,谁都没能听懂,而雨更大了,紧接着他又用汉话重复了一遍,三尺黄绢上只有八个字:"罪无可恕,即刻行刑。"

皇帝终究没有理睬时又予的请求。"如果放在前朝,他或许还会成功,"红衣人低声对左右道,"但现在已是不可能了。"

一个又尖又细的声音问:"为什么呀?"

"我要是能跟你解释清楚,前朝就不会亡。"

异域大夫卫士跌坐在泥水里,碧绿的眼睛茫然四顾,像一匹被遗弃的小马驹。雨水顺着他的腰刀流进靴筒,挺括的鼻梁,紧扎的袖口,像是被连绵的阴雨浸泡得柔弱又温软。

殷放鹤听见有人在身后窃窃私语:"他真是时又予的亲卫吗?"

"我看也不大像……太年轻了。"

异域大夫卫士很快就从这个严厉的挫折中挣脱出来，他手脚并用追上宣旨的使臣，抓住他的袖子道："我家大人呢，他怎么样了？"

"你家大人是谁？"

"兵部左侍郎时又予。"

使臣任由他抓着，面无表情道："时又予忤逆犯上，陛下龙颜大怒，本要与吴庚戌一同问斩，念在其劳苦功高，故网开一面，贬作安贞门守门吏。"

"安贞门在哪边？"

使臣随手指了个方向。异域大夫卫士随即上马，狂奔而去。

马蹄声远，午时已到。

监斩官如释重负，再次吩咐李秋平："开刀，问斩。"

先是异域大夫亲卫，再是皇帝使臣，刽子手平白被人抢去了所有风头，已有些意兴阑珊，他解下刀环上的红绸，将吴庚戌脖子上的水迹擦拭干净，只见刀光一闪，大好头颅在空中颠倒翻滚，突然发出一声惊叹："你们怎么都反了！"

所有人都默不作声，只有使臣一个没听见。他将吴庚戌的首级从泥泞中捡起来，捧在手里道："还有谁要反，就跟他一个下场。"

人杀完了，观刑的百姓也渐渐散去，偌大的酒楼上只剩下殷放鹤与红衣人一行。茶凉酒冷，天光晦暗，红衣人身边的侍者道："人都走光了，咱们也回去吧。"

"那边不还有一个吗。"他命人将殷放鹤请过来，和颜悦色地问道："人死灯灭，你还在看什么？"

"我眼睛不好，什么也看不见。"

"目不能视，仍远道而来，你认识吴庚戌？"

"他饶过我一命。"

红衣人笑了："以前倒没看出他有这份好心。相见即是有缘，我请你喝酒。"

殷放鹤举杯就饮："你也认识他？"

"不太熟，我只是看李秋平。每次轮到他行刑，只要我有空，就一定会来看。"

"他的刀法确实好。"

"几十年来，我就见过这一个。"

"想练他的刀法，要么无情，要么无欲，你不是办不到。"

"哼"的一声，两旁的侍者把酒壶都捏碎了，醇香的汁液流了满手。红衣人面

不改色道:"去看看外面有没有一驾两马拉的车,一匹白马,只有鬃毛是黑的,一匹黑马,只有四蹄是白的。"

殷放鹤道:"听模样就是好马,你养的?"

"我住的地方小,养不起。它们是时又予的宝贝,据说有大宛天马的血统。"

"大宛灭国数百年,血脉早就杂驳不纯,还能如当年一样神骏?"

"龙生龙,凤生凤,王孙落魄只在一时,只要一场风云际会,谁说不能东山再起?"

"上溯十代八代,哪个家里没出过几位高官显贵?照你这样讲,遍地都是英雄好汉。"

"所以一个氓隶之子才能喊出'王侯将相宁有种乎',倒回三千年前,谁人不是炎黄后代。"

殷放鹤想了片刻,放下杯子道:"理应如此。"

外头的雨还没停,但天上的阴霾已经淡了,明亮的日光透过浩浩烟云,照在依然血腥的土地上。李秋平反复擦拭他的雪花刀,直至上面能映出清晰的人影。刀锋锐利,人面疲敝,两道深深的法令纹将他的下半张脸分割成三个部分,像一个被压扁了的川字。

川上逝水,流去不回。

殷放鹤喝光了桌上的残酒,连剩余的下酒菜都吃得一干二净。红衣人正准备让掌柜的再温几两,忽然有个小侍者匆匆忙忙跑上楼:"来了!来了!两匹马的马车,已经到街口了!"

"果然是他。"红衣人身形一闪,人已站在了栏杆旁,时又予的车驾正飞驰着从他眼前经过。金银车厢,黑白骏马,乌木的门窗上贴着重重封条,四面纱帐垂下来,将整个马车罩得密不透风。异域大夫卫士坐在车夫的位置上,一手按刀,一手执鞭,他的手背上还有鲜血。

马车奔入刑场,车上人却并未现身,只听异域大夫卫士一声嘡哨,马头骤然调转方向,绕着吴庚戌无头的身躯一圈圈飞驰。马蹄溅起的雨水落在尸体周围,砸出一层层细密的涟漪,死囚冰冷的脊背上,像是开出了朵朵白花。

献给知己间阔别多年的重逢,同时也为他送葬。

马车一连跑了十八圈,异域大夫卫士高喊:"大人,雨停了!"

车中人在壁上敲了三声，那卫士再度扬鞭，两匹骏马人立而起，它们撒开四蹄，冲下刑场，撞开人群，迎着囚车驶来的方向，消失在正午街头。

红衣人朝栏杆外伸出手，对殷放鹤一笑："雨真的停了，什么时候停的？"

"就在咱们喝酒的时候。"

这场大雨将刑场中的血迹冲洗得干干净净，只剩下一轮又一轮的车辙，深深嵌在黄土夯成的地面上。两边是城垣，中间是壕沟，将吴庚戌紧紧围在里面，谁也攻不破，也再无需人来守。

红衣人道："时又予献城投降，终究是吴庚戌的一块心病，到死都放不下。"

"文官不爱钱，武官不怕死，时又予这个骂名得来不冤。"

"他不怕死，满城的男女老幼都要遭殃，乌羌人屠城从来不手软。"

殷放鹤心中一冷，忽然又是一热："善行恶行，千百年后或许另有定论，但凡夫俗子看不了那么远。至于我这样的，连眼前都顾不上，只能挥动着手臂乱抓，抓到什么，就是什么。"

红衣人轻轻一笑："看你这样张牙舞爪，别人离着老远就躲开了，你谁也抓不到。"

"如果人人都是瞎子，那就不一定了。"

官府的仵作搬走了吴庚戌的身体，而他的头颅则随着骑白马的使臣进了宫，皇帝要亲眼看一看这个胆大包天的刺客究竟是个什么模样。随后，此头会被挂在城门上暴晒三月，以儆效尤。

有侍者向红衣人耳语几句，他对殷放鹤一拱手："家里规矩严，我得先走一步了。"

殷放鹤道："我家那位脾气也厉害。"

红衣人笑了笑，领着侍者们鱼贯下楼。他让从人收拾好了桌椅，却留下了那扇玳瑁屏风。

吴庚戌魂归天外，但他亲手砸碎的酒坛仍在，珍贵的酒浆部分流入河中，部分融进土里，殷放鹤就顺着那漫长的河堤一直走。河岸边的八百株杨柳，他用手摸索着，一株株地数过来，脚下从青砖到碎瓦，耳边从渔歌到号子。他越走越缓，脚步也越来越慢，最后，他走进了城门的浓阴里。

三日后，距离刑场一百里外的永定河中，突然有无数鲤鱼跃出水面癫狂乱舞，

如同醉酒。来年二月，河畔垂柳生出新芽，枝叶散发醇厚香味，令无数游春男女熏然欲醉，因这个春天而诞生的婴孩大多被称为吴氏子，他们的父母每次经过柴市口，都要向空无一人的刑场敬一杯酒。

殷放鹤终于从城墙的阴影中走出来，他微微抬头，眼前竟是豁然开朗。

春尽头温暖的阳光下，一条笔直的大道尘土飞扬，车马与行人来来往往，两位臂膀粗壮的轿夫抬着一顶碧绿的小轿，与他擦身而过。风吹杨柳，帷幕微张，轿帘掀起一角，露出一位正在沉睡的少妇，她肚腹隆起，鬓插白花，面容竟与东门秀有七八分相似。

京城非衢州，此地也不是那处无名院落。殷放鹤回转身，目光顺着日影，爬上斑驳的城墙，老旧的城砖上仍有剑孔，仍有刀痕，但那写着"安贞门"三个字的匾额却光整如新。

守门吏三三两两地倚在砖墙上，究竟哪一个是时又予，殷放鹤分不清。他们交头接耳，一刻不停，翻来覆去，都是吴庚戌的那一句："你们怎么都反了"。

鲜血有多滚烫，天地就有多阔大，殷放鹤的胜负心随着他双眼一同苏醒了。

第十八章 短剑

他走出萱花楼时突然想起,当年他第一次见到这把小剑,似乎也正是三月。

　　李秋平肩扛着雪花刀,不疾不徐地往家里走。他还没进门,就听见妻子和邻居家的几个孩子在院中嬉闹。最大的已满十四,准备明年许人家,最小的才两岁,刚学会走路。他在墙阴下默默站了一阵,墙内的孩子们忽然听见有人敲门,探头看时,外面却是空空如也,只是在黄铜的门环上挂着个布褡裢,里头有一把刀。几支糖人、十多两银子。

　　每次行刑完毕,李秋平都要去趟萱花院,他从不找娼妓,只窥痴男怨女。刽子手杀人之后,身上带有杀气,孩童对此十分敏感。

　　要克杀气,唯有色欲。

　　杀气往上冲,色欲向下沉。李秋平曾听一位妓女说起,她有一个客人,只在濒临窒息时才会产生快感,于是在某一次交欢中,她不慎用枕头闷死了他。妓女依律被判处绞刑,随后李秋平剖开她的尸体,发现她经脉贲张,下肢充血,像是刚经历过一场纵情欢爱。

　　醇酒美人,都是刮骨钢刀。刑场上流血,花床上流汗,最后一并远赴极乐。而生命的消融就像高潮的逝去,尽管竭尽全力想要延续,但终究只能留下一点无足轻重的印记。

　　李秋平常常躲在妓女们窗外,听一夜巫山云雨。嗓音越美妙,节奏越和谐,杀气就消弭得越快。

　　萱花院里的女人自小都经过鸨母的严格调教,有人高亢壮烈,有人哀婉动情,但声气最好听还是花魁月眉儿。她与张蜀桐在一起时，雏凤清，老凤醇，烘云托月，一唱三叹，李秋平躺在屋顶的瓦片上，任凭潮起潮落，真心有如磐石。

他纵身跃上萱花楼，轻车熟路地摸到月眉儿的窗檐下，里面只有一盏孤灯，忽暗忽明。张蜀桐身亡，一代花魁也离了风月关。

李秋平将耳朵贴在窗户纸上，房中竟是全无声息，楼下的狗突然不叫了，庭前的丝竹却还在响。他推开窗户，沉闷的空气里，有一丝淡淡的血腥味。月眉儿盛装坐在妆台前，身子歪向一边，胸前插着一把小剑，已是气绝多时。她神情安详，衣饰严整，双手紧紧握在刀柄上，显是自杀身亡。李秋平看惯尸山肉海，乍见月眉儿的遗体，竟也有些神魂恍惚。

夜风涌入，将两个人的影子都吹得摇曳不定，忽然有人在门外道："乖女儿，你想好了吗？几位乌羌大人都快等急了。"李秋平认得出，那正是萱花楼的鸨母。她见月眉儿不应声，又说道："张侍郎虽好，终究是个死人了，你往后的日子还长，总不能就这样随他去了吧。"

花魁的身体已经冰冷，面容却依旧如生，她的银梳子落在膝盖旁，上面还缠绕着两根乌黑的发丝，李秋平小心捡起来，收进妆台里。

鸨母左等右等，月眉儿始终没有回应，她耐心用尽，隔着门咒骂道："当了十年婊子，说不干就不干，世上哪去找这样的好事？这几天由着你行什么孝、守什么节，你还真把自己当成张家的未亡人了？好好好，你现在就去张府，看家里那三个姐姐认不认你。"说罢她朝地下啐了一口，叮叮当当地下楼去了。

李秋平双掌合十，向月眉儿拜了三拜，随后伸出手，将她的尸身扶正了。仿佛了了一桩心愿，月眉儿的双手从胸膛上垂落下来，露出一截朱红的剑柄。李秋平肩膀一颤，向后连退了两三步。他转身端来烛台，跃动的灯火又弱又冷，剥开新凝的血痕，剑柄上的金线缠了十八层。

李秋平告了声罪，将小剑从月眉儿身上拔出来。此剑身长不到一尺，重量只得两斤，剑脊上有流水一样的纹路。

习武之人拳不离身，年岁久了，兵刃也会沾染主人的性情。使长刀者，京城粗豪不羁；使细剑者，则多潇洒薄情；使棍者方正；使鞭者油滑，而想要短剑使得好，只有一个"快"字。

三招之内，胜负立分。所以擅使短剑之人最为吝惜，不仅惜时，而且惜命，

第十八章·短剑

恨不得将世间的一切都牢牢抓在手里，连时间都夺不走。

李秋平右手托住剑柄，轻轻一拧，只听里面"喀"的一响，红木应声裂成两截，那剑柄竟是中空的。他将手指伸进去，冰凉的筒壁上贴着一圈薄纸，抽出来细看，是一封信和一张字条。那信用火漆封了，字条上面只有寥寥两行，开头就提到了他。

"致无衣共榻之人李秋平，烦将此信转呈南平谢瑶仙。"

落款之日距今正好二十个春秋。

李秋平将刀柄合起来，重新插回到月眉儿的身体里。他没听说过谢瑶仙这个名字，却有办法能够查到。天下户籍一式两份：一份在户部，活多少人，交多少税；另一份在刑部，死多少人，犯多少罪。

李秋平吹灭烛火，关上窗户，走出萱花楼时突然想起，当年他第一次见到这把小剑，似乎也正是三月。

二十年前，中原北方遭遇了一场大旱，黄河两岸的千里沃野颗粒无收，流民从河西辗转来到腹里，一路上饿殍遍地，易子而食。李氏世代习医，认得各式草药野菜，否则早已饿死在黄河边。

夫妇俩育有五个儿女，李秋平排行老三，下面的两个弟妹都在半路上被人买走，一个在山西，一个在保定，如今来到京城城下，轮到了他。

暮春的一个傍晚，夫妇俩在城门口将李秋平交到一个黑脸汉子手里，他们塞给他三个烙饼，叮嘱他要听话。李秋平眼泪汪汪，知道这一别余生再难相见，仍低声哀求道："书上说人吃的东西都会下到胃里，你们划开我的肚子，把我的胃摘掉，就再不用费粮食了。"

李大夫满脸是泪："但没了胃你还是会饿。"

"为什么？"

"书上没写……"

"你们试试，我不喊疼。"

"已经按了手印，就不能反悔了。"黑脸汉子牵起李秋平的手，他的皮肤很粗糙，肌肉却很软，像个刚生完孩子的女人。

他将李秋平带到一处极其破落的院子，院中还有其他七八位少年，个个双目无神，面黄肌瘦。他们都被拇指粗的麻绳绑在一块床板上，没穿衣服，只在胯部系了一条白布巾。李秋平在那里待了五六天，吃喝拉撒都在一处，开始还有点稀饭，后来就连口水都没有了。

等到第七天傍晚，从外面推门进来个驼背老人，黑脸汉子连忙站起来，叫他白师父。

白师父问过每个孩子的年纪，对黑脸汉子道，按照往常的规矩，要先从小的开始，幼童的骨缝还没长拢，下刀容易。李秋平今年已经十七岁，排在最后。

少年们被黑布蒙住脑袋，一个接一个地被带出去，屋子里只剩下李秋平一人。墙角的蜡烛越燃越暗，直至熄灭。逼仄的陋室中，还有一两点明月光，半边洒床头，半边落床尾，床尾正对着虚掩的门。

门外的矮墙上映出一道倾斜的身影，他左手提绳索，右手握利刀，李秋平看着他缓缓举起刀子，夜风骤起，门"砰"的一声关上了。

这声响动在四堵墙壁间反复回荡，冲淡了少年们的惨叫与呜咽。

不知过了多久，李秋平又听见了脚步声，他连忙闭上眼，小声问道："等会下刀的时候能轻点吗？"

那人走到跟前，敲了敲他身下的门板："怕疼还来当太监？"

"我要不来，一家人都得饿死。"

"讲得好，咱们都是为了救人。"说罢，李秋平只觉四肢一轻，眼前的黑布被揭开了。床前的人收了剑，脱光衣服，赤条条地在他身边躺下："你可以走了。"

"你是困了吗？这里可不是睡觉的地方。"李秋平说着，往旁边挪了挪，给他让出半面空隙。

那人笑着看了他一眼："谢了。"

"你也想当太监？"

"嗯，从小就想。只要能进宫，叫我干什么都行。"

"宫里真有那么好？"

"进去了就知道。"他指了指脱在床下的衣服，"都送给你，里面还有几十两银子，足够你养活家里人。"

李秋平如履薄冰，从那人的身体上爬过去。那人皮肤细腻，头发乌黑，脸上长着一双丹凤眼，年纪不到二十，一看就是没吃过苦的好命。

"我从没穿过这样的衣服……"李秋平身披外袍，肩上搭着一条束带，腰上缠

着另一条，那人一伸手，帮他把带钩里的暗格扣上了。

"好看吗？临出门之前，我姐姐专门托人做的。"

"你穿着应该更好看。"

那人笑着搡他："赶紧走吧，还是你想留下来，和我做对契兄弟？"

李秋平世居北方，这个词他没听过。

"你叫什么名字？我想在庙里给你立个长生牌位。"

"不是囫囵人了，活多久也没意思。"

"那就保佑你当上大太监，跟唐明皇身边的高力士一样。"李秋平长到十七岁，只知道这个太监最有名。他提起衣摆走到门口，那人在身后问了一句："你以后还留在京城吗？"

"老家的医馆都被占了，想回也回不成。"

"既然会医术，留下来当个大夫也好，没准日后成了名医，还能将我这东西接回去。"

"再有名的大夫，也就比别人晚饿死十几天。"

那人翻了个身："你喜不喜欢看热闹？"

李秋平愧煞："他们都说我是苍蝇投胎，就爱往人多的地方挤。"

"杀头也看？"

李秋平点头："但是不敢多看。"

"你过来，认清楚这把剑。"

"太黑了，看不清。"

那人握住他的手："你仔细数剑柄上的金钱，每过一年，上面就会多一圈，现在一共有十八圈。"

"就像年轮一样。"

"剑柄是空的，我在里面放了样东西。"

"什么东西？"

"等真进了宫再决定。"那人犹豫片刻，将短剑收到身下，朽坏的床板又湿又凉，冻得他打了个寒噤，"给你的钱不要急着用光，倘若有一天，你在柴市口的刑场上看见我，就花点钱把我的尸体买下来。这把短剑我从不离身，剑柄里的东西，你送去给一个人。"

"给你做衣服的那位？"

"多半就是吧。"他套上那只黑口袋，不再看李秋平，"有人到了，你先找个地方躲一阵。"

房梁上不去，箱笼太细窄，情急之下，李秋平只得钻到了床底。他蜷缩在床板下，看门缝里数条人影由远及近。先进来的是那个黑脸汉子，半新不旧两只薄底快靴，左边的鞋面已经磨出个窟窿。

他一坐下就连连叹气："白师父啊白师父，我看你真是老了，连个十几岁的毛头小子都降不住，从今往后，你还拿得稳刀吗？"

老头子的青布鞋不紧不慢跟在后面，鞋尖上有血，湿漉漉的还没干。

"我都五十五了，人活一世，迟早有这一天。"他挨着黑脸汉子坐下，口气平淡，"当初要是你肯入门，现在我也能安心告老还乡了。"

"又是血又是肉，我胆子小，下不去手。"

白老头摇摇头："胆子都是练出来的，我刚开始学艺的时候，杀鸡都不敢看。"

"不但不敢看，你连肉都不吃。"

"最好提都别提。"

黑脸汉子哈哈一笑："割完最后这块肉，我请你喝酒去。"

白老头往前走了两步，抱起少年的腰："饿了七八天，怎么还这么有分量。"

汉子又笑了："骨头重，日后必能飞黄腾达。"

那人的身量比李秋平略高，两条修长的小腿从白老头身侧垂下来，轻轻搭在地上，刀子匠枯瘦的手指扣紧他的膝弯，一步一步走得很慢。

李秋平却希望他们能再慢一点。他的视线埋得越来越低，沉到泥沙里，与蛇鼠平齐，仰看着那双赤脚在湿软的地面上划过一道浅浅的痕迹。黑夜像涨潮的海水一样，逐渐没过那人的足趾、脚踝、膝盖，最终完全消失在门外。

李秋平从床底下爬出来，攀着窗户跳到后院里。院墙年久失修，早已形同虚设。他迈过那一片残垣断壁，倾圮的砖瓦在他脚下发出碎裂的呻吟，就像踩着一道还没愈合的伤口。

晚风正轻，月色正好。李秋平慌不择路，撞倒了并肩夜游的一对男女。在他们中的咒骂声中，璀璨的灯火次第亮起，将对面的萱花楼照得亮如白昼。

时隔一月，李秋平备下厚礼，拜白老头为师，潜心学习刀法。十年后，他已

是京城第一刽子手,大刀斩头,小刀剜肉。他没错过死在他手上的每一个囚徒,但那个皮肤细腻、头发乌黑的人却始终没有出现。

第十九章 鹓鶵

夫鹓鶵,发于南海而飞于北海,非梧桐不止,非练实不食,非醴泉不饮。

　　李秋平只身回了刑部,让翁白头调出前朝的户籍卷宗,南平城三教九流十万余户,但名叫谢瑶仙的只有一个。当年的江南名妓,在声名最盛时,成了大儒洪铁崖的妾室,而这位洪铁崖,前几日刚刚遭遇了吴庚戌的刺杀。

　　李秋平思索一阵,又令滚地青找来吴庚戌一案的供词,上面明明白白地写着犯人的十大罪状,他指着其中一行问:"这条逼奸女眷,是确有其事?"

　　"我们还没审,他就自己招了。"

　　"他逼奸的是谁?"

　　"洪府的二夫人谢瑶仙。但谢氏却不承认,说受辱的只是她身边的一个丫鬟。"

　　"那个丫鬟怎么说?"

　　"她倒是认了,还把吴庚戌如何行事的整个过程详细说了一遍,肩宽腰长,样样都对得上。"

　　"那就是吴庚戌说谎了?"

　　滚地青道:"蹊跷就在这里,吴庚戌看完证言,也说了一遍,比那丫鬟讲的还要详细,他甚至记得二夫人背上有处短剑文身,剑柄上还缠着金线。"

　　"真有?"

　　"尚书家的夫人,怎能让我脱衣验看。"

　　李秋平掩卷长叹:"可惜吴庚戌已死了。"

　　这时翁白头一阵风似的冲进来道:"大人,宫中传来消息,皇上遇刺了!"

李秋平脑中突然闪过一道灵光，全身的肌肉都收紧了："刺客是宫里人？"

滚地青有些意外地看了他一眼："皇上可还安好？"

他们一人一句，翁白头不知道先回哪边。正在此时，刑部大门外忽然涌进一队士兵，一名内官在众位武士的簇拥下策马向前，手里捧着一卷明黄布帛，居高临下道："李秋平是哪个？"

刽子手连忙跪倒："下官在。"

"皇上有旨，召李秋平即刻入宫觐见。"

"这么大张圣旨，就写了一句话？"

内官一拂衣袖："又是个多嘴多舌的，带走。"他身边的武士立刻逼上来，架着李秋平的双腋，将他按在马背上。刽子手刀法绝世，在这些武士面前却不敢有丝毫反抗。

一行人大张旗鼓地来，又浩浩荡荡地走，守门的年轻小吏悄悄凑过去，问仍跪在地上的两个捕快："李大人这回算是一步登天了吧。"

滚地青冷笑："好人寿终封神仙，恶人身亡成鬼魅，管他上天入地，总脱不开和死人打交道。"

殷放鹤回到野狐禅院时，黑狗和褚焕山已经在那里等着了。两个人都摘下了斗笠，面貌跟想象中并无太大分别。黑狗上了年纪，脊背却不佝偻，显得比普通老人高大不少。褚焕山正值中年，身材纤细，生着一双长年劳作的手。

他们当初的运气都不太好，出门后一个被龇牙咧嘴的恶狗纠缠，一个撞上一位科举无望的书生，举着把裁纸刀要自尽。

殷放鹤问："你种得动田吗？"

褚焕山摇头："我连五谷都认不全。"

"那你靠什么生活？"

"编草鞋，"褚焕山道，"再拿到集市上去换吃穿。"

殷放鹤低头看她的脚，赭黄的鞋面上还插了一朵紫色的野花。

东门秀听见他们说话，从厢房里走出来，手里正挽着半面袈裟。她十月怀胎，即将临盆，禅院之中缺衣少食，只好用僧衣改做襁褓。

殷放鹤连忙从怀里掏出一个油纸包："你饿了吗？我给你带了些吃的。"

第十九章·鹡鸰

东门秀低头接过来,殷放鹤顺手要帮她拿袈裟,两个人一人拽着一边,线头紧紧绷住,东门秀一愣,突然松了手,蹲在地上哇哇大哭:"你能看见啦!"

"看见就看见,有什么好哭的。"

东门秀扯过袈裟擦眼泪:"等会儿你得和我去给菩萨磕头还愿,我天天诚心诚意求她保佑,这才让你的眼睛好起来。"

"我看那菩萨自己都闭着眼……"

东门秀轻轻打了他一巴掌:"就这么定了,不准再胡说。"

殷放鹤望向他的两个徒弟:"你们说说,我该不该去?"

黑狗道:"圣人云,敬鬼神而远之。我虽然不信,却也不会阻止旁人去信。"

东门秀却不服:"我拜我的菩萨,你拜你的圣人,模样虽然不同,还不都是一回事。"

"不一样,不一样。"黑狗连连否认,却没有再解释。

"你们师徒俩,一个比一个气人。"她一边埋怨,一边往厨房去,"晚上想吃什么?黑狗和褚焕山打了两只野雁,用来炖汤正好。"

"少弄些,我在外面吃过了。"

"外头的东西哪有家里的合意,再说我都快熬好了,就等拿碗盛。"

褚焕山也小声劝他:"师娘挺着大肚子忙了一下午,多少喝点。"

殷放鹤点点头,冲着厨房道:"我好像闻到荠菜的味儿了。"

"你的鼻子比眼睛灵,"东门秀如今身形肥硕,略一活动,就搅得锅碗瓢盆响成一片,"除了荠菜,我还加了些苜蓿、黄芽、冬瓜,都是你喜欢吃的。"

"有胡椒吗?"

"胡椒得去城里买,现在只有八角和茴香。"

"也行,给我多盛点。"

东门秀双手捧出个海碗,递给殷放鹤,亲眼看着他喝了一半,忍不住催促道:"赶紧喝完,待会就凉了。"

殷放鹤一肚子山珍海味还没来得及消化,却又不忍拂了妻子的美意,只得找了个方便的借口,绕到佛堂外的墙根下,一抠嗓子眼,把在酒楼上吃的东西全都吐了出来。他看着那一地的残羹冷炙心疼不已,扶着残墙喘气,却见堂上的弥勒佛气定神闲,大腹便便,遥对着莲座上的观音,似在论道,又似说笑。

说的不知是什么理，笑的也不知是什么人。

殷放鹤忽然自惭，他偷偷拿来僧人们的笤帚簸箕，将墙底的污迹清理干净。抬头再看时，弥勒还是弥勒，观音还是观音，凡人如何行事，扰不了他们千秋岁月。

黑狗与褚焕山并非无故登门。多位重臣接连惨死，京城城内已是风声鹤唳，刺客们再要下手，无异于自投罗网。

而七位杀亲者里，有六位的目标已经揭晓，其中四死二活，结果不算太差。

殷放鹤的徒弟也只剩下两个，一男一女，一老一弱。褚焕山联系黑狗，她想要继续。

"我杀了张蜀桐，按照盟誓，你们也得帮我完成心愿。"褚焕山的意志很坚决。

殷放鹤问："你写的红头签，是谁抽到了？"

"是我。"黑狗说着，从袖中取出那支签，"工部侍郎容谦，兼任皇城营造，在前朝就是个肥缺。"

"你写的目标又是谁？"

黑狗无奈道："就是那位吏部尚书洪铁崖，夏庭芝杀过一回，吴庚戌又杀过一回，他却还活着。"

殷放鹤叹气："现在还得加上一个时又予。"

"时侍郎一朝沦落，声名尽丧，对他而言，跟死了没有分别。"

褚焕山道："吴庚戌没熬过刑，泄露了与咱们的密约，时又予的生死已经与他无关。"

"不是他。"黑狗摇头。

"什么？"

"供出杀亲之盟的是那对小夫妻，不是他。"

"你怎么知道？"

"我看过刑部的卷宗，吴庚戌满口都是谢瑶仙，其他的几乎只字未提。"

殷放鹤乐了："连刑部都能来去自如，当初把我从死牢里救出来，你应该出了不少力。"

"不可同日而语。你虽杀人无数，但在帝王眼中，终究只是个无名小卒。"

"这么神通广大，恐怕容谦也认得你。"

第十九章·鸤鹪

"他与我相识十几年，比你们想的还要熟悉。"

褚焕山低声道："那他当年投靠乌羌人的时候，你有没有劝劝他？"

黑狗沉默了一阵："你是他的至亲，他连你的话都不听，何况我这个外人。"

褚焕山点头："你说得对，都是我的过错，可惜已经没有时间再改正了。"

有人追怀昨日，就有人期盼来时。东门秀刚收拾完碗筷，坐在一株松树下，借着从方丈禅房里透出的灯光描花样。

四面蝉鸣缭绕，偶尔传来一两声僧人们的诵经，她时不时停下手中的笔墨，侧耳细听。和尚们诵的梵文，如真如幻，似念似唱，一句揭谛，两句揭谛，三句还是波罗揭谛。东门秀摸着高高隆起的肚子，对尚未出生的儿子道："你亲爹被人杀了，干爹喜欢杀人，你倒和他们都不一样，爱听人念经，以后就当个和尚好不好？"

胎儿在腹中蠕动了一下，似在点头。

东门秀想了想，又道："不成，你还是要娶妻生子的，干爹他未必活得长久，娘亲的后半辈子只能靠你。"

经文诵了一遍又一遍，色相增减一层又一层，方丈一敲金钵，僧人们轰然齐颂阿弥陀佛，就在这最后一声悠远宏大的梵唱中，禅院的晚钟敲响了。

黑狗指着那千余斤的铜钟道："这间野狐禅院建于盛世，至今已有四百余年，其间历经三兴三衰。东边的墙壁上还有容谦亲笔题的一首诗，我只记得最后两句，举目青云外，犹觉红日低。"

褚焕山和殷放鹤都不懂诗，听不出其中好坏。

黑狗道："容谦入仕以来，一向谨言慎行，一句多余的话不说，一件多余的事不做，你们想要杀他，比杀洪铁崖还难。"

"他有喜欢的女人吗？"殷放鹤问。

"只有一位糟糠之妻。"

"爱酒吗，还是爱钱？"

黑狗笑道："你没做过高官才会这样问。世上有一种鸟叫做鹓鶵，你听说过吗？"

他的话里没有一个字是讥讽，却仍让殷放鹤从心底里感到羞愧。

学问和武功一样，都有降服众人的力量，武功争的是胜负，而学问定的是尊卑。十八般兵器各有所长，又相互克制，没有人比殷放鹤更谙熟其中的关窍。他虽没读过书，却也听说过这样一句诗：万般皆下品，惟有读书高。

黑狗脚下踩着累累青史，站在云端睥睨众人，即使叫过千百声师父，也无法拉近这个距离。

　　"鸩鸹不知道也罢，那关公辞曹你总该看过。"

　　"这可是你师娘的拿手好戏。"

　　"还记得里面怎么说的？"

　　"哪一段？"

　　"夜过八里桥。"

　　"怎么能不记得？"殷放鹤一边在腿上打拍子，一边唱道，"先将美人舍，再把金印抛，玉树琼枝作柴烧，百年好酒我洗芭蕉。"

　　黑狗又笑道："容谦没有关云长的武艺，却比他还要傲气，你看不清这一点，怎么杀得了他？"

　　殷放鹤低头反省："抱歉，我以前从没杀过这样的高官，还要请你多指点。"他的师父曾说，杀百姓的办法他可以教，杀贵人的办法靠自己悟，而杀天子的办法被称为屠龙术，只有求上天成全。

　　殷放鹤站起来对黑狗一拜："我给你当徒弟，你教我杀大官。要是你同意，我现在就跪下给你磕头。"

　　黑狗吃了一惊，摇头笑道："现在还不是时候，先了结眼前的事情。"

　　褚焕山突然道："要是我能将容谦引出城，你们有几成把握？"

　　殷放鹤道："是他，不是我。当初咱们约定好了，杀人你们去，我只管三件事情——收钱，传艺，养媳妇。"

　　"但也有例外。"

　　"仅此一条，"殷放鹤对此并不否认，"你们全都事败身死，我才会替你们出手。"他看着自己仅存的两个徒弟，黑狗老迈，褚焕山瘦弱，他们都不适合修习刺杀术，却已是刺客最后的传人。

　　甚至可能会更少。

　　同样的问题，褚焕山望着黑狗又问了一遍。他想了一想："三步之内，十成。"

　　"三步之外呢？"

　　"还是十成。"黑狗道，"死的十成是我。"

　　褚焕山点头："那就三步。"她在石凳上坐下来，鞋面上的野花随风轻摇。东

门秀提着风灯经过,远远跟她打了个招呼。

褚焕山没生过孩子,却知道当母亲的辛苦。

"这么晚了,你们还没说完?"

"马上就走。"

"锅里还剩了些汤,带回去喝吧。"

"好,师娘你也早点歇息。"

东门秀低眉一笑,她实在是个很好看的女人,皮肤光滑,嘴唇红润,只是鼻子略高,令人觉得太过刚强,但正是这点缺陷,让她整张脸变得生动起来,显出与月眉儿截然不同的风情。

东门秀回房后,黑狗也向殷放鹤告辞了。禅院内外万籁俱寂,偶尔有几个游荡的僧侣经过,一身僧袍浆洗到发白,衣角上还有几块补丁。褚焕山垂下头,不敢多看,僧侣为度人,他们则要杀人。

殷放鹤坐下来:"你还有事?"

"我有办法,可杀容谦。"

"你刚才怎么不说?"

"容谦虽然死有余辜,但要杀他,却牵扯到另一条性命。黑狗是个读书人,心肠软,嘴又厉害,我怕辩不过他。"

殷放鹤放下手里的空碗:"说你的办法。"

第二十章 谢淮

从姓名到籍贯、从性情到经历,乃至脑海深处的一个眼神、说话时不经意的那个停顿,都在历经重重堆积、层层粉饰后,凑出一副完整的人形。

殷放鹤进了庙,李秋平出了宫。

一个内侍将他送到崇天门外,已经有一辆马车在那里候着了。翁白头提着鞭,滚地青倚着马,李秋平就站在高阔的门洞里,低声对内侍道:"有劳公公了,就送到这里吧。"

那内侍身材矮胖,容貌粗陋,双手捧着一只白玉盘,上面盖着层厚厚的红绒布。他将玉盘交到李秋平手里,笑道:"皇上很看重李大人,大人也千万别辜负皇上。"

李秋平诚惶诚恐:"下官不敢。"

内侍点点头,又在那绒布上放了一只小锦囊:"这是单独给你的。相识一场,希望他能走得体面。"铁勒遇刺后不到一个时辰,就在千佛阁召见了剑子手。

李秋平道:"下官尽力而为。"

内侍叹了口气:"我与他认识二十年,竟不知他还有这样的野心,如今落得这个下场,也是咎由自取。"说罢他一甩袖子,扶着朱红的高墙往回走,宫门就在他身后缓缓合上。

滚地青一直在马车旁看着,见李秋平转身,才凑过来问道:"听说大人要高升了?"

"听谁说的?"

"多了,我哪能都记住。"

李秋平踩着他的膝盖上了车："路上再说。"

时过三更，街上早已没了行人，翁白头驾着马车，沿墙根徐徐地走。滚地青揭开红绒布的一角，突然往后一退，半晌没有声响。翁白头勒紧缰绳回头问道："没见过这么多钱吗？"

滚地青满腹委屈："里头不是钱。"

"那是什么宝贝？"

"你自己来看。"

滚地青一把掀开绒布，下面是一双握剑的手，骨肉匀称，五指修长，即使已经脱离开躯体，仍紧紧地擎住剑柄不放。

"好薄的剑。"翁白头道，"这么薄的剑，连女人都不屑用。"

"再厚就慢了，"李秋平解释道，"皇宫大内高手如云，他的机会稍纵即逝，刺客想得很明白"。

"但他还是失败了，皇上戎马半生，应该能躲过这一剑。"

"皇上没有躲，是刺客老了。我看过皇上的伤口，剑锋已经刺破了脖子，就差一点割断喉咙。"

翁白头仔细端详那只断手，皮肤白皙，肉色鲜红，下面覆盖着的筋络精密紧实，并未显露出任何衰颓姿态。

"这人恐怕还不到四十岁。"

"太监受过宫刑，损了元阳，面子上看着年轻，骨髓里已经是强弩之末。"

翁白头看向滚地青，后者脸庞一红："跟你说过多少次，我和那些太监不一样。"

"是不一样，他们少了件东西，你是多了件。"

滚地青轻轻哼一声，往李秋平身边靠了靠："大人，你见过那刺客吗？"

"见了。"

"是个什么人？"

"他本名叫谢淮，原籍福建闽侯……"李秋平思索片刻，尽力将多年前的回忆与皇帝口中的咒骂拼合起来，从姓名到籍贯、从性情到经历，乃至脑海深处的一个眼神、说话时不经意的那个停顿，都在历经重重堆积、层层粉饰后，凑出一副完整的人形——刺客被两位乌羌武士押着，披头散发，穿一身红衣，他两边的袖

第二十章·谢淮

子空空荡荡，一边走，一边来回摆动。

铁勒道："李大人，你看一看他。"

皇帝没有选择在大明殿召见剑子手，而是让内侍将他带到了千佛阁，那是国师步六孤亲自督造的一处佛堂，其中九百九十九尊佛像神态各异，描金镀银，在烛火的照耀下灿然生光。铁勒坐于正中，正好凑成一千的整数。

李秋平不敢抬头，但九百九十九尊佛陀光洁如镜，个个身上都有那人的倒影。

"阿里不哥之后，意图行刺我的人成百上千，但只有这个南人敢真正拔剑，他甚至差一点就成功了。"铁勒盘腿坐在黄缎的蒲团上，几个年轻的乌羌侍女正在为他的伤口涂药。槛外的王公贵戚纷纷跪下请罪，有乌羌人，也有异域人，在他们身后零星地站着几个汉官，品级不高，面目也不甚清晰。他们就像这座巨大宫闱中的一道点缀，稍微垂下点眼皮，就会完全消失不见。

"你们说，他该怎么处置？拉到柴市口一刀杀了？"

一个蓄着短须的年轻人道："大汗的意思是网开一面，放他一条生路？"

"网开一面……这个词是谁教你的？"

年轻人俯首道："是丞相。"

铁勒拨弄着手里的白玉念珠："阿合叶来了吗？"

"丞相亲自为大汗试药去了。"

铁勒叹了口气："忠心也救不了他的愚蠢，让他试完药就去受三十鞭子。"说着，皇帝站起来走到那年轻人身旁，轻轻抚摸他光滑油亮的发辫，慈爱地道："太子你还年轻，不用着急学这些东西。"

太子柔沙一脸迷惘，却还是点了点头："遵命，额齐格。"

铁勒抬起眼皮，将目光投向那些沉默的汉官："洪尚书在吗？"

一个略有些瘦削的官员拱手道："回禀皇上，洪大人重病缠身，已经有半个月没下床了。"

"什么病，太医看过了吗？"

"看过了，说是风寒。"

"我也得过风寒，照样能骑马射箭。"

"洪尚书年纪大了，比不得皇上龙马精神。"

铁勒看他眼熟："那你又是谁？"

"下官工部侍郎容谦，兼任皇城营造。"

"容谦……"铁勒想起来了，"你的事情我听洪尚书说过，有名的大孝子，你那位嫂娘现在怎样了？"

"身体还算硬朗。"

"看你不过三十多岁，她的年纪应该也不会太大。"

容谦摸不清皇帝的脾气，战战兢兢道："嫂娘今年四十有二。"

"不到五十都不算晚，还能再嫁个男人生孩子。"

见容谦默然不语，铁勒又道："你经常去洪铁崖府上走动？"

"当初考进士的时候，洪尚书是他座师。"丞相阿合叶挨完了鞭子，被两个侍卫架着，一瘸一拐地挪过来。

铁勒看见他就笑了："区区三十鞭子，怎么像是被打断了腿。"

阿合叶一脸委屈："大汗让打，谁敢手下留情。"

"你净给太子看些乱七八糟的东西，这一顿挨得不冤。"

"是殿下太聪明，过目不忘，无论什么东西看了就能记住。"

铁勒笑着摇摇头："别演戏了，赏你二百两银子，拿回去买金创药。"

立即有内侍将装满了银锭的玉盘端上来，整整二百两白银，正四平八稳地躺在盘底，个个都像任君采撷的少女。阿合叶家财万贯，并不将这点钱财放在眼里。他觑着以容谦为首的那群汉官，他们中大多数人的俸禄，一个月还不到十两。

"丞相，你是太子的老师，你说该怎么处置这个谢淮？"

阿合叶揉着屁股问："殿下怎么讲？"

"他说要从轻发落。"

阿合叶道："殿下宅心仁厚，但南人都是喂不熟的狼崽，稍微放松笼头，就会被他们咬断颈子。"

太子柔沙跪在原地，似懂非懂。他的眉毛粗黑浓密，与铁勒截然不同。见过他们的人都说，他长得更像母亲温兰皇后。

"丞相的意思是要杀？"

"不仅要杀，还要狠狠地杀，让天下人看过之后，都再不敢心生异志。"

铁勒握紧了手里的白玉佛珠："可吴庚戌的头刚送过来，就有人对我拔剑！"

阿合叶道："那是因为吴庚戌死得太容易了，一刀两断，身首异处。我听说那

个刽子手刀法通神,切肉断骨有如清风拂面。"

铁勒突然转头望向李秋平:"是这样吗?"

李秋平连忙道:"三人成虎,小民们只信自己愿意相信的事情,但皇上信不得。"

皇帝"嗯"了一声,朝阿合叶道:"你继续讲。"

"对这些亡命之徒来说,痛快的死刑反而是一种奖赏,所以请大汗不吝天威,降下最严厉的惩罚,让他们在领受无穷的痛苦之后,毫无尊严地死去。"

铁勒的双手负在身后,在佛像前来回踱步。菩萨低眉,金刚怒目,他们座下的青狮白象雄壮狰狞,手中的刀枪剑戟威风凛凛,持国天王高举降魔杵,雷霆之下,正是他最宠爱的儿子柔沙。

太子今年刚满三十七岁,恰是一生中最强健的时候。铁勒在他这个年纪,父亲还活着,兄弟尚生龙活虎,再加上正当盛年的自己,乌羌王族最纯净的血脉就都在这里了。他们并肩驰骋在一望无际的草原上,纵横千里,摧城拔寨。那些曾经征服过的广阔土地,大部分连名字都还来不及写下,就被从地图上彻底抹去,没有遗留一点痕迹。

然而就在三个月前,铁勒听到消息,那匹随他征战多年的骏马终于老死了。他命人将马头割下来,马肉分给众位儿孙吃掉,最后剩下的马尾拧成一条穗子,就悬在太子头顶的降魔杵上。柔沙皱了皱眉,终究还是三缄其口。

铁勒突然感到一股巨大的压力扑面而来,让他脖子上的伤口疼痛不已。他低下头,见阿合叶正伏跪在自己脚边,刚才的一番慷慨陈词,令他肥硕的脊背微微颤抖。他是最卑微的奴仆,也是最忠诚的朋友。皇帝提起脚尖踢了踢阿合叶的肩膀:"丞相想让他怎么死?"

阿合叶转着眼珠:"五马分尸?"

"你就只听过这个。"铁勒有些不满,他缓步走向那群汉官:"你们都是前朝的进士,个个饱读诗书,以你们看,最痛苦的刑罚是什么?"

有人说凌迟,有人说俱五刑,但铁勒听了只是摇头:"都是些老生常谈,这么多颗自诩聪明的脑袋,难道就想不出点新鲜玩意儿?"

这时又有人说了个油烹,铁勒笑了笑,命人将他拖出去。皇帝往后退了几步,重新坐回到蒲团上:"那个叫容谦的,你说。"

工部侍郎静了一静,道:"人生来忘性大,再残酷的刑罚,三五年之后,也就不觉得可怕了。"

铁勒摸了摸脖子上的伤口："你说得很对，所以我日日祈求佛祖显灵，在我的每一位臣民身上都留下一道烙印，好让他们知道，至少今生，我是他们唯一的主人。"

"荀子的《议兵篇》里提到过一种古代刑罚，叫做炮烙。"

"炮烙？什么意思？"

"铜柱烧红为炮，人置其上为烙。"

连铁勒也倒吸一口凉气："人还能活多久？"

"转瞬即为焦炭。"

"不行，太短了。"皇帝再次看向太子："你刚从花喇子模回来，那边有什么好办法吗？"

柔沙叩首道："儿臣有幸，在旭烈兀的监牢里遇到了一位奇人，他们都叫他山中老人。"

"我听过他的名字，跟那个胆大包天的南人一样，也是一个刺客。"

"那额齐格可知道，山中老人手下从无背叛？"

铁勒挺直了脊背："怎么做到的？金钱美女还是严刑峻法？"

"山中老人写了一本书，里头翻来覆去五百来个字，就讲了一个道理，从我者上天国，负我者下地狱。"

"我记得汉人当中也有这种说法。容大人，你记得出处吗？"

容谦道："这是《史记》中太史公的自序，夫阴阳四时、八位、十二度、二十四节各有教令，顺之者昌，逆之者不死则亡。"

"听听，老头子把自己当天地了。"铁勒不禁笑起来，嘴角牵动伤口，使他的笑容看上去有些勉强，"可光凭这一本书，就能让人死心塌地？"

太子再次叩首，道："假使让他们从小到大，无论吃饭睡觉，都只能念这几百字，情形就又不一样了。"

皇帝低头思索半晌，猛地一拍手："这是个蠢办法，却称得上绝妙，咱们正好能拿来一用。"他命人将面色苍白的刺客带到面前："你们说说，拇指大的字，他身上能写几个？"

"额齐格是要……"

"多亏容大人提起的炮烙，"铁勒用佛珠点着谢淮的额头，"此人既然宁死不悔，

咱们就用烙铁在他身上印满效忠我朝的字句，花样不用太多，三五句就行。用乌羌、汉、大食各种文字，让世人都能看得懂。这就叫……肉身碑。"

"大汗圣明，"皇帝还没说完，阿合叶便跪下来，连声称赞道，"将来到了地下，前朝那些短命的死鬼也不信他进了乌羌人的宫，是要做汉人的忠臣孝子。"

"但山中老人丧命时，也没人来为他求情。"柔沙是亲眼看见旭烈兀的士兵压着山中老人走上火刑架的，他身形伛偻，个头像是还没长成的少年，面孔却被深厚的皱纹覆盖，在场还有几个他最宠爱的女弟子，如今都已成为将军们的侍妾，专心执壶倒酒，仿佛根本不认识烈火中那个挣扎惨叫的男人。

半个时辰后旭烈兀派人清点遗骨，只有不到三两重，这是刺客之王留在世上的最终分量，比柔沙想象的还轻。

"洪尚书身上有病，这事就交给你了。"皇帝朝容谦招招手，"天天对着石头木头，的确没意思，等他一死，我就给你换个地方。"

吏部尚书不在，庭前汉官，容谦最尊，所有的同僚都在看着他。容侍郎对铁勒做了个揖道："微臣不求升官，只请陛下给汉官们多发三个月俸禄。中秋快到了，让诸位同僚能好好吃顿团圆饭。"

"那是你们的节日，乌羌人可不过。"

"《礼记》中说，天子春朝日，秋夕月，陛下在其位，就应谋其政。"

"我这就下旨禁掉这本书。"

事已至此，容谦只得硬着头皮往下说："皇上不可对先贤不敬，否则会伤了天下士子的心。"

"将你们单独编为儒户，不用徭役也不用纳税，让你们能安心读书……你倒说说，是有哪里受委屈了？"

"自古以来，君王皆与士人共治天下……"

"要是洪尚书在，他必定不会这么讲。"铁勒收敛起笑容，"侍郎出过远门吗？"

"三年前，从南平迁到京城。"

"也不过一千多里，连长城都没迈出去。"皇帝捏了捏容谦的肩膀，多年埋头苦读，已经熬干了他的筋骨，"我到过一座有上千年历史的古城，欣赏过之后，就将它毁灭了。然后我到了一处宏伟的寺庙，杀了寺庙的主人。从东到西，有无数国家灭亡了，他们的先知和你们的圣人一样聪明，经文也和你们的典籍一样深奥。

你说要与我共治天下，就先去问问他们的尸骨答不答应。"说罢，乌羌人一挥手，不再理睬容谦。他身旁的两个侍卫扳着谢淮的脖颈，强迫刺客抬起头颅："听了这么久，你想烙什么字？"

李秋平陡然紧张起来，他当了二十年刽子手，仿佛就在等着这一刻。

谢淮一言不发，似乎对那些即将加诸在他身上的酷刑无动于衷。

"这样吧，李大人，你来替他选。"

"下官不是刑部的郎中，不敢越俎代庖，擅自裁决。"

"那郎中何在？"

容谦道："刚才被拖出去的那位就是。"

铁勒一顿，大声道："拿张纸来。"

佛堂里只有经书。

阿合叶脱下官袍："大汗，写在这上面吧。"

铁勒推开他："有我的话就够了。李秋平，我现在封你为刑部郎中，这个谢淮的一切罪责都由你定夺。如今你告诉我，他身上该烙些什么字？"

李秋平道："皇上，我想先问他几句话。"

铁勒准许了："你尽管问。"

刽子手走到谢淮面前，两道目光从囚犯的头顶切下去，他的头发黝黑浓密，乌云一样堆在颊边，随呼吸一起一伏。

"谢淮，你知罪吗？"

那人神态自若："这该我问你。"他合上眼睛，仿佛并不认识这个当年的无衣共榻之人。

"伤人的是你，我有何罪？"

"你身为汉人，却助纣为虐，除了乌羌皇帝，我最想杀的人就是你。"

"你背后可有人指使？"

"故夏的列位先帝皆为指使。"

"可有同谋？"

"文丞相张枢副都是同谋。"

李秋平仰起头："皇上，下官问完了。"

铁勒不说话，只示意他继续。

第二十章·谢淮

"罪囚谢淮杀伤人命,证据确凿,且本人供认不讳,李秋平身为刑部郎中,今日判你……"

滚地青听得正入迷,抓着李秋平的胳膊连声催促:"大人,你判了他个什么刑?"

"你知道了又有什么用?"

"没用,但就是心里痛快。"

"痛快值几个钱?"

"没这两个字,谁都活不成。"

李秋平默然一阵,说:"是这个道理。"他抬手敲了敲车壁,外面的翁白头应了一声。

"调头,去洪尚书府。"

　　洪铁崖身为士林领袖，也是朝廷里官爵最高的汉人，向来只有人求他，从没见过他求人。守门的家丁拿了李秋平的名帖进去通报，过了半个时辰，才有一个丫鬟出来迎接。见面时已经立好了规矩，只说一刻钟的话，另外，决不能提吴庚戌。

　　谢瑶仙将相见的地方选在了洪府的书房。李秋平一进门，就看见里面侍立着七八位妙龄丫鬟，个个的容貌和打扮都算不俗。她们在两人之间支起三层纱帐，谢瑶仙端坐其中，只剩下一道模糊而圆润的轮廓。

　　"你我素不相识，为何深夜求见？"

　　"受人之托，向夫人卖一样东西。"

　　"什么东西？"

　　李秋平捧出怀中的短剑："一件家传之物。"

　　丫鬟将短剑交到谢瑶仙手中，她端详一阵："是把好剑，你开个价钱。"

　　"全凭夫人说了算。"

　　"一十八两，多一厘也不行。"

　　李秋平低头："是个公道价，的确没办法再多了。"

　　谢瑶仙道："你先出去，等会我让人把钱给你。"说罢，她命身边的一个丫鬟将李秋平送到门口。刽子手下了石阶，见自己的马车远远地停在树荫下，离他此刻站的位置，大约五十丈。一条运河的支脉缓缓流过，将这段距离拦腰切断，河畔架着一座桥，李秋平就在桥上等。

片刻之后，河面上漂来一条小船，也不见有船夫操桨，就悠悠停在桥洞底下。一个披着斗篷的女人出了船舱，却并不上岸，她仰起头，对桥上的李秋平施了一礼，问："谢淮在哪里？"

"他今夜行刺铁勒失败，现在仍被关在宫中。"

"怎么今天才动手？"

"铁勒不好杀，他一直在等机会。"

"一走二十年，连封信都没有。"

"宫里的规矩比洪府还严，这也是无奈之举。"

"他进宫了？"

李秋平手扶栏杆，居高临下地望着船上的女人："当初我亲眼看见，他为入宫甘愿净身。听宫里的人说，他先在御膳房做了十几年苦工，那个地方人多眼杂，一点消息都传不出来。等到他熬出头，成了温兰皇后身边的内侍总管，你却早已不在南平了。"

"南平……"

"他也确实没想到，你会嫁给一个乌羌官。"

谢瑶仙头上的风帽一动："谢淮失踪后五年，我嫁给洪铁崖为妾，随他在雁荡山上隐居，从此不问世事。后来乌羌人打过长江，派五百骑兵杀上雁荡，强令洪铁崖出山入仕。当年我想办法问过那些乌羌人，有没有听过快剑谢淮，可他们只会摇头。"

谢瑶仙没说是什么办法，李秋平也没有追问："谢淮是内官，他们在前朝，应该不知道。"

"南朝覆灭后，铁勒曾在宫中大宴群臣，老爷想带我一起去，我没答应，可谁能料到……"不断翻涌的浪潮打在青石桥墩上，发出寂寥的回响，谢瑶仙长长地叹了一口气，"原来我们三年前就该重逢了啊……"

更深露重，河上突然吹来一阵大风，推着那小船在江心打了个转，摇曳着驶过桥洞。李秋平走到石桥的另一侧，垂下半截腰身，将那封从剑柄里取出的信交给谢瑶仙："这是他留给你的，我没看。"

"我可以念给你听。"

李秋平道："他的那些事情，我不知道的多了，不差这一件。"

谢瑶仙展开信纸，寥寥几十个字，她反反复复读了很久，最后竟笑出来。她将信递回给李秋平："你也来看看，分别二十年，他居然只跟我说这些。"

李秋平接过来，只见那信纸上工工整整地列着一份清单：

珍珠十串

玛瑙五十颗

金、玉戒指各三枚

锦缎两百匹

丝绸二十丈

银锭二百两

金锭四十两

最后还写着八成新棉衣一套，都寄在城东的一处当铺里。这就是谢淮净身之前？短剑是入宫钱交给李秋平的全部家当，他都留给了谢瑶仙。

"当日洪铁崖为我赎身，付给假母的定金就有两千两，我一辈子都没见过那么多钱。"

"我砍一个脑袋，有三百文赏钱，剐人要多一倍。这两千两银子……我得杀多少人呀。"

谢瑶仙原本还笑着，突然就跌坐在船舱上："谢淮现在还好吗？"

"他被砍断了双手，但血已经止住了，铁勒不想让他现在就死。"

谢瑶仙明白他的意思，皇帝要的是生不如死。

"什么时候行刑？"

"还没定下来，但再过半个月就是太子柔沙的生日，铁勒多半会选在那天。"

"刽子手是你？"

"从来就没有别的人选。"

"他会怎么死？"

李秋平没法细说，只好笼统道："有点像是炮烙。"

谢瑶仙听过这种刑罚，已能想见其惨烈。

"谢淮从小就怕疼，练剑时手上割了道口子，他要哭一晚上。"

"生死面前，哭不丢人。"

"丢人也是我兄弟。"她将那信纸揉成一团，扬手抛进河里，"离行刑还有半个月，洪铁崖门生故吏遍天下，他们或许能帮上忙。"

"劫法场？"李秋平摇头，"这是震动天下的大案，刑场周围必定都是铁勒的亲卫铁骑，你们这群乌合之众，只能是去送死。"

谢瑶仙道："我跟在洪铁崖身边十多年，这点还能想不到？命要救，人也要杀。"

"你有办法？"

"我看过洪铁崖与人来往的所有信函，半年前，他在你们刑部大牢里做下了一桩密事……"

谢瑶仙踮起脚尖，凑到李秋平耳边喁喁细语。恰逢当时云散月出，水波轻摇，隔岸飞来一只麻雀，在波涛间盘旋几圈，最后落到谢瑶仙的船头上。它将头埋在翅膀里，悠闲地梳理羽毛，不过片刻，那船身突然一晃，它便又扑棱着双翼，顺着一段桃花枝，飞进高墙里去了。

第二十二章 牌坊

黑狗提着衣摆趟过小溪,湍急的水流将他鞋上的泥沙冲得干干净净,他忽然听见身后传来一声巨响,轰然倒地的不仅是一座石牌坊。

京城城外有座妙峰山,从山脚到山顶,散落着七八个村庄,中间最小的那个叫做叶公村,只有不到十户,三十几口人。乌羌立国之后,它又多了个牌坊村的名号。

黑狗隔着一湾浅浅的溪水,眺望那座矗立在村口的贞节牌坊。

山间春夏多雨,常有云雾缭绕,牌坊就像一条沉睡的青龙,横卧在青山红花间。黑狗透过清晨的蒙蒙细雨,看见坊石顶上镌刻着八个极为整饬的大字:为夫守贞,为国养贤。

他趟过溪水,走近再看,发现那牌坊底座虽仍整洁,肩膀以上的部分却已遍布青苔。左边立柱上刻着一行楷书:景义元年,颁赐容门。

黑狗低头扎紧袖口上的绑带,他知道自己找对了地方。

牌坊投下的阴影如有实质,几乎要将后面的一座茅屋彻底压倒。茅草轻柔,梁柱细弱,倾而不倒,是因为别有支撑。

竹篱围成的小院中站着几个人,身穿粗布麻衣,脚上却套了一双官靴。黑狗小心绕开他们,躲进屋后的竹林里。他按照殷放鹤的指示,在荒草中找到了一眼枯萎的深井。井边的辘轳已经朽烂,他解下自己的衣带系在井栏上,沿着石壁慢慢降下。

一切均如殷放鹤所说,井底的污泥中埋着一根铁索,黑狗生怕惊动了外面的官差,只敢轻轻拉动。绷紧的铁索颤动几下,地底发出一声细碎的闷响,井壁上出现了一道暗门。门后的通道极为狭窄，只容得下一个人匍匐前行。

黑狗将下摆撩起来叼在嘴里，探头伸入密道察看片刻，便弓身钻了进去。

密道不长，黑狗摸索着爬了几十步就到了尽头，他用手掌抵住洞顶，一寸寸地试过去，终于发现殷放鹤反复提及的松动之处。黑狗竖起手肘一顶，只听"喀喇"一声，立刻就有微微的光亮照射进来。

黑狗爬出密道，面前空无一人，只横亘着一只硕大的木箱，他攀着木箱边缘缓缓抬起头颅，见屋内白幔四垂，堂上青烟环绕，低矮的桌案正中摆放着一方小小的木牌，上书：鲁绣章之灵位。

黑狗这才意识到，他眼前的木箱其实是一具棺材。

这副棺材长五尺、宽两尺，用的不是什么好木头，上面尚未加盖，正在等祭奠的人来。

棺材里睡着个女人，脸容瘦削，头发花白，与殷放鹤描述的一模一样。他说这里住着那位容谦奉养的嫂娘，新近过世，工部侍郎定会赶来拜祭。

黑狗跃进棺材，四块木板又细又窄，并排睡不下两个人。他将鲁绣章的尸体托起来，躺在她身下。女人的身体冰冷，肌肉却还保留着一丝弹性，她的手腕上挂着一只银镯，似乎长久没有擦洗，已是黯淡无光。

棺材里有一股浓烈的土腥味，不知从何而来，黑狗屏住呼吸，大约只过了一炷香的时间，就实在忍不住了。他朝鲁绣章告了声罪，悄悄支起她的肩膀，想要爬出去另寻躲藏之处。就在这时，门缝里闪过几条人影，有马蹄声纷至沓来。黑狗连忙躺下，听外面的官差与来者简短交谈几句，茅屋的门就被人推开了。

鲁绣章的尸体压在黑狗身上，周围的木板如同城墙，将一生一死两具躯体紧紧围在当中，与尘世相互隔绝。黑狗什么也看不见，只听到丝绸擦在柴门上，发出风吹麦浪一样的声响。

那人紧贴门板站着，急促的呼吸推开四面几乎凝固的空气，嘴里嘟囔了几个词：嫂娘，嫂娘，兄长，嫂娘。即使夹着浓重的口音，黑狗也听得清清楚楚。渐渐，嘟囔变成呜咽，呜咽变成低声的哭泣。他的喉咙有些沙哑，应是在进屋之前，就已哭过不止一回。

他越哀痛，黑狗就越焦躁，鲁绣章虽然干瘦，骨骼却十分沉重，在她苍白支楞的脖子后面，已经长出一块青黑的尸斑，像是患上了某种通过接触就能肆意传

播的恶疾。斑点随着黑狗的胸膛不断起伏，他尽量缩紧身体，调匀气息，心中不住催促那个伏在地上、泣不成声的人：

快来，快让我杀了你，然后咱们就都解脱了。

容谦像是听见了黑狗的呐喊，他一边号哭，一边膝行到容鲁氏灵前："我一心一意考功名，做大官，想让你过上好日子，你却偏要躲在这荒山野岭不出来……我知道，你就是舍不得那几块破石头，我早应该砸烂它，全都砸烂，扔到山沟里，让你一辈子都找不回来。"

黑狗多年前就听说过容谦的孝顺名声。容谦自幼父母双亡，长兄舍家从军，死在乌羌人刀下，正是这位嫂娘将他一手养大。容谦视她有如生母，因怕她被妻妾看轻，竟不敢与官宦人家结亲，直到年近三十，才娶了个目不识丁的农家女。

容谦扶着棺木哭了半晌，逐渐恢复了原本的从容冷静，他整了整歪斜的衣帽，给鲁绣章的灵位上了三炷香。

"从小到大，我事事都依着你。你让我读书，我就去考进士；让我娶妻，我现在已是儿女成群；你思念故土，我让人把那座牌坊从南平搬来京城；你不愿见我，我就忍着三年都没上妙峰山……"他从旁边的供桌上取过祭酒倒了一杯，一半泼在地上，一半敬了自己，"昨晚三更，他们说你死了，是自杀。那时我还不信，没看着我身败名裂人头落地，你怎么会舍得闭眼？"

"投元之前，我给你写过封信，那几年兵荒马乱，我派了七八个人出城，却一个都没能活着突围。城楼上站着的人越来越少，对面不到一百丈就是乌羌人的大营，他们虐杀百姓、掳掠妇女我都能看得见。佛经上说地狱有十八层，我不知道看到的是第几层，但只要我走下城楼，回到府衙，就是另外一番景象了。"

三炷香转眼燃尽，灰烬散在灵位前，仍有意犹未尽的轻烟缭绕。容谦将它们都拂去，转头斟了第二杯。

这杯他要往天上洒。

"嫂娘你卖田卖地供我读书，就是要让我知天明理，我在官场混迹多年，开始时还有些雄心壮志，想要保境安民，但上有昏君骄奢淫逸，下有佞臣沉瀣一气。连洪铁崖那样的士林魁首都被他们构陷获罪，不得不辞官归隐，我一介白丁，终日只知读经作文，纵使中了进士，又能有什么作为？我左思右想，与其和这群城狐社鼠虚与委蛇、醉生梦死，倒不如献城投降，还能在乌羌人那里搏一番功名。"

棺材中的鲁绣章不言声，即使她还活着，也是听不进去的。容谦执壶在手，在屋里转了一圈，却找不到共饮的人："唉，嫂娘怕是又要用那句'富贵不能淫，威武不能屈'来教训我了，恐怕你现在还不知道，曲阜孔家的衍圣公已经受了新朝册封，做了皇上的儒教大宗师。不过嫂娘你也别怪圣人，天下的读书人千千万，朝廷的官位却只有那几个，亡夏的不够，也只好往乌羌处寻了。断人仕途胜于杀人父母，衍圣公要是不答应，他也坐不稳这个位子，那些走投无路的儒生们就算是抬，也会把他抬进京城。"

说着，容谦又斟了第三杯。

"八百年前有匈奴灭了鲜卑，过后还有羯氏羌，哪一个不比乌羌凶恶百倍？你再看看那前秦有苻坚，北魏有拓跋宏，后燕有慕容垂，哪一个不比铁勒雄才大略？但他们的后人却与咱们一样读汉书，娶汉女，写汉文。他铁勒想要江山永固，还得靠读书人。不出三十年，乌羌人就会像他们的那些蛮夷先祖一样，从夷入夏。若铁勒能行国中之道，为何不能为国中之主？嫂娘，我幼承庭训，并非贪生怕死之人，世上只有两件事能让我感到恐惧。其一，嫂娘老无所养；其二，圣贤文道断绝。死是不易，但活着更难，我等以一死保得身前清白，却令乌羌文字大行天下，纵使能够独善己身，又有何面目去见九泉之下的先王先圣？他们费尽心血留下来的经文义理，又靠谁去传呢……"

听到这里，黑狗终究忍不住，躺着赞了一声好。

容谦已经喝得半醉，听见这声赞，只是微微一怔，旋即又流下泪来："嫂娘你终于肯听我好好说一说话了……"他抛了手里的酒壶，摇摇晃晃站起来，扒着棺材的边缘往里看。

"嫂娘，我还有很多事要……"话音未落，黑狗的匕首已经刺穿了他的心脏，冰冷的刀锋从鲁绣章的腋下伸出，刺客的手臂隐藏在她的衣袖之下，容谦低头看去，就像是他的嫂娘亲手杀死了自己，而她平静的脸上并未透露出一丝表情。

剧烈的痛楚冲散醉意，容谦辛苦地皱着眉，小声呻吟起来，黑狗顺势拔出刀刃，猩红的热血雨水一样溅在容鲁氏身上，他隐在她身后，没有沾到一滴。

"嫂娘……嫂娘……"容谦一头跌在地上，浑身抽搐几下，很快没了呼吸。

黑狗爬出棺材，为死者擦去嘴角的血迹。容谦生于寒微，却长了一张温文公子的面孔，黑狗已是子孙满堂，竟没一个有如此气度。他的手腕上也戴着一个银镯，

和鲁绣章的一模一样,原本应是一对,不知何时被拆成了两份。

黑狗捏着那只手腕怔了片刻,回头望向死去多时的鲁绣章,就在刚才的争斗中,她的一只手肘被带出棺材,挂在单薄的木板外,来回晃荡,而那枚银镯则随手臂一起,一下下敲在棺木上,发出清脆的声响。

黑狗把女人的手臂放回身侧,为她整理好凌乱的衣物。那些血迹擦不掉,他便将自己的外袍脱下来,盖在尸体上。刺客折好她的衣襟,铺平她的裙摆。鲁绣章的旧麻裙又宽又长,将她的双脚彻底拢住,只露出一点黑色的鞋底,上面还有污泥——土腥味就是从那里来的。

黑狗攥住衣袖,想要将那污泥也抹干净,待他轻轻揭开裙摆的边缘,却看见女人赭黄的鞋面上绣着一朵紫色的野花。刺客的头皮陡然揪紧了,银白的胡须钢针一样,根根挺立起来。他连连退了几步,被绊倒,再爬起来,掌心按在容谦胸前,沾了一手血。

茅草被细雨浸透,屋里开始漏水,外面的差人等得不耐烦,焦躁地来回踱步,他们厚实的官靴踩在泥水里,陷进去又拔出来,反反复复,横竖不是自己亲手缝的,弄脏了也不心疼。

他们时不时凑到门缝前,听里面的动静。

就在门边的房梁上,挂着十几双新编的草鞋,大的近两尺,小的只有四寸,每双上面都绣有明艳鲜亮的花纹,有的是兰草,有的是鸭子,还有一对白头鸳鸯,只编了一半,隔着一朵水莲花遥遥相望。

黑狗拿起其中一双,去年的稻草干枯泛黄,略微有些扎手,中间是一只惟妙惟肖的小狗,张牙舞爪,十分可爱。

"大人,大人,"候在院中的差人开始敲门,"和守门吏说好的两个时辰,回去晚了,只怕不好跟丞相交代。"

"急什么,"黑狗坐在容谦的尸体上,他脱下自己的锦靴,换上鲁绣章编织的草鞋,"难不成又有朝廷大员遇刺?"

差人道:"大人不是不晓得,谢淮是皇上钦点的要犯,他明天就要受死,九城内外禁止出入,虽然丞相答应替咱们遮掩,可万一……"

"说来说去,都是看在银子面上,一千两够不够,不够就再加一千。"他站起身试着走了几步,那鞋子宽窄得宜,大小正好,"昨晚嫂娘的事,是你们报的信,她去的时候还安详吗？"

"大夫人是服毒自尽，毒性很烈，咱们发现的时候她还能坐着，想必没有受什么罪。"

"那她临走前，留下什么话没有？"

差人在门外嗫嚅片刻："她说了，想埋回南边去。"

"那就按她说的做。"

"南下安葬，又是一笔开销，只怕夫人要不高兴。"

黑狗侧身合上容谦的双眼："把外头的牌坊卖了吧，都是好石头，应该还能有些富余。"

差人吃了一惊："那可是大夫人的命。"

"现在她的命由我说了算。"黑狗将那几只草鞋从房梁上摘下来别在腰里，"听我的话，现在就去拆了，连颗石子都别留下。"

"是。"差人答应一声，转身和其他几个人一道走了。

黑狗将匕首收在背后，沿着原路离开。经过村口的时候，看见几个年轻的汉子已经在牌坊上套好了麻绳，他们挽起衣袖，用力拉扯几下，那牌坊却是纹丝不动。

村里的女人们就坐在屋檐下，一面纺纱一面笑，光着屁股的小孩子在她们裙底钻来钻去。

差人被笑得红了脸，扒下自己的官靴，赤脚站泥地里叫了一声："再来！"

孩子们学着他的音调又跳又闹："再来！再来！"

就在这一番突如其来的喧嚣中，僵卧在荒山里的小村庄以一种清晰而缓慢的姿态苏醒过来，那一层薄纱似的云雾还没散，雨也还没停，太阳却已越过绵延的山丘，照在青石的牌坊上。微黄的日光像一双手掌，拭去水痕与阴霾，也撕开缝隙与裂纹。

牌坊渐渐倾斜，青苔簌簌抖落，转过前面的山坳，就是下山的道路。黑狗提着衣摆趟过小溪，湍急的水流将他鞋上的泥沙冲得干干净净，他忽然听见身后传来一声巨响，轰然倒地的不仅是一座石牌坊。

黑狗回到野狐禅院，已是日暮时分，他没看见殷放鹤，空旷的庭院里只坐着东门秀，正对着一卷佛经细细临摹。

"师父呢，他去哪里了？"

"他怕吵着我,刚吃完饭就说要出去散步,应该走不远。"东门秀说着,突然回头一笑,"他们说你是读书人,来看看我这几个字写得怎么样?"

"师娘写的,差不了。"

东门秀嗔怪道:"你还没看呢。"

"抄经重心诚,只要师娘心无旁骛,字就不会坏。"

东门秀点点头:"可惜咱们就要走了,要不还能请你教这孩子认字。"

"我的规矩大,怕他受不住。"

"小孩子就该多吃点苦,免得长大了不乖顺,娶不着媳妇。"

黑狗道:"娶媳妇容易,养她们难。"

东门秀望着自己的字,左右看了阵,团一团扔了:"你有几个老婆?"

"正妻娶过两个,都死得早,后来又收了一房妾,比我小得多,就指着她来给我送终。"

"你的儿女呢,怎么不想着依靠他们?"

就像所有逐渐老去的父亲一样,提及子孙,黑狗不禁流露出一种疲惫与宽和,他嘴上埋怨儿子没出息,眼睛里看着他们与自己肖似的年轻面孔,却又忍不住怜爱起来。

"我成亲的时候年纪小,家境也不好,来提亲的只有卖茶叶的寡妇和屠夫家的老姑娘,不喝茶要俗,不吃肉会瘦,我就把她们一并娶了。谁知这两个娘生出来的儿子就和她们一模一样,不是见钱眼开,就是好吃懒做,没一个能成器。"

"你还有个小妾,也不算全无指望。"

"我那两个老婆都是难产死的,我可舍不得让她也遭这罪。"

东门秀摸着自己的肚子,还有三五天,她和夏庭芝的孩子就要出生了:"难产有多痛?我担心熬不住。"

"听说胜过拿钝刀子割肉。"

"呆子,怎么不磨快了再来?"东门秀从不敢去看行刑,柴市口离教坊不远,每次出门她都要绕着走。

黑狗又道:"那师娘常下厨,被柴火烫过吗?"

"怎么没有!"东门秀撩起衣袖,"这疤是一个月前留的,到现在都没长好。"她的双手白皙柔软,指节却十分粗大,小时候每弹断一根琵琶弦,就会在指尖上留下一层老茧。

黑狗只看一眼就收回了目光:"古时有个很有名的暴君叫做商纣王,他为惩处直言敢谏的大臣,发明了一种叫做炮烙的刑罚,将大夫梅伯置于烧红的铜柱之上,直至他化为焦炭,后来果然无人再敢劝谏。"

东门秀倒吸口凉气:"你快别说了,省得吓坏我儿子,教他不敢出来。"

"多待一阵也好,以后可再没有这么安稳的去处了。"

东门秀埋怨道:"你们读书人一说话,我就犯糊涂,等明天我问褚焕山去。"

"师父怎么还没回来?"

"他这两天怪得很,不吃肉,不喝酒,还闹着要和我分房睡。"

黑狗咽了口唾沫:"这是在练功,他要出手了。"

"又没人雇他,能对谁出手?"

"杀人才要雇。"

"除了杀人,他也不会做别的事。"

黑狗竟也赞同:"师娘说得好,无论做什么,他都只能杀人。"

东门秀握紧了手中的笔:"时候不早了,你去把他找回来吧。"

第二十三章 风起

类似的事情，每时每刻都在发生，不是今天，就是明天。

野狐禅院历经数百年沧桑，如今的规模只有极盛时的三成。

一进山门，前面是一座大雄宝殿，中间一座观音堂，再后面就是和尚们的僧房。沿僧房向东不到十丈，散落着几段倾圮的围墙，两片残砖、三块断瓦，隔出了一片广阔的墓园。

园中原本埋葬的都是僧侣，有几位还曾烧出过舍利。到这一代战乱不断，京城城外的原野上，四处都是倒毙的尸体，老方丈慈悲为怀，将这些无主的骨骸收拢起来，带回禅院安葬。每日晨昏，他都会领着僧人们念诵往生经，十几年来从未间断，到如今，墓园的名声已经比禅院还要大。

许多墓碑上只刻着下葬年月，底下埋藏的也大多是无名之人。

黑狗问过几位僧人，都说见殷放鹤往这边来了。他在荒坟野冢间绕了半晌，终于看见对面的枯树下站着个人，背影身量都是殷放鹤的模样，他从后边靠过去，借着月光又看了片刻，才小声唤道："师父，师父。"

"早发觉你了，别喊。"

黑狗走近了："你在看什么？"

殷放鹤道："刚才我遇到了一个老尼姑。"

"这是和尚庙，哪来的尼姑？"

"怎么没有，"他指着掌心里的一串佛珠，"这就是从她身上掉下来的。"

黑狗凑过去细看："好珠子，还是檀木的。"

殷放鹤也道："珠子有年头了，线头却是新的。"

"这尼姑什么来历？"

"她脖子上有伤，说不出话，只能写。"

"写在哪里？"

"就在这块墓碑上。"

黑狗低下头，那里果然有两行用香灰写成的小字，他一句一句地念出来："止诵宋家坟，人心端不泯。"

殷放鹤却道："你看岔了，这里没有人心，只有大义。止诵赵家坟，大义端不泯。"

"哪个义？"

殷放鹤凭空画了三下："咱们老百姓图省事就这么写，和你们读书人学的不一样。"

黑狗笑道："以前的书帖里也有把义字写成这个模样的，我当初还专门临过。"

"临过还能说错？"

"要不把师娘叫过来，让她认认。"

殷放鹤有些不耐烦："这点小事哪用打搅她，万一摔了绊了，到头又得怪我。"他将那串佛珠放到墓碑顶上。与周围的坟冢相比，这里的杂草并不算十分茂密，碑前有道浅浅的炭坑，当中还留着火烧的痕迹，像是每年都有人过来清扫祭奠。

"这么晚才回来，杀容谦的时候遇上意外了？"

"鲁绣章就是褚焕山，你知不知道？"

"那天你走之后，她就跟我说了。"

"你不告诉我？"

"是她不让我讲。"

枯树底下开满黄花，月光一照，遍地都是萤火。半个月前，褚焕山向他坦承了自己的身份，并定下这个引蛇出洞的计划。但究竟应该如何去死，她思索良久也没能决定，只好来请教师父。

殷放鹤问："绳子、刀子、瓶子，你选的是哪一样？"

"我家房梁不结实，风一吹就要倒。"

"剩下的就好办了。"殷放鹤摸出一枚铜钱，扣在手心里，"汉文是刀，乌羌文

是毒,你随便选一面,不用告诉我。"

褚焕山点点头:"我选好了。"

殷放鹤别开头,让她自己去看。

"早知道要容谦死,当初还会养他吗?"

褚焕山将铜钱收起来:"精忠报国的道理书里都有,是我没教好。"

"照书里说的,前朝亡了,咱们也都活该一起去死,否则就是不忠不孝。"

"死不了,没脸见我丈夫。"

"那就好好活。"

"也活不成。一出门就被人指着鼻子骂,关上门还能听见他们议论。当初朝廷赐给我一座贞节牌坊,每天都有人用上面的石头砸我家窗户。我把那些石头都收起来,晚上再照原样放回去。"

坟岗上传来野狗的嚎叫,吭哧吭哧,是它们啃食人骨的声音。殷放鹤指着东边一片黑压压的墓地:"那里埋的人,大多死在我手上,里头有好人,也有恶人,但像你这样的最多。"

"从前我听过一句话,说的就是褚焕山那样的人。"远处禅房里的灯光次第熄灭,但木鱼的声音还未断绝,黑狗解下腰上的草鞋,"这是她特意做给你的,快试试合不合脚。"

"哪一句?"殷放鹤倚在墓碑上,把鞋接过来。

"生得糊涂,死得清白。"

鞋带有些长,殷放鹤绾了四五圈,最后在踝骨下面打了一个结。他在原地转了几圈:"好像有点小。"

"是你脚变大了。"

"我都多少岁了,还能怎么长?"

"你眼睛不好使的时候,天天坐在床上,脚跟都不占地,半年下来胖了不少。"

"你师娘说了,太瘦不像当爹的人。"

黑狗语重心长道:"等再过几年你就知道,人一上了年纪,胖起来容易,瘦下去极难。不瞒你说,我已经十几年没吃过肉了。"

"想吃吗?"

"做梦都想。我是南平人，十岁的时候爱吃鹅胗掌汤齑，一顿没有就又哭又闹。二十岁时春风得意，改吃螃蟹酿橙，见谁都横着走。三十岁喜得贵子，钟爱水母脍，一勺下去，能一觉睡到大天亮。等到了四十岁，宦海沉浮，经霜历雪，却偏偏不甘心，每天早上都要吃几个姜醋香螺，否则就起不来床。五十岁大势已定，于仕途上再无指望，只想象着和红颜知己调素琴，阅金经，这时就一定要吃一碗鸳鸯炸肚，味道未必最妙，取的就是那个好意头。过了六十，空有一条五香舌，用来嚼肉的牙齿却早已掉光了。"他一口气讲了许多话，稍微有些喘息，"说到底，还是师娘体恤人，你们吃完肉，没忘了给我剩一碗肉汤。"

殷放鹤被他说饿了，轻轻摸着肚子道："刺客的记性不能太好，连我师父的名字，我现在都想不起来。"

"那洪铁崖呢，这个人你还记得吗？"

"除了时又予，就只剩下他了。"

"师父有什么好办法？"

殷放鹤想也不想："等着吧，只要避过这阵风头，不怕没有机会。"

黑狗也道："这几天风声紧，为防不测，下个月我再过来。"

殷放鹤笑笑："你师娘快生了，下回来了得带贺礼。"

"早就准备好了。"

"便宜的我不收。"

"师父放心，一定比草鞋贵重。"

殷放鹤眼望着黑狗走远，身后突然刮过一阵大风，吹得满园绿叶哗哗作响。有几片飘到地上，将树根下的蚂蚁惊得仓皇逃窜，恰好被早就守候在一旁的麻雀逮了个正着。

殷放鹤看见这一切，类似的事情，每时每刻都在发生，不是今天，就是明天。

第二十回章

名岂文章著,官应老病休。

入城

　　黑狗行至安贞城外，城门已关，任何人等不许出入，他却没有丝毫迟疑，只管迈开大步往前走，一个胡子拉碴的守卫挺着长枪逼到他胸前："退回去，当心小命不保。"

　　黑狗摘下兜帽，不慌不忙道："九品的城门吏，竟还有这么大官威。"

　　守卫听那声音耳熟，拿灯一照，顿时扭捏起来："老师，怎么是你？"

　　"自你被贬到这里，我还没来看过。怎么样，还习惯吗？"

　　"二十年前我投到你门下，第一份差事就是做司阍，和这守门吏也差不多。真要论起来，这安贞门还没你以前的府邸气派。"

　　"少说废话了，我要进城，你给想个办法。"

　　守卫有一副极为精神的络腮胡，粗黑油亮，像一根根钢针扎在他的面颊上。他慢慢捻着胡须，还没说话，眉头就先皱起来了。

　　"明天皇上要亲临柴市口观刑，丞相传过旨意，谁都不许出入……"

　　黑狗一挥衣袖："也罢，不为难你了，我去找别人帮忙。"

　　守卫连忙拉住他："老师，再容我想想！"

　　"不等到我回去，你小师娘不会睡觉。"

　　守卫一扶头盔："小师娘还好？"

　　"都这么多年了，还惦记着？"

　　"惦记她的人多，不差我这一个。"

黑狗道:"我今年六十八了,兴许你还真有点希望。"

那守卫还要说什么,突然间神色一变,他将黑狗拖进城门后面,低声吩咐道:"别出声,否则咱们都有麻烦。"

"出了什么事?"

"千户所的达鲁赤来了!"

乌羌人从东边的城墙下过来,五六人的队伍,后面跟着三四十名囚徒,有男有女,有老有少,都是犯了宵禁的囚徒,其中还混着个汉官,喝醉了酒,走得跟跟跄跄,他的官帽如今挂在一个乌羌士兵的枪头,戴反了都不知道。

为首那人骑一匹红鬃骏马,头上顶着一绺白缨,两旁有身穿重甲的武士提枪举灯,为他开路。他一夹马肚子,紧赶几步,来到守卫面前道:"刚才有人经过这里吗?"

"没有。"

达鲁赤兜头就是一鞭子:"说实话!"

守卫往旁一躲,鞭梢刮在他的手腕上,顿时皮开肉绽,留下一道长长的血痕。他忍痛道:"我保证。"

"愣头愣脑,还以为你是截木头。"达鲁赤一按马头,"我认得你,半个月前,你的朋友在柴市口,被李秋平砍了脑袋。你就是那个……"

"时又予。"守卫的胡子翘了翘,"我去晚了一步,没能亲眼看见他人头落地。"

达鲁赤突然拔刀,斩下一名囚徒的首级:"我的刀法不比李秋平差,你看我也是一样。"

新鲜的头颅在地上滚了几圈,死者半睁着眼,昏昏欲睡。暗红的血液溅进门缝,沿着黑狗的额头往下流,又腥又热,他牢记守卫的叮嘱,僵立着一动不动。

囚犯们都低下头,不敢看,也不敢跑,只有那个醉醺醺的汉官斜倚着城墙,仍在胡言乱语。

达鲁赤收刀入鞘:"我还要继续巡视,这里就交给你收拾了。"

"分内之事。"时又予行了个军礼,"恭送大人。"

达鲁赤一牵缰绳,那骏马咴咴叫了两声,小跑而去,几个乌羌武士驱赶着囚徒连忙跟上,有两三个人反应不及,落在后面,平白挨了几下鞭子。待他们去得远了,黑狗才悄悄从门缝里伸出根手指,点了点守卫的脊背,问道:"刚才那个汉官你认

识吗？"

"没见过，看模样品级不高，落到达鲁赤手里，恐怕要吃点苦。"

"他刚才一直在说话。"

"醉话而已。"

黑狗从门后头走出来："那是吴地方言，这达鲁赤抢了他的马，被他骂遍了祖宗十八代。"

守卫哈哈一笑："吃着乌羌的粮，却还要骂乌羌人，这是哪个老师教出来的？"

"你想结识他？"

"可惜不知道名字。"

"你的老毛病又犯了。"黑狗笑道，"真想要认识，我就去帮你打听。"

"免了免了，"时又予将地上的尸体拖到一边，他先把头颅捡回来，放到死者怀里，再在上面盖了一床草席，"看他那样子，八成又是一个吴庚戌。"

"人想做吴庚戌容易，当自个儿最难……现在是什么时辰了？"

"差一点三更。"

黑狗重新戴好兜帽："我去健德门看看。那边的守备官姓陈，也算是我学生。"

"都是多少年前的事了，此人未必认你。"

"你小师娘一个人在家，我不放心。"

时又予曾参加过黑狗的婚礼，虽是纳妾，行的却是娶妻大礼，几个嫡出儿女都被亲爹逼着下跪磕头，一边痛哭一边认娘。此举招来不少非议，黑狗却并不放在心上，只管天天带着新夫人招摇过市。每到一处，他总要题诗留念，南平城外十八处盛景，不到一月，都被他写了个遍。后来他将这十八首诗编成一本书，名字就叫《携美集》。

"不放心就多请几个用人，现在只要两吊钱，就能找个身家清白、识文断字的年轻姑娘，你还怕养不起？"

黑狗压低了声音道："我是怕她偷人。"

"偷谁？"

"她比我小三十岁，男女都得防着。"

时又予道："门从里面落了锁，没有钥匙打不开。"

"钥匙在谁手里？"

他指了指达鲁赤在地上留下的马蹄印:"刚走,明天早上才会回来。"

黑狗急了:"为何不早说?我追他去!"刚跑出两步,他突然回头,"你怎么不拉住我?"

"反正你也追不上。"

黑狗不服气:"他就是仗着马好。"

"马好,鞍鞯也好,上面还镶着珍珠呢。"

"但他后头还带着人。"

"个个都比你年轻力壮。"

黑狗一屁股坐在墙根底下:"你给我找副铁锹来。"

"做什么?"

"挖地道,一直挖到城里去。"

黑狗越活越老,胆子却越来越小。这几年他白发更多,力气更少,两只胳膊再挑不动千钧的重担,只得拼命抓紧所有能拿得起的东西。

金银珠宝带不走,儿孙后人留不住,早上起来的时候,他躺在床上,仰头见那小妾正在窗前梳妆,一张面孔艳若桃李,几乎看不出岁月的痕迹。黑狗起身,摇摇晃晃走到小妾身后,铜镜中映出他嶙峋的手腕、稀疏的白发,五根手指正揉捏着小妾饱满的胸脯,心里却期待起即将享用的早饭,到底是糯米粥还是鸭舌羹,配的是线肉条子还是皂角铤子,一勺浓汤一口甜酒,那滋味好不快活。

小妾不吭声,任由他摆弄,清风吹开案头的书本,翻开那页正是杜少陵的名句:名岂文章著,官应老病休。

时又予望着黑狗,不禁叹了口气,宽慰道:"老师别着急,小师娘真要偷人,也不差这一晚,但偷归偷,她没有跟着奸夫跑了,可见心里还是有你。不像我老婆,我刚被贬到这里来,她就带着孩子回了娘家,房契地契都在她手里,连床被子都没给我留下……"

"那你现在住哪里?"

"运河边上有间城隍庙,神仙住东间,我和几个讨饭的住西间。"

"好歹也叫过我几年老师……"黑狗摇摇头,"等天亮咱们进了城,你就跟我回府吧,看上哪间屋子,只管跟小师娘说。"

守卫一笑:"不怕她偷人了?"

　　黑狗往地上一躺："偷吧偷吧，迟早都要还回来。"他翻身打了个呵欠，转眼就昏睡过去了。

第二十五章 刑场

这是刑场,我是该听你的。

　　五月初二,是乌羌太子柔沙的生日,铁勒特意选定这一天,在柴市口处死阉人刺客谢淮。

　　掌刑的仍是李秋平,他在铁勒的授意下,命人打造了世上独一无二的刑具,受刑的人还没到,锃亮的铜柱已经高高矗立起来了。

　　柱高一丈,径长两尺,中间有四个铜环,用来束缚手脚。李秋平早早来到刑场,蘸着清水,亲自将它仔仔细细擦了一遍。点火的银炭是从宫中取来的贡物,规规矩矩堆在一旁,垒成了一座小山。

　　正午前一刻,皇帝和太子的车驾已经出现在运河桥头,铁勒骑马,柔沙乘车,后面跟着京中四品以上的文武官员。太子的銮舆是精铁打造,十分沉重,即使由四匹骏马拉着,还是落到了后面,皇帝等不及他,挥鞭冲上了刑场的高台。他勒住缰绳在上面转了两圈,垂头问李秋平:"听说以往处决囚犯,看热闹的人多不胜数,来晚了连个下脚的地方都找不到,现在怎么一个人都没有?"

　　李秋平跪下道:"时辰还早,皇上再等等。"

　　"还早吗?"铁勒扯开扣子,用衣袖擦了擦额头上的汗,贴身侍卫立刻递上羊皮水囊,他只喝了两口就掼到地上,"柔沙太慢了,你去催催他。"

　　皮囊中的清水汩汩流出,在沙子上积成小小的一摊。

　　高台上已经预先设好了皇帝与百官的座位,铁勒刚坐下,太子就气喘吁吁地跑过来。

"参见额齐格。"

"你不是说心口疼吗？连马都不能骑，怎么能跑呢？来人，快扶太子起来。"

柔沙懵懵懂懂地站起，道："可侍卫说额齐格嫌我慢。"

"那是马的错失，让车夫多抽几鞭子就好，你身为大元的皇储，不该代任何人受过。"

"是，儿子记住了。"

"李秋平，"铁勒将刽子手唤过来，"砍了这四匹马的头，至于车夫……"

太子抢先道："御下不严，按律要流放一千里。"

皇帝看了看他："危及太子，罪加一等，流放三千里。"

柔沙松了口气："额齐格说得对，就是三千里。"

铁勒对李秋平道："都说你是京城第一刀，杀人不见血，斩首不会疼，今天就让我看看。"

"我没杀过畜生，请皇上让我准备准备。"

"依你。"铁勒一挥手，侍卫们就把那四匹白马一并牵过来了，它们个个扬蹄甩尾，不可一世。皇帝指着其中一匹道："它看起来有些眼熟。"

"这是儿子大婚时，额齐格送的贺礼。"

"你十七岁大婚，一转眼，我的孙子都有好几个了。他们今天来了吗？"

"甘麻喇出去打猎了，答剌麻八剌有病在身……"

"和你一样天天在书房里待着，身体怎么会好？丘穆陵呢？"

太子道："他犯了错，我让他在府里闭门思过。"

"是什么错？"

"因为饭菜不合口味，打死了做饭的厨子。"

铁勒大笑道："你让人回去告诉丘穆陵，他的这点错，我已经赦免了，叫他马上到这里来，一定要赶在行刑之前。"

柔沙唯唯诺诺，他还没应，一旁的侍卫已经打马而去。这时李秋平道："皇上，可以开刀了。"

"好好好！"铁勒屏住呼吸，坐直身体，从肩膀到腰腹，像一具拉满了的硬弓，"这里的刀，你可以任选一把。"

李秋平望向太子："殿下，借刀一用。"

铁勒大笑："好眼力，那是前朝名将孟珙的心爱之物，削铁如泥。"

柔沙紧握刀柄，意态甚是不舍："名刀杀骏马，可惜了。"

"给他，"皇帝道，"你要是喜欢，额齐格再送你十把。"

太子无奈，只得遵从，递给李秋平的时候还不忘叮嘱一句："你要好生用，别弄坏了。"

刽子手双手接下来，缓缓拔刀出鞘，二十年来未饮人血，锋刃却依旧光润如新。时近正午，天气渐渐闷热起来，那四匹白马都是西域良种，站在李秋平面前，比他高出两个头。豆大的汗水从它们的鬃毛下渗出，沿着结实的肌腱往下淌，李秋平突然发力，一脚踢在马腿的关节上，骏马痛嘶一声，歪倒在地，李秋平手起刀落，顺势斩下了它的头颅。

殷红的鲜血溅起三尺高，太子别转脸，不忍再看。其余三匹受到惊吓，一匹挣开缰绳，转身要逃，被李秋平一刀砍在脊背上，像一只戳破的口袋似的瘪了下去，虽一时未死，却已活不成了。另一匹低低嘶鸣着，脖子弯折下去，两个深黑的眼睛盯住刽子手，仿佛正在求饶。李秋平看也不看，一刀捅进它的心脏，白马顿时气绝，仿佛并没遭受任何痛苦。

李秋平合上它的双眼，抽刀走向最后一匹骏马，它像是吓坏了，站在原地一动不动。铁勒道："够了，留那畜生一命吧。"他转头问太子："你刚才都看清了吗？"

柔沙收回长刀，那上面的血迹还没干，正淋淋漓漓往地下滴。

"太快了，额齐格，实在是太快了。"

皇帝高大的身躯陷进宝座里，两只胳膊搭在扶手上，模样十分惬意："反抗的要杀，一味服软的也留不得，只有那些见识过你手段，侥幸活下来的，用着才顺手。"

太子撩起自己的衣摆擦净刀刃，铁是冷的，血是热的，刀柄上还附着李秋平的体温。铁勒丢弃的水囊正匍匐在他脚边，清水已经完全干涸，没余下一点印记。有侍卫轻声提醒："大汗，还有两刻就到午时了。"

皇帝抬起眼睛环顾四周，最后定在李秋平的头顶上："刚刚你说时候还早，怎么现在还是一个人都没有？"

刽子手一言不发，只听见风吹仪仗，猎猎作响。

"先生火，越旺越好。"铁勒吩咐左右，"让方圆一里内的所有人都来看，你们对着户籍一家家找，年纪大的抬来，年纪小的抱来，少一个都不行。有人敢抗命，你们就把马头给他看。"

侍卫们领命离去。不一会，运河两岸渐次响起尖叫与喝骂，一阵阵沉默破灭，一扇扇窗门洞开，有个男人死死抱着床板，被武士们连人带床扔到河里，转眼变成一具浮尸。

数千名京城百姓被人从家里赶出来，被驱使着聚集到刑场周围。李秋平从没见过这么多人。铁勒满意地笑了笑，道："你们别怕，我今天是要与民同乐。"

炭炉下面的火已经烧起来了，几个青壮满头大汗，正在往里面添柴，没费多少工夫，烙铁底部就被烈焰烤得通红。铁勒饶有兴致地凑过去，随手从旁边的瓷缸里舀了一瓢凉水，往烙铁上一泼，只听"滋啦"一声，水滴顿时化作青烟，消失得无影无踪。

皇帝感叹道："佛经里的油锅地狱也不过如此了，也只有洪尚书的文章才能配得上。"

当初李秋平建议在犯人身上烙下洪铁崖的讨夏檄文，全篇洋洋洒洒一千余言，再被翻译成数种文字，整个过程将持续三天。铁勒听了十分满意，下令刑罚过后，将这座肉身碑传示全国。他看向高台下惊魂未定的男女老少："你们谁胆子够大，我让他来烙第一句。"他的双眼落到哪里，哪里的人就纷纷退开，空出的地方像是一块刚被镰刀收割过的麦田。

一片白云飘过，暂时遮住了太阳，从河上吹来阵阵的清风撩动着乌羌人的衣袍。太子柔沙有些心神不宁，他将腰刀从左边换到右边，最后又拿在手上。一只苍蝇飞过来，在他的手背附近盘旋，发出嗡嗡的声响。他望着铁勒宽阔的背影，视线逐渐模糊起来。

皇帝摘掉帽子，一边走一遍擦汗。他在高台边缘站了片刻，指着人群里一个壮实的少年问："你想来吗？往后可再没有这样的机会了。"

那少年愣了愣，看看左右，身边的人已向外退了三步。

铁勒弯下腰："就四个字，大哉乾元。"

立刻有侍卫跑过去，拽住他的胳膊往台上拉，推搡间扯断了袖子，少年重重跌在地上，"咚"的一声。但他并不喊疼，爬起来就往刑场外跑，乌羌侍卫连连放箭，都被他敏捷地避过，人群中溅起朵朵血花，不知到底射中了谁。

少年跑到运河边，对面桥头突然冲出一名骑士，一枪刺穿他的衣服，将他挑

起来挂在枪尖,远处传来铁勒的大笑:"丘穆陵,我的好孙子!"

柔沙的小儿子和那少年差不多大,身量却几乎是他的两倍,单手举着个人,不费一点力气。枪杆上的少年摇摇晃晃,双脚乱蹬,拼命想要挣脱。丘穆陵策马行到台下,将长枪抛给旁边的侍卫,一头扑进铁勒怀里。

"额伯格!"

皇帝环着他的脊背,厚实的肌肉在衣料下绵延起伏,像树桩一样坚硬,两只手几乎抱不过来。

"才几天不见,你怎么又长高了,就快赶上你额齐格了。"

丘穆陵不满道:"额齐格每天窝在房子里读书,眼也花,背也驼,早没我高了。"

"柔沙,听到了吗,你的这个儿子可比你敢说话。"

太子道:"都是额齐格太宠着他了,除了你,没人管得住他。"

"雏鹰要交给老天爷去管教,你我都做不了主。"皇帝揽住孙子的肩膀:"你等会就坐在我身边,要是害怕了,可以往我背后躲。"

丘穆陵挺起胸膛:"我什么都不怕!"他从铁勒手臂的缝隙里,看见刚才逃跑的少年。

"他怎么不动?是不是被你们弄死了?"

侍卫们连忙道:"殿下放心,他只是晕厥,用冷水一泼就好。"

"额伯格,这畜生惹你生气了吗?"

"也不算生气,能站在这里的人,以后都是要进史书的,是他自己没有这个福气。"

"一吓就晕,跟个兔子似的。"

铁勒牵着孙子的手往回走,已经有侍卫搬了把椅子过来,就放在他与柔沙之间。丘穆陵一屁股坐下,他年纪尚轻,看什么都新鲜。

"谁是李秋平?"

刽子手往前迈了一步,他身上的杀意还没散,丘穆陵无端打了个寒颤。年轻的乌羌人紧握着座椅的扶手,身体不自然地扭动几下,道:"都说你是京城第一刀,我还以为长着三头六臂,怎么看起来还没我结实。"

"人不可貌相。"铁勒道,"就像那个谢淮,看上去更加弱不禁风,可差点要了你额伯格的命。"

丘穆陵眼睛一亮："谢淮在哪？我还没见过他呢！"

李秋平道："刚才有人传信，囚车已经到了万宁寺。"

"那岂不是再过一条街就……"丘穆陵跳到椅子上，隔着层层叠叠的令旗大纛，朝北面极目眺望。

"看到了吗？"铁勒瞅着他笑。

"别催别催，就差一点了！"丘穆陵踮着脚尖，浓密的眉毛下面都是汗水，"额伯格，囚车长什么样？"

"还记得你额齐格养的那只鹦鹉吗？就和它住的那个鸟笼子差不多。"

"鸟笼子……鸟笼子……"

太子突然道："那只鹦鹉不见好久了。"

"我嫌它吵，拿去喂了甘麻喇养的那条癞皮狗。"

"那也应该同我说一声……"

"来了来了！"丘穆陵突然叫道，"笼子是黑色的，还跟着好多人！"

铁勒亲赴柴市口杀人立威，为免有人中途劫囚，特意派了一队精锐骑兵，将谢淮的囚车围在当中，寸步不离。刺客换了一身崭新的囚衣，头发也梳洗过，规规矩矩地收在脑后，绾成一个发髻。

车过鼓楼，数条人影从两旁的树林中跃出，拦在路前。他们个个腰里都挎着三四把大刀，一言不发，就向押解队伍发起冲锋。

骑兵阵形丝毫不乱，前排弯弓，后排搭箭，一轮攒射过后，只有一名刀客还能勉强站立，他的双手挂着刀柄，背上插满羽箭。八十骑兵视若无睹，踏着一地尸骸，从他身边行过。

他们的任务只有一样，保全谢淮。

囚车转过拐角，驶上朱雀大街，隔岸的酒楼上突然射出两道冷箭，直奔谢淮心口。他身侧的乌羌骑兵不及举刀，就用肉身来挡。闪着乌光的小箭穿透甲胄，在背上钻出一个血洞，骑兵抽搐着从马上栽下来，嘴里流出紫黑色的血。

酒楼里立刻响起械斗的声音，从楼上到楼下，脚步纷乱，刀兵相交，只见房门一震，一条握着弓弩的断臂从门缝里飞出，正落在谢淮的囚车前。骑兵们看也不看，只管不紧不慢地往刑场行进。

柴市口就在朱雀大街尽处，头里种了两排树，左边是桃木，右边是枣木。以

第二十五章·刑场

往柴市口附近出过不少异事，自从听国师步六孤的指点，种下这几十棵树，就再没有闹过邪祟。

运河紧邻着这两排树，五月的河水波光粼粼，黄色的枣花随水漂流，打了个转，就粘在一艘小船的船底上。说它是船，未免有些夸张，那只是一块两尺见方的小舢板，上面站着个穿蓑衣的男人，他的袖子和裤脚都高高卷到关节上面，和那些天天在运河边讨生活的船夫没什么两样。

船夫肩上扛了件半人高的东西，用青布包着，飘飘荡荡，顺流而下。

无人发现他是何时出现的，甚至在他靠近押解的队伍时，也没几个人将他放在心上，乌羌骑兵已经见识过最锋利的刀和最猛烈的剧毒，即使是那样奋不顾身的刺杀，都没能使他们停下前进的脚步。

久经战阵的马匹整齐划一，以十人为一列，坚定地往前推进。隆隆的蹄声像一面不断运转的磨盘，堂堂正正，旁若无人，毫不迟疑地碾压着脚下的土地。

这样的盛景令丘穆陵为之心醉，他有些埋怨地对铁勒道："额伯格把该打的仗都打完了，咱们以后还能干什么呢？"

皇帝看了看身畔的太子，道："还有异域，还有安南，不怕没仗打。"

"异域安南之后呢？"

铁勒道："那就去更远的地方。"

"可世上的地方并不是无穷无尽的。"太子突然回过头，极为认真地说道，"前几天我见了个从西域来的马先生，他身上有一张地舆全图，按那上面所画，咱们所在的亚细亚洲四面环海，拔都的钦察汗国已经打到了北海和西海，旭烈兀的伊利汗国占据南海，而咱们大元就在东海边上。余下的土地已经不多，待这回额齐格征服日本，留给丘穆陵他们的就更少了。"

皇帝听了眯起眼："那个马先生现在哪里？"

"还在我府上。"

"明天，不，今晚我就要见他，让他带着那张图一起来。"

这时，河上忽然传来一声尖啸，乌羌骑队竟有了刹那的迟滞。立在舢板上的船夫已经亮出了兵刃，他双手端着一把漆黑的铁筒，手指微动，筒中立刻喷出一道金红色的光焰，先穿过两个乌羌人的身体，最后撞在牢笼上，手臂粗的木栅应声而倒。

"是火枪！"丘穆陵惊呼。

柔沙皱眉："这种火枪以前从来没见过，似乎比咱们的神火飞鸦还厉害。"

谢淮脖子上的枷锁也被震断了，半边身躯洒满乌羌人的血液。

他们前仆后继，不惜牺牲自己来保护他的性命，只是为了在铁勒与万千臣民面前，让他死得更加悲惨。

谢淮用肩膀撞开倚在他身上的两具尸首，刺客的枪口仍冒着袅袅白烟，他正熟练地装填着第二发火药，浑不在意自己已经完全暴露在乌羌人的弓弩下。

"抓活口。"铁勒道，"还有那把火枪，不能有一点闪失。"

皇帝的命令很快传递到骑队，乌羌人放下手上的硬弓，迅速分成两队，一队继续护送囚车，另一队则脱下重甲跳进水里，叼着腰刀朝那刺客游去。

北方的汉子不谙水性，一下水就沉到了河底，所幸运河并不很深，刚好没过一个成年男人的头顶，堤岸上的人能清清楚楚地看见，水底有数十条黑影在缓慢蠕动。

他们都是刺客的活靶子。

刺客不慌不忙，枪口火光不断，鲜血涌上来，染红了大片河面。空气中弥漫着浓烈的硫磺味，刺客的枪口热得烫手，他不得不暂时停歇，几个乌羌骑士就趁这时跃出水面，扒上了那块小舢板。

刺客面不改色，他从袖中拔出一把短刀，一刀一个，将那些粗壮的胳膊尽述斩断，骑士们发出哀痛的惨叫，纷纷跌进河里，然后被流水冲走。

丘穆陵看得不耐烦，主动请缨道："额伯格，让我去拿下他！"

"你会游水？"

"哪用这么麻烦，只要给我一张好弓。太轻了不行，我要十石的。"

铁勒问左右："你们谁有十石的弓？"

一个侍卫道："我有。"

"给他。"

丘穆陵接过长弓，瞄了瞄天际，突然对侍卫们招招手："你们过来，帮我一把。"他挑出两个最高大精壮的汉子，踩上他们的肩膀，朝运河方向张开了弓。

"往前三步，"丘穆陵吩咐道，"然后再往左两步。"他的双手极为稳定，两指扣住弓弦，没有一丝颤动。

"额伯格,你到底是要人还是要枪?"

"都要,但实在要选,枪更要紧。"

"知道啦!"丘穆陵轻快地吹了声口哨,食指一松,那羽箭就像只鱼鹰一样冲上天际,轻捷地穿过树梢,掠过水面,一头扎进刺客的手臂里。直到此时,锐利的箭啸才姗姗来迟,刺客的两只手臂被羽箭贯穿,霎时血流如注,手里的火枪也颓然坠落。

箭矢精确地切断了他的经络,却没有危及他的性命。

刺客自知大势已去,坐在舢板上对谢淮喊道:"你还不死,在等什么?"

谢淮静静盘坐在囚车中,双目微闭,不发一语。

丘穆陵从侍卫的肩头上跳下来,满脸都是疑惑:"他们不是来劫囚的?怎么好像比咱们还盼着那个谢淮死。"

铁勒道:"他们都是明白人,知道我杀谢淮并不仅是泄私愤,汉话里专门有个词,柔沙,你知道吗?"

太子低头说:"知道,是杀鸡儆猴。"

"正是这四个字!"皇帝眼望着自己的骑士将那刺客团团围住,他如今已是插翅难飞,"不亲眼看着这只鸡死,那些猴子就永远不知道什么是血,什么是怕。杀一个谢淮,全天下的野心家也就绝了。"

刺客一连将这句话叫了三遍,谢淮仍是无动于衷。他无奈苦笑两声,垂下眼睛,目光正对上水里的一位乌羌骑士。

骑士的双肘已经搭上舢板,再往前一尺,他就能扼住刺客的咽喉。就在这时,刺客突然拉开衣襟,他腰上绑着十几个竹筒,后面连着一根细长的棉线。乌羌骑士没见过,丘穆陵却认得:"那是炸药,快散开!"

只听一声震耳欲聋的巨响,平静的河面上腾起七、八人高的水柱,那块小舢板像是被人吹了口仙气,陡然活了过来,它在洁白的水雾中翻滚着,盘旋着,乘云踏浪,升上高空,最后散成无数细密的尘埃,消失在人们的视线里。而那些骑士们的残肢断臂却徒留在这俗世中,它们争先恐后,纷落如雨,砸在房屋的瓦片和窗棂上,又顺着屋檐滚落回河底。

人枪两失,柔沙不用抬头也能猜到,皇帝的脸色必定不太好看。偌大的刑场上无人敢动,只有李秋平仍在按部就班地准备行刑事宜,他的神情依然平静,手臂仍旧沉稳。炭炉中的火烧得更旺了，添柴的人已是汗流浃背，这座精心布置的刑场，李秋平绕着走了一圈又一圈。

尽管损失惨重，但押解队伍的脚步却没有丝毫停滞，谢淮的囚车已经顺利走完朱雀大街，进入柴市口。铁勒从御座上站起来，对自己的贴身侍卫道："你们过去接应，不能再出半点差错。"话音未落，就有两个乌羌骑兵胸前迸出血花，一个平民打扮的汉子从人群里蹿出来，飞身上前，干净利落地将他们踢下马背。

这一瞬间，刺客与谢淮之间再无任何阻碍，他一剑扎过去，谢淮慌乱后退，一脚踏空，从囚车上跌了下来，摔进人堆里。

"我的剑不是京城第一，但也能给你个痛快，好过你活活受这苦刑，哀号求饶，不像个英雄。"

谢淮淹没在人潮中，不知境况如何，刺客潜伏多时，剑柄捂得烫手。他佝偻着腰，像是抓住了谢淮的衣领，高扬的锋刃在阳光下熠熠生辉。

"不能让他得手！"铁勒终于愤怒了，他撕开龙袍，扯断衣带，露出一身狰狞健硕的筋肉，仿佛重新做回了草原上那个暴躁而残酷的君主，挥鞭所指，尽是焦土。

太子大惊失色，正要劝阻，李秋平就在这时出手了。

只见他右肩微动，一道银光从他手中飞出，一闪即逝。

刺客的身躯摇晃几下，长剑铿然坠地，他紧紧地捂着胸口，赤红的血液从指缝里缓缓溢出，却还强撑着不肯倒下，一双眼睛牢牢盯住囚车下的谢淮。

"你……你不……"话还没说完，两杆长枪就撞断了他的肋骨，雪亮的尖头从胸前透出，上面还挂着撕裂的血肉。

铁勒的侍卫们终究是赶到了。他们一拥而上，把刺客扎成了个筛子。

接连的变故让丘穆陵兴奋不已，他冲到高台边大声问道："那个谢淮还活着吗？"

"没什么大碍，"侍卫回说，"只有手上蹭破了点皮！"

"还不快点把他带过来！"

侍卫们将谢淮从地上架起，与剩余的骑士一道，拖着他上了刑场。囚犯的发髻被打散了，浓密的头发垂下来，盖住了大半面容。丘穆陵奔过去，撩起他的头发想要看个清楚，被铁勒一巴掌打在手背上。

"你是王子，他是囚犯，小心脏了自己的手。"铁勒已经恢复了平静，但他的

第二十五章·刑场

龙袍还裂着，粗糙的皮肤、陈年的伤痕，都袒露在炽烈的阳光下。就在靠近锁骨的地方，有一道浅色的伤痕，皇帝指着它道："这是你留给我的，你还认得吗？"

谢淮抬头看了一眼，然后又低下去，他的面色苍白如纸，似乎已经认命。

丘穆陵有些失望："原来只是个普通的汉人……"

"护送你的骑兵曾跟随我东征西讨，是我手下最精锐的勇士，他们从草原走到京城，没有一人重伤，从天牢走到柴市口，就只剩下这几个了。"

太子见皇帝在众人面前袒胸露腹，实在不成体统，便脱下自己的衣袍献给额齐格，却被皇帝拂到一边："你八岁之前从没穿过衣服，光着屁股照样骑马射箭，怎么现在倒有了这么多规矩？"

柔沙跪在地上，不敢回一个字，丘穆陵却不以为意："既然额齐格不穿，额伯格也不稀罕，要不就送给我吧，你们瞧，我的衣服都被汗湿透了，正好换一件。"

柔沙斥道："这是太子服色，你还未曾封爵……"

"有我一句话，他就是太子了。"

丘穆陵虽然鲁莽，人却不笨，连忙追问了一句："我是太子了，那额齐格呢？"

铁勒想了想："他是大太子，你是二太子。"

柔沙道："从来就没这样的规矩。"

皇帝不再理他，携着孙子的手回到御座："李秋平，什么时辰了？"

"正好午时。"

"那还等什么，行刑吧。"

刽子手道："陛下，你答应过在刑场上就要按照我说的来。"

铁勒笑道："没错，那就按你说的来。"

李秋平站在铜柱面前下令："带人犯谢淮，验明正身。"

押解他的骑士道："在天牢里已经验过了。"

不等李秋平开口，铁勒先骂道："你聋了吗？都听他的！"

骑士们只得照办，将谢淮拎到李秋平面前。刽子手捏起囚犯的下颔，问身边的一位宦官："这是谢淮吗？"

宦官见他满脸都是被沙土擦出的裂口，血流不止，不忍多看，只匆匆扫了一眼道："正是谢淮。"然后他又在李秋平的示意下，按了按犯人的下身，"平的，是净过身的人。"

刽子手长出了一口气:"现在可以行刑了。"他在谢淮肩膀和脚踝处分别系上一条铁链,一头连着犯人,另一头穿过铜柱上的铜环,握在四个壮汉手里。李秋平为犯人保留了挣扎的余地,却又不可能完全挣脱。尽量延长死囚的痛苦,这是铁勒明正典刑的初衷。

为了让皇帝观赏清楚,李秋平调整了铁链的松紧,让犯人倾斜的角度恰到好处。谢淮的额头上已经渗出了汗珠,他的眼角被炭火映得通红,像是狠狠哭过一场。

铁勒道:"悔罪吧,跪下来求我饶命,或许还能放你一条生路。"

谢淮伸展了一下手脚,越来越酷烈的热气让他睁不开眼,已经有胆小的老百姓不敢再看,年幼的孩子被父母抱在怀里,一个捂着他的眼睛,一个掩紧他的耳朵,他们身后的几位老人也垂下头,口中不住念诵阿弥陀佛。

李秋平宣读完犯人的罪状,走到谢淮身后,举起烙铁,往他额头烙下第一个字。在皇帝眼中,翻飞的火星落在囚犯的衣服上,焦黑的窟窿在布料上不断蔓延。

铁勒立刻下令:"往他身上泼凉水,不能让他在这里被烧死。"

柔沙皱起了眉头:"额齐格,我有些不舒服,请你恩准我回府休养。"

铁勒摸了摸脖子上的伤疤,那里刚刚落了痂,露出下面刚刚长出来的、粉红色的肉茬:"是哪里不舒服?"

"胸口发闷,喘不过气。"

"难道中暑了?"

"恐怕是。"

"幸好,不是被吓着了。"

柔沙的呼吸急促起来:"额齐格,我是真的不舒服。"

铁勒狭长的双眼定了定,他拍拍太子的手背,重新坐正了,将正忙着打水的侍卫召回来:"不用准备了。你去告诉李秋平,让他稍微慢一点,慢……一点。"

刽子手领了命,转身对皇帝道:"腿上的血脉少,从那里动手,再用参汤吊命,人会活得更久一点。"他示意手下将谢淮吊得再高一点。那四个壮汉早就脱了上衣,胳膊上的肌肉被热汗浸得油光水滑,他们将铁链往手臂上一绕,正要发力,一束雪亮的刀光撕开层叠的帐幔,直指铁勒的咽喉。

刀光不快,却无人能够阻挡。

数名侍卫赶来护驾,单刀穿肠而过。

丘穆陵掷出他的硬弓,被刀锋削成两半。

李秋平的兵器还插在那黑衣刺客的胸膛里。刽子手伸出手,已是鞭长莫及。

这时,一直瘫坐着的太子柔沙大叫了一声"额齐格",扑到了皇帝的身前。锋锐的刀刃从身后连根没入,却在穿出胸口时,被他的双手牢牢握住了。

"额齐格……"柔沙呻吟道,此刻他和谢淮,不知哪一个更为痛苦。

乌羌太子用惨重的代价,换来了宝贵的喘息时机。只是这瞬间停滞,数十名侍卫已经拦在皇帝面前,如铜墙,如铁壁。在他们身后,铁勒双手按刀,仿佛也是这些武士中普通的一员。

但刺客仍未罢手,刀光在柔沙的身体里只是稍作停顿,突然调转方向,翩然扎进了谢淮的脖颈。死囚仰面倒在刺客怀里,他脸上的水泡已经融化,流出粘稠的液体,依稀可见原本的俊秀形貌。

"我刚才试过,皇帝确是不好杀,你已经尽力了。"

谢淮干裂的嘴唇颤动两下:"你比我厉害。"

"我的徒弟们更厉害。"

谢淮笑了笑,头颅歪向一边。

铁勒精心谋划的一场大戏尽成泡影,他顾不得身负重伤的太子,悍然一挥腰刀:"拿下!让他代谢淮受刑!"

李秋平却往前走了一步:"你们都退下,我才是刽子手。"

铁勒鼻孔翕张,他的太子正躺在一个侍卫怀中,气若游丝。

柔沙已经痛晕过去一回,现在刚刚醒来,神志还没恢复。

"丘穆陵呢?他有没有受伤?"

侍卫道:"他在为殿下捡手指。"

柔沙叹了口气:"这下总算遂了他的心愿,我再也拿不动笔、翻不得书了。"说完就又痛晕过去。

铁勒瞪着李秋平看了半晌,将刀收回鞘里。

"这是刑场,我是该听你的。"

已有人把李秋平的刀交还到他手里,刺客道:"我听说每次你出手之前,都会问三遍对方的姓名,先讲给老天,再讲给鬼神,最后讲给自己,你今天怎么不问我?"

刽子手用红绸抹干净刀上的血,那绸子就更红了。

"我知道你的名字,你是殷放鹤。"

"看来我的名声不小。"

"你的几个徒弟,我都亲自审过,吴庚戌、韩不疑,还有一个周从菡,个个都说起过你。"

"今天你亲眼见到,和他们讲的一样吗?"

"他们说你一身功夫世间无双,至于真不真,要我试过才知道。"

殷放鹤放下谢淮的尸身:"京城第一刀,我也想试试。"

第二十六章 苦

他自束发以来,便聆听圣人教诲,从没有拜过仙人神佛,信过地狱天国,但在这一刻,他却无比希望世上真有阴曹地府存在,就在那阴森晦暗的阎罗殿中,总有人能洞察一切,明辨忠奸。

　　黑狗带着时又予进了城,刚到城隍庙,就听见柴市口那边喧哗震天。黑狗心里只挂念着他那个漂亮小妾,连声催促着往家赶,时又予却想去看热闹,两人便在桥上分了道。

　　黑狗一路穿街过巷,两旁宅院门窗紧闭,道上连个行人都没有,他便有些心神不宁,继续往前紧走几步,忽然听见东南方传来一声巨响,硕大的水柱直冲天际,三里外都看得见。黑狗明白是刑场上出了事,但无论铁勒是死是活,找他麻烦的人都不会少。

　　初夏的阳光算有几分毒辣,黑狗走了一上午,早已筋疲力尽,他躲进高墙的阴影中,倚着墙根正准备歇息一阵,顶上的窗户里竟当头泼下一桶凉水,一个中年妇人探出脑袋呵斥道:"要饭也不看看地方,你要是再不走,我就让家丁拆了你这把老骨头!"

　　黑狗举起衣袖闻了闻,似乎有股酸涩的味道,他也不争辩,起身向那妇人点点头,扶着墙壁慢慢挪动,转过街角的那个弯,吏部尚书洪铁崖的府邸已是遥遥在望。

　　他刚走到门口,身上的衣服已经干了大半。

　　咚咚咚,黑狗敲门。

　　开门的是个十七八岁的小姑娘,梳着两个丫髻,一见着他就捂住鼻子退出三尺:"老爷你是去哪里混了,怎么惹来这一身骚?"

黑狗道："净梵街上个拐角前的那家，以往没见过，是新搬来的吗？"

"听说是南边来的富商，家里钱多得花不完。"

黑狗抬腿进了门，轻车熟路往里走："做生意的人路子广，他认不认识乌羌人，认不认识异域人？"

"初来乍到，恐怕还来不及走这些门路。"小丫鬟说着，眼珠一转，"老爷，是不是你看上了人家的小姐，调戏不成，反让人泼了一身洗脚水？"

"少胡说了，"黑狗笑道，"你去告诉管家，让他照老规矩处置。"

丫鬟注意到黑狗的脚，一左一右分开站着，与肩同宽。脚尖向外表示处以劳役之刑，向内则就要流放千里。读书人的口要清、手要白，决定这种事情时，就只能往下半身走。

院子里散落一地的芭蕉花已经被人清扫干净，只剩一树绿油油的叶子，每一片润得都仿佛要滴下水来。黑狗最喜欢这样的绿意，宁静沉郁，生机勃勃。每年到这个时候，他的那位小妾就会摘下最大的几片叶子做蒲扇，或是挂在窗前当帷幕，能驱蚊防虫，效果好过平常用的纱帐。

绿帘之下，美人斜卧，一头青丝却比蕉叶还长。黑狗问那丫鬟："昨天有没有人来找夫人？"

"男的还是女的？"

"男女都需留意，你一个一个说。"

丫鬟摇头："自从老爷你的头疼病又重了，连朝也不去上，夫人就再没有见过外人。"

黑狗叹气："卖衣服的李婆、卖脂粉的王婆，还是可以见一见的。"

"皇上派的巡访使天天都来，夫人怕他们起疑。"

"她受的委屈不小，我去看看她。"

"老爷留步。"

"怎么，这个时候她还没起床？"

丫鬟低声道："夫人刚刚出去了，您要是早回来一刻，说不定还能遇上。"

黑狗一惊："她去哪里了？"

"说是给您抓药去。"

"家里百十个下人，她何苦跑这一趟。"

第二十六章·苦

"夫人说这回的方子得来不易,恰好对您的症候,她必须亲自去抓。"

黑狗失笑:"她不是不晓得,我这是装病,什么灵丹妙药都不管用。"正说着,远处又是一阵热烈的喧哗,有叫的,有闹的,半晌停不下来。

丫鬟抱怨道:"不就是杀个人,折腾了这么许久,还让不让人过日子了。"

黑狗直到那动静渐渐平息,仍是放心不下,道:"夫人出门的时候,是哪几个护卫跟着的?"

"说来老爷都认识,使刀的吴氏兄弟、暗器高手彭老、前朝军器监的大匠,还有个用剑的行家,号称'谢淮之后,江南第一'。有他们在,哪怕是和乌弋人的骑队交手,恐怕也能全身而退。"

黑狗点点头:"等夫人回来,让她到书房见我,我有要紧的话同她说。"

丫鬟听了一拍巴掌:"正好夫人临走之前留了句话,在书房的桌子上,有封给老爷的信,里面的话也很要紧。"

"她都多少年没给我写过信了……"黑狗快步走进书房,只见端砚下果然压着一张信纸,他展开读了两行,顿时眼前一黑,晕厥在椅子里。

跟在他后头的小丫鬟慌了神,连忙迎上来又是翻眼皮,又是掐人中,她见那信纸掉在地下,正要去捡,就听见黑狗用极虚弱的声音道:"别碰。"

小丫鬟握着老人的手,将他扶起来。她在黑狗北上前就入了府,自忖情分与别的家人不同,便大着胆子问道:"老爷,上面说什么了?"

黑狗道:"没什么,就是夫人跟你说过的那张药方。"

"一张药方能把你吓成这样?"

"太苦了。"黑狗涣散的眼神渐渐聚拢起来,"实在是太苦了。"

小丫鬟被他逗得一笑:"再苦也只这一刻,熬过去就忘了。"

黑狗挥挥手:"行了,你出去吧,我还有文章没写完。"

"那我先让厨房准备些冰糖。"小丫鬟轻盈地一转身,头上的两个发髻也跟着她的肩膀晃动,她轻轻地掩上门,却故意没关严。黑狗透过门缝,望见外面的烈日骄阳,蛙声荷塘,一片片芭蕉叶正随着湖畔的微风来回摇曳。树下有螳螂惬意交配,石上有鸣蝉振翅高飞,它们各自做着各自的事,谁也没有打扰谁。

黑狗脱下身上的脏衣服,从箱笼中取出一件新外袍,当他系上腰带的一刻,浑身气质已是焕然一新。

那是件紫色的质孙服，胸前饰以径约三寸的独科花，依循乌羌礼制，只有二品官员才有资格穿戴。

老人将脚边的信纸捡起来，右边的抬头上写着七个大字：夫君洪铁崖亲鉴。

当朝吏部尚书洪铁崖，也是大刺客殿放鹤硕果仅存的弟子黑狗。

洪尚书将信从头到尾再读了一遍，随即将其收进怀里，紧贴心口放着，最后把一顶漆纱展角幞头端端正正地戴在了额上。

"来人，备车。"

有下人应声推门："老爷，您要去哪里？"

"皇上在柴市口召集京城百姓观刑，我身为吏部尚书，怎能缺席。"

"但咱们刚回了宣旨的钦差，说您病情沉重……"

"我已经服了药，应当还能支持。"

"要不等夫人回来……"

洪铁崖道："我正是去接她的。"

那下人不再多问，立刻去厩里备好车驾，只听洪铁崖一声令下，尚书府的大门轰然洞开，一辆涂着金漆的马车自门洞中疾驰而出。

路过净梵街的时候，吏部尚书听见街边有人哭号，掀开车帘一看，只见一个富商模样的人正被官差推搡着押往刑部。他一步一回头，几位妻妾都披头散发地跟在后面，手挽着手，哭哭啼啼。洪铁崖盯着其中一个看了许久，让马夫把车驾停在那群官差身前。

"这人犯了什么罪？"

官差们不知道他的名姓，却认得那身官服。

"偷漏税款，大人有命，让咱们将他拿回去问话。"

洪铁崖道："这点小罪，犯不着兴师动众，让他把脱漏的税钱补上就好，至于人么……放他回去闭门思过吧。"

"可这缉捕文书上写得清清楚楚……"

洪铁崖看也不看，从袖中摸出一方小印盖在文书末尾："拿回去给你家大人看，他就不会为难你。"

官差们也认得几个字，但那印章用的是小篆，笔线如铁，圆劲均匀，一群人捧着文书面面相觑，不知如何是好。洪铁崖放下车帘，不再理睬他们。

马车继续飞驰起来,奔向柴市口。

车轮轻微的晃动中,洪铁崖靠着一堆软枕,心中不住盘算:"刚才也算做了一桩好事,积下的阴德怕是能值得一条性命了。"他自束发以来,便聆听圣人教诲,从没有拜过仙人神佛,信过地狱天国,但在这一刻,他却无比希望世上真有阴曹地府存在,就在那阴森晦暗的阎罗殿中,总有人能洞察一切,明辨忠奸。

第二十七章 鸦声

囚犯谢淮死了,刽子手李秋平也死了,但观刑的人群还没有散,杀手们的尸体仍停在原地,新鲜的骨肉召来无数乌鸦,一圈又一圈地在刑场上空盘旋。

"四年前，我就想和你一战。"

"你认得我？"

"景义二年秋天，也是在这里，你杀了个犯人。"

"景义二年？"李秋平疑惑。

"就是定元十四年。"

殷放鹤这么一说，剑子手就想起来了："那是个女道士，为了一点钱财，要杀洪尚书。"

"她不是女道士，"刺客把刀柄握得更紧了，"她叫莲都，是我师姐。"

"你师姐被我剐了一千五百刀。"

"我看了。那天观刑的人很多，我花钱在对面的酒楼上定了桌酒席，老板说那是最好的位子。五十刀的时候，一滴血都没流，你的刀法是真好。"

"现在呢？"

"跟当年一样好。"

李秋平苦笑："四年了，一点长进也没有。"他低头看向小腹中的刀身，"难怪我输了。"说罢，他双膝一软，跪倒在殷放鹤面前。在他身后，两百乌羌武士已是剑拔弩张，只等铁勒发号施令。

"我喜欢高手，也喜欢勇士，你虽然是个反贼，但我可以让你选择喜欢的死法。"

"你知道自己的下场吗？"

"小时候想过，要么死在战场上，要么死在女人床底。"

"现在改主意了？"

皇帝摇头："铁勒可以死，但乌羌大汗必须永远活着。"

殷放鹤点头表示理解："在我心里，我的徒弟们也没有死。"

柔沙的伤口已经被太医仔细地包扎过，丘穆陵捧着他父亲的手指，小心翼翼送到太医眼前。

太医摇摇头，还没说话，就被丘穆陵一拳砸在胸口上："你要是想不出办法，我就把你的手指割下来，给我额齐格接上！"老医士又痛又怕，趴在柔沙身边瑟瑟发抖。

殷放鹤道："洪铁崖和时又予在吗？我想让他们亲手来杀我。"

"别人不行？"

"我这一脉的老规矩，讲了你也不懂。"

"又是规矩……"铁勒冷笑一声，回头看看百官："时又予是谁？"

丞相阿合叶道："就是为吴庚戌求情的那个，大汗已经把他贬去做安贞门的守门吏了。"

"安贞门不远，这个容易。"铁勒一指丘穆陵："你亲自去一趟，把那个时又予给我带过来。"

"不用了。"人群中突然走出来个军士，身上是从九品武官的服色，胡子拉碴，手里提着一杆长枪。他大步走到高台下，向铁勒行礼道："末将时又予，参见皇上。"

铁勒一拍大腿："你来得正好，上头这个人你认识吗？"

"刚才听说，是吴庚戌的师父，叫做殷放鹤。"

"吴庚戌因他而死，你想杀他吗？"

时又予抬起头："皇上下令，我就杀。"

"我是问你自己。"

"皇上说了，吴庚戌是罪有应得，死了也不可惜。"

铁勒沉下脸："那你上台来。"

时又予跃上高台，站到殷放鹤对面，他身长九尺，比刺客高了整整一个头。早在十多年前，殷放鹤就听过他的大名，那是前朝末年最出色的名将，却没能轰轰烈烈地死在战场上。

第二十七章·鸦声

殷放鹤问:"一个到了,还有一个呢?"

铁勒道:"洪铁崖被你几个徒弟吓出了病,我派人去看过几回,都说没有老天眷顾,他恐怕熬不到今年冬天。"

"连一把刀都拿不动?"

"他要不得病,现在也该在这里观刑。"

殷放鹤叹气:"一个就一个吧。"他转向时又予:"你就用这枪?"

"从小就跟着我,用得顺手。"

"你手上有伤,等会要抓牢。"

天上太阳照,地下烈火烤,时又予的手心里都是汗,几乎握不住枪杆。他先在衣服上擦了擦,还是觉得滑,就撕下一截衣摆,绕着手腕缠了几圈,将胳膊与长枪紧紧箍在一起。

殷放鹤盯着他的枪尖:"五尺八寸,还不够长。"

守门吏却不动:"你手里还有刀,我不敢上前。"

殷放鹤两手一合,将刀掰断了。

时又予又道:"我看过吴庚戌的供词,他说你赤手空拳也能伤人。"

"你看得很细。"刺客右手拾起残刀,先挑断了左手手筋,又将刀锋含在嘴里,低头把另一只手的手筋也割断了。

血流出来,深可见骨,殷放鹤刚张嘴喊了声痛,刀子就掉下来,歪歪斜斜地插进松软的沙石地里。

时又予道:"你这一脉的暗杀术是要绝了。"

"还剩下一个徒弟,以后万事有他。"

"你这么相信他?"

"不得不信,就跟你当初献城投降的时候一样。"

时又予突然大喝,一枪刺穿刺客的肚腹,精铁的枪尖陷入骨头的缝隙,发出令人牙酸的声音。殷放鹤口中喷出鲜血,踏入江湖以来,他从没受过这么重的伤。然而即使这样的伤痛,仍不及他师姐的万一。

"腰子痛……肠子也痛……"殷放鹤绝望地呻吟着。

无用的老太医已被丘穆陵亲手斩杀,艳红的热血,银白的发髻,乌戈王子抱着他的额齐格,哭得声嘶力竭。铁勒也从宝座上走下来,温和地抚摸着太子的额头,用从没有过的轻声细语对他说话。他讲三五句，柔沙只能回答一两个字，每次发声，都会有鲜血从伤口里涌出来。

囚犯谢淮死了，刽子手李秋平也死了，但观刑的人群还没有散，杀手们的尸体仍停在原地，新鲜的骨肉召来无数乌鸦，一圈又一圈地在刑场上空盘旋。

殷放鹤的力气正源源不断地向外流逝，他也渐渐习惯了这样的疼痛与屈辱，并迅速将其当做身体原本的一部分。这样的事，时又予也同样擅长。

长枪越埋越深，光滑的枪杆缓缓穿透殷放鹤的身体，在他背后顶起一个小小的尖角，像是枚刚从枝头生出来的花骨朵。只听"啪"的一声，殷放鹤的衣服上绽出一朵血花，银亮的枪尖初露锋芒，轻轻探出了一个头。

殷放鹤道："快拔出去，可疼死我了。"

时又予试了试："枪头上有倒刺，都嵌在你背上了。"

"真的拔不动？"

"只有委屈你再忍忍。"

殷放鹤用手背擦了擦眼角的泪水："等到了那边，帮我跟我的徒弟们带句话。"

时又予一怔："那边？"

"我没失信！"他每说一字，就往前迈进一步，身后是血流如注，时又予已近在咫尺。

两个人面对面站着，守门吏甚至能看清刺客眼中的倒影，那个人头发花白，满脸惊惧，狼狈得连自己都不敢辨认。

"你要做什么！"时又予想弃枪，手臂却被自己缠上的布条锁住了。

殷放鹤嘴里吐出几颗咬碎的牙齿："我答应过徒弟们，他们杀不了的人，就由我来动手。"

时又予终究是一代名将，不愿在江湖人面前失了体面："你的两只手都已经废了。"

"正好，那就更不可惜了。"说着，他伸出胳膊，牢牢抱住了时又予。

铁勒拉着柔沙的手，对左右颁下旨意，他要召集全国最有名的医生，不惜一切代价保住太子的性命。丘穆陵跪在一边，开始用乌羌语向苍天祈祷。就在他身后，朝服周全的官员们被烈日晒了半晌，已是百无聊赖。他们不时望向高台之下，在那些惊魂未定的百姓中，似乎有一两个年轻女子容貌尚佳，看她们的妆容打扮，

应当还未出嫁。

只有一个人注意到了殷放鹤的异样。他正坐在一辆马车上，从北面悄然驶入柴市口。车里的人穿一身二品官服，隔窗大叫一声："不好！"

这两个字砸在地上，溅起一片火星。殷放鹤抱着时又予往前一撞，除却滚烫的炭炉，守门吏的身后早已空无一人。

炽烈的火焰还在烧，袅袅的烟气还在头顶盘绕，刽子手已经死了，尸体就躺在七尺之外，四肢舒展，双眼望天。

他准备亲手处决的囚犯也死了，只剩下这世上最严酷的刑具，依然静静地矗立在原地。

不少人还记得，就在同一处刑场上，李秋平曾斩杀过前朝宰相武某人。武宰相死前说了四个字：吾事毕矣，而谢淮甚至没能留下一句像样的遗言。

洪铁崖的头碰在车窗上，磕出一个拇指大小的伤口，里面流出的血液颜色淡漠，几乎与清水无异。

殷放鹤丢开时又予的残躯，极其缓慢地转过身，他的双臂还燃着火，散发着死亡的味道。他是十年间最出色的刺客，即使再也无法握刀，却依然能取人性命。

从前胜负定生死，今日无论生死，只有胜负。

洪铁崖不愿再看，令车夫打道回府。

"不去接夫人了？"

他望着谢淮毫无生机的尸体，道："她比我走得快，已经先去一步了。"

车夫应了一句，挥鞭调转马头。零落的蹄声中，铁勒在大笑，丘穆陵在怒号，刀出鞘，箭上弓，野牛皮的弦子绷成一条细线，在阳光下微微颤动。洪铁崖倚着窗棂，枯瘦的眼眶中突然留下两行热泪："谁来杀我？还有谁来杀我！"

尾声 新人

你学不来他,也不要学他。

一

夏日的尘嚣很快散去，转眼已到了秋天。

刚入八月，京城就一反常态地开始下雨，细雨时断时续，绵延了快一个月。几条运河河水暴涨，天天都有人溺水身亡。钦天监的官员认为，这是从东海飘来的湿气，落在京城城里的，只是其中万一。

中秋过后，终于传回了远征日本的消息，乌羌军队在海上遭遇暴风雨，全军覆没，只有几名弓箭手扒住一块舢板，侥幸保住性命。他们都被皇帝以临阵脱逃的罪名押回京城，在柴市口斩首示众。

新任的刽子手十分年轻，体态却异常肥胖，面前的三名死囚加在一起，也及不上他一人的分量。

不到午时，刑场外已挤满了人。刽子手初来乍到，看上去有些紧张，他仰头灌了一大口烈酒，透明的浆水顺着胸脯往下淌，积在他的肚脐眼里。

监斩官宽慰他："等会别着急，先验身，再行刑。"

刽子手肩扛着一把大砍刀，满头都是汗："当初李秋平是怎么做的？"

监斩官道："你学不来他，也不要学他。京城人看了十几年李秋平，早就看腻了。"

年轻人点点头，他确认过每一个犯人的姓名，将他们的脖子依次按在青石台上，排在最后的死囚突然问："能不能先杀我？"

"多活一阵不好吗？"

死囚道:"知道我要掉脑袋,我婆娘就上了吊。她一个人在下面,怕是要受欺负。"

其他两个人边听边笑:"你家婆娘那么漂亮,你不在的时候,不知已经被丘穆陵殿下欺负过多少次了。"

刽子手转头问监斩官:"要是李秋平,他会答应吗?"

"素昧平生,多半不会。"

刽子手揉了揉肩膀:"那我就成全你。"他将犯人杂乱的头发拨开,露出一段黝黑的脖颈,皮肤下的血管又粗又壮,正极为有力地搏动。

柴市口从来只见杀汉人,今天竟轮到乌羌人受死,观刑的百姓抬眼看刀起,俯首看头落,有人想起李秋平,有人想起殷放鹤。

火炉与铜柱没人收拾,任它们风吹日晒,后来被户部的几个小吏拖走,融了铸成铜钱,上刻"定元通宝"四字,正面汉文,背面乌羌文,因其成色足,分量轻,很快就在京城城里流行起来。但逐渐有细心的人发现,在这成千上万的铜钱中,有些生红线,有些生黑斑,这时从铸币局流出一种说法,那是义士血和奸贼胆。

这些铜钱所到之处,有了流言与传说。

囚犯们很快被处决,尸体被人装上板车,由一头黑驴拉着,东出安贞门,送入野狐禅院安葬。黑驴的脖子上挂着只铃铛,走起路来一摇三晃。

道路两边的房屋都被泡在一层朦胧的雨雾中,各色行人来去匆匆,不见面目,只余轮廓。

行至城外七里,野狐禅院已经遥遥在望,赶车的人走累了,停下来向路边一间茅屋的主人讨一碗水喝。开门的是个女人,正忙着哄怀里的孩子睡觉,没多心思搭理,随手一指后面,道:"灶上就有,自己去拿。"

那孩子像是刚出生不久,个头小小的,耳朵上还有一颗红痣,睡得口水直流。

"这是你闺女?"

女人摇头:"是个儿子。人人都说他长得秀气,半点都不像她爹。"她把孩子放到摇篮里,又给赶车人添了一碗热茶。

"你男人呢,怎么不来帮你?"

"他进城里去了,现在还没回来。"

"今天柴市口有杀人,的确热闹得很。"

"杀了谁?"

"几个乌羌人,名字都挺怪,我听过就忘了。"

女人有些惊奇:"他们也会自个儿杀自个儿?没错,真是自个儿杀自个儿。"

赶车人掀起草席:"你要是不信,自己来看。"

"几个死人,有什么好看。"摇篮里的小孩儿翻了个身,仿佛睡得并不安稳,女人连忙将他抱起来,在他耳边轻轻哼起一首舒缓的小调:"山无数,烟万缕,憔悴煞玉堂人物。倚篷窗一身儿活受苦,恨不得随大江去。"

赶车人边喝茶边道:"这支寿阳曲,还是当年的东门秀唱得最好,听说她已经嫁了个乌羌大官做小老婆,咱们是再不能一饱耳福了。"

女人抱紧了孩子,留给他一道沉默的背影。赶车人歇够了,当下也不多留,他从口袋里摸出两个铜钱丢进杯子,牵起黑驴转头离去。

片刻之后,原本碧绿的茶水已是鲜红如血。

二

六十七年后,乌羌因穷兵黩武,四面义军纷起,经历连番恶战,末代皇帝带着无数金银珠宝,狼狈逃回草原,临走前,连铁勒的陵墓都来不及祭拜。

新朝建立不到三个月,一个名叫金线的无臂老僧夜入京城,自称是故夏遗民,迄今已有百岁。他穿一身破僧衣,头皮不知多少时间没剃,已经长出寸许长的短发。老和尚就坐在柴市口对面的石桥上,跟前摆着钵,旁边支起幡,上书两行大字:向满城缙绅募集善款,重修城外野狐禅院。

一开始无人相信,而后有闲人向他问些旧都轶事,他竟能对答如流,不到半月,尊奉他的信徒越来越多,连儒生名士也来向他请教,最后甚至惊动了燕王。

燕王是新帝最宠爱的儿子,今年刚刚二十出头,鲜衣怒马,长鼻阔腮,两道剑眉斜插入鬓,天生就一副不怒自威的好相貌。他带着几个最亲近的随从,与金线和尚在运河桥头相会,刚一照面,就开门见山道:"有人说你是妖言惑众的邪僧,请本王治你死罪。"

"贫僧在此,哪个妖邪敢来。"

燕王胯下的骏马打了个响鼻:"听说只这几天,你就募到了上万两银子。"

金线老老实实道:"加上今天所得,已经过了两万。"

"修个寺庙要这么多钱?"

"野狐禅院的大雄宝殿是仿乌羌宫中的千佛阁所建,如今宫阙已成焦土,只有

那里的还原封未动。"

"你见过乌羌皇帝？"

老和尚点点头。

"都说乌羌顺帝仪表堂堂，却是个绣花枕头，终日只知杀人享乐，果真如此？"

金线道："这位尚还无缘得见，我说的是铁勒。"

粗略一算，铁勒过世已有六十余年，燕王不信世上真有如此高寿之人。他的父皇今年五十二岁，已是齿摇发落，百病丛生。少年立志，青年隐忍，壮年功成，中年以后疑心渐重，不信君臣，只问鬼神。每个开国君主都这么走过一遭，今上也未能例外。两个月前，有人献给皇帝一本前朝医书，作者名叫李秋平，里头写着各种开肠破肚、治病救人的奇术，心疼剜心，胆疼剖胆。皇帝杀了献书的人，却把这本书留下了。

"你们这样的人，我看得多了，"燕王踩着侍从的脊背下了马，手里仍紧握着一只马鞭，"自以为读过几本经书，见过一些世面，就敢在众目睽睽之下招摇撞骗。不怕告诉你，我已在京兆尹府衙内架好油锅，你若及时悔悟，我还能放你一条生路。"

老和尚浓密的眉毛一动："施主知道我的双手是怎么没的吗？"

"休想胡言乱语混淆视听。"

金线再发一问："京兆尹府衙在哪里？"

燕王随手指了个方向："应该在东北面，旁边有条河，过了桥就是。"

老和尚将钵与幡夹在腋下："请施主前面带路。"

此时明月刚过天心，正是杨柳纷飞，两袖风清，无臂僧与燕王信步走下石桥，远远望去，就像是两个久别重逢的老友。金线边走边道："施主知道这条街的名字吗？"

"当然知道，因为聚在此地的大多是些泼皮无赖、乞丐妓女，所以老百姓都叫它懒人巷。"

无臂僧笑了笑："但是在百多年前，它还有个名字，叫做侍郎巷。从这座石桥往前七八里，住的都是当时四品以上的达官贵人，有乌羌将军，也有亡夏投降过去的文臣。"

"横竖无人作证，只能由得你说。"

"左手第一间，是元初礼部侍郎夏庭兰的府邸。"和尚的脚尖正对着一群乞儿，

"他们屁股下头坐的，就是以前夏府的门板，左边门环附近，还有一处箭创。"

燕王一怔："原来高僧也说屁股。"

金线道："仓颉造字的时候本就不分雅俗，更何况佛也是有屁股的。"

"殿下，果真有箭创。"燕王的随从已经验看过，与金线所说不差分毫。

燕王不禁叹息："堂堂侍郎府，怎么沦落成这个样子。"

"阿弥陀佛，夏庭兰四十岁时被人杀了，尸体挂在桅杆上，运河边的人都见过。"

"敢杀四品大员，此人胆子不小。"

"刺客名叫吴庚戌，曾是亡夏的平湖团练使。"

"平湖？"

"后来改叫阳谷，别称榕城。"

燕王还是想不起来，后面的侍卫凑上来道："就是现在的新丰，今年刚改的名字。"

燕王皱眉："改来改去，都是一个地方，有什么意思。"

老和尚道："咱们向来都是这样，只要换个名字，从前做下的事情，无论大小好坏，就仿佛都能一笔勾销了。"

两个人边说边走，身后的石桥渐渐远去，夏府后院的围墙早已倾塌，年深日久，被人踏出一条蜿蜒小道。寂静湖石，水鸟池塘，偶尔从草丛里蹿出几只狸猫，竟都不怕人，蹲在一边的老树下静静打量这一群不速之客。

一路上花木繁茂，却都无人打理，只有小道的尽头栽有几杆翠竹，掩映着后面一片低矮的屋舍。

"这是国子监祭酒张蜀桐的旧居，他家里原本有间藏书馆，名叫遏云楼，其中古籍善本无数，现在不知还留下多少。"

房屋的主人听见响动，开门出来查看，见到大队人马，却并不十分惊慌。

燕王上下打量他："你像是个读书人，在这里住多久了？"

主人道："这是祖屋，刚才是哪位提及先辈姓名？"

无臂僧向他鞠了一躬："当年张大人去世时，我也曾登门吊唁。"

"叛臣贼子，不说也罢。"他惶然退回门里去，房中随即传来妇孺的啼哭，一个女人尖声骂道："仗着改朝换了代，天天上门来骂娘，值点钱的东西都被你们拿光了，怎么还不依不饶！谁家没吃过乌羌人的米，没用过鞑子造的钱？要真逼急了，

这日子我也不过了,就和你们同归于尽!"

"我就没有……"燕王嘟囔一句,在他出生之前,今上已在应天府起事,并被部下诸将奉为吴国公,正是踌躇满志,准备天下英雄一争高下的时候。

老和尚笑着摇摇头,一句话也没说,便继续往前走。

燕王望着他的背影,抬手唤来一个眉清目秀的小侍从:"你去告诉京兆尹,把那些欺人太甚的闲汉都查出来,他们要敢再犯,就全关进大牢,和那些乌羌余孽作伴。"

小侍从答应一声,转身消失在人群里。

越行月光越凉,侍卫们提着灯笼在前面开路,黑暗中不时闪过一张惊惧而戒备的面孔,有男有女,有老有少,某些是前朝遗民,更多的则是在战乱中家破人亡的孤儿寡母,同样的无家可归,最后竟和生死仇敌住到了一处。堤外的河水潺潺流过,对岸却是莺声燕语,万家灯火,透过高楼上的窗户纸,甚至能清楚地听见里面歌女的琵琶、杯盘的碰撞,奏的却已不是当年那首寿阳曲。

"这条街上以前住了两户人家,街头是礼部侍郎周如璧,街尾是户部侍郎韩敬,他们既为邻居,后来还当了亲家,连宅院的格局也如出一辙。"

燕王在原地转了转,弯腰捡起片瓦当,上面雕着一只展翅欲飞的仙鹤。虽然仅剩半边翅膀,仍旧栩栩如生。

"光是一个院子,就比我的王府都大。"

金线犹豫片刻:"施主,贫僧有个请求。"

"你说。"

"自我脚下往东一百二十步,再折往南八十步,掘地七尺,应有一尊如来像,我想将它请回野狐禅院供奉。"

"这个简单。"燕王一挥衣袖:"你们都去挖,第一个找到的,我有重赏。要是找不到,每个人都罚!"

燕王的手下都是训练有素之辈,对他的命令从无违抗。金线就站在三尺外,看他们各显神通。不到一刻,挖开的泥土在旁边就堆成一座小山。

燕王道:"他们都是我在江湖上招募的高手,个个身怀绝技。"

"的确是后生可畏。"

"与人比武,他们从没败过。"

老和尚点点头："难怪，当年我遇见的人都只拼命，不比武。"

这时，侍卫们忽然发出一声欢呼："殿下，佛像找到了！"

燕王走近了细看："怎么只剩下个身子，头呢？"

"怕是早被人割去卖了。"

"不光是头，"金线垂下衣袖，轻轻拂拭石像上的斑斑印痕，"百多年前，这尊大日如来浑身裹着三层金箔，每层都薄如宣纸，但延展开却能铺满整间佛堂。当初南平城破，有名的工匠或死或逃，除了在周侍郎家，我再没有见过这种技艺。"

"奇技淫巧，你们夏室就是因此而亡。"

老和尚竟也十分赞同："亡得好，亡得好，夏不亡，何来乌羌，乌羌不亡，何来新朝。亡夏一共十八位皇帝，历经三百一十九年，有的想西征，有的想北伐，梦了一辈子策马草原，现在终于又回到中原人手里了。前有文臣武将，后有清流义士……我当年个个都见过，只论面相，人人都是忠贞谋国之辈，观其行迹，又有哪一个不是遗臭万年。这是天意要亡夏，只是恰好借了乌羌人的手。"

燕王突然有些意兴阑珊："乌羌人都被咱们打败了，往后再到哪里去寻对手？"

"天地尚在，不怕没有。"老和尚让侍卫们将佛像托起来，放到他背上，再用两边空荡荡的袖管系牢了，"新朝初立，百废待兴，但过去的教训太多，不知道你们会重蹈哪一条覆辙。"

金线在前面慢慢地走，燕王在后头步步地跟，灯笼所能照亮的范围很小，最多只有周身方寸。一阵夜风吹来，烛火一阵摇曳，就连这方寸的光也没有了。残垣断壁，冷月乌云，荒废的旧宅里杂草丛生，燕王道："和尚，你有没有听见有人在哭？"

金线的脚步越来越快："那是野鸭的叫声，一只公鸭子嘎嘎叫，一只母鸭子也嘎嘎叫，你们宴席上的酿乳鸭就是这么来的。"

前方渐渐有了些光亮，突然有条黑影从小巷中钻出来，一头撞进燕王怀里。燕王吃了一惊，不等他下令，身后的侍卫已经一拥而上，十余把刀剑一齐抵上那人的脖子。"谁敢乱闯？不想要命了吗？"

那人被一群汉子围在当中，竟还笑得出来："你们都是来照顾我生意的吗？可我今晚已经很累了，只能陪三位，多了可吃不消。"

"怎么是个女人？"燕王抚平了衣服上的褶皱，"还喝得这么醉。"

金线道:"这是工部侍郎容谦的旧居,他死之后没几年,就成了一处娼寮,身价最低的只要五文钱。"

"五文能买什么东西?"

"两个馒头,或者半瓶黄酒。"

燕王问娼妓:"那你值几个钱?"

"要是陪你这样的年轻后生,没钱我也愿意。"

"你们有多少人?"

"门上点红蜡烛的都是。"

燕王粗粗一数,竟有不下百户。"知道这地方从前住的是个大官吗?"

女人转了转眼珠,瞳孔像片海:"大官有什么了不起,我小时候还见过至正皇帝呢。"

"你是异域人?"

"大军一来,所有异域女人都被卖作娼妓。但我的命比其他人都好,我有两个兄弟,大的十八岁,当场砍了头;小的只有七岁,进宫当了太监。"

燕王指着不远处的一户人家道:"她门前的蜡烛好像最亮。"

"咱们这里有规矩,每接一次客,就会多点一支蜡烛,能整夜不熄的,只有她一个。"

"是因为长得漂亮?"

异域妓女笑了笑:"她是一个乌羌王爷的私生女,至正皇帝北逃的时候和家里失散,只好和咱们一样,操起了皮肉生意。"

"你家是哪户?"

异域妓女退后两步,缩进一道墙缝。

"就在这里?"

"冬天能挡风,夏天能遮雨,总比那些露宿街头的要好。"

燕王叹了口气,转身叫了几个名字,被他点到的人纷纷上前,都是些最精壮的汉子。

"你们好好照顾她的生意,不到天亮不许停。"

异域妓女笑逐颜开:"你心肠这么好,老天爷一定保佑你代代公侯,下辈子也能托生在富贵人家。"

燕王一时好奇："你下辈子又有什么打算？"

妓女脸上竟然露出一丝羞涩："想当个汉人。侍奉父母，嫁人生子。"

"汉人的规矩可大。"

"只要人人都能守，就不觉得大。"

"你真能做到，我就给你修座贞节牌坊。"

侍卫们按照年资，在墙缝前排好队。他们人人手里拿着一支红烛，微小的火光翻腾跃动，恰好照在乌羌郡主的房门上。门里的客人悄悄探出头，额头上的汗水还没干。一个侍卫骂道："有什么好看的，把你的事做完。"

京兆尹府衙坐落在运河沿岸，距离容府大约三里，其间要绕五六条街巷，过七八座桥。金线说他知道一条捷径，能节省一半的脚程。他先叫醒了打盹的船夫，领着燕王渡了河，再带他穿过一片荒阔的空地，四面没有一个人，甚至没有一棵树，安静得像是另一个世界。

"这以前是哪儿？"

"还记得那个吴庚戌吗？"

"平湖团练使？"

"这是他义兄时又予的故宅，他在定元年间，曾经做过兵部侍郎。"

"堂堂四品高官，连块瓦片都没留下？"

"他死后三个月，有人在夜里放了一把火。那天刮的是东北风，吹倒了街口的老槐树，救火的人被堵在外面进不来，满门六十口，一个都没活。"

燕王望着无臂僧的背影："世上竟然有这么凑巧的事。"

金线和尚头也不回："他亲自领兵追杀夏帝至南海，死于海上的人何止六万。"

"父皇在云梦泽大败敌军六十万水师，可惜我没看见。"

"周瑜在赤壁击破八十万曹军，谢玄在淝水力挫苻坚百万精锐，你都没能赶上。"

燕王想了想："人越杀越多，英雄却越来越少。数来数去，也只剩乌羌残部了。"

金线突然停下脚步，一抬头，京兆尹府衙已是近在眼前："里面有股味道。"

"那是油锅在烧。"

"怪不得，我有一百年没沾过熟食了。"

"今天若有幸，能让你吃到饱。"

京兆尹府衙前庭后院，主人把油锅设在后花园里，他命人将周围的古树砍倒

尾声·新人

了当柴火，把一口硕大的铜锅烧得通红。

金线顶着逼人的热浪走进后园，炽烈的温度重新唤起了他的记忆，路过书房时，他对燕王道："这个地方我曾经来过，但走的不是这个门。"

"这里只有一条路。"

老和尚侧身："那边从前有道水门，丫鬟们洗衣服的时候才开。"

燕王将信将疑，亲自扒开一层厚厚的荒草，看见枯枝败叶下面，两扇小小的木门。门栓只有两尺来长，被乱石尘土埋没了大半。他拨开门栓，问京兆尹："你在这里住了几年，发现过这道门吗？"

京兆尹一脸惶惑，他叫来府里年纪最大的仆人，但他们看了也只是摇头。

时隔百年，门栓上的铜扣已经完全朽烂，燕王的手指轻轻一点，两片门板便应声而倒，门外是滔滔江水，奔涌不息。

"你当年来这里做什么？"

"阿弥陀佛，杀人。"

三

洪铁崖坐在书桌前,笔尖滴落了一点墨。

柴市口之刑已经过去三个月,风波渐渐平息。太子柔沙身受重伤,铁勒请来全国名医,花费无数名贵药材,终于保下他一条性命,但此后却留下病根,动辄心痛目眩,再拿不动刀、看不进书,只能终日躺在床上静养。

有大臣向皇帝进言更换太子,都被铁勒当庭处死。

整个京城,只有洪府依然安宁。在皇帝眼中,他罹患重病半年,已是将死之人,如今天下已定,士林中再无需这样一面旗帜。洪铁崖换了一张纸,开始重新写他的乞老还乡书。

"臣谨言:臣生于汴梁,长于杭州,时年八岁,母以病亡。父携全族南渡黄河,一舅一姑落于河中,旋即没顶。后取道太行,昼伏夜出,一兄一嫂堕于深涧,尸骨无存。河南江南一字之差,一千余里,老幼皆殁,亲朋丧尽。启行时五车十马,满载秘瓷金石、钟王字画,及至杭州,唯余父子两人,孟子半本,滕文公一节,有上无下……"

窗外有人低声吟道:"富贵不能淫,贫贱不能移,威武不能屈。"

洪铁崖骤然抬头:"是哪位?"

那人不答,片刻的静默之后,有鲜血从门缝底下渗进来,一个轻柔和缓的声音问道:"在里头的,是故夏翰林学士洪铁崖吗?"

"正是。"

"是雁荡隐士洪铁崖吗?"

"正是。"

"是乌羌吏部尚书洪铁崖吗?"

"正是。"

"是谢瑶仙之夫洪铁崖吗?"

"是我!"

"事事都明白,总算死得不冤。"外面的人一脚踢碎房门,他站在门廊的阴影里,袖中没有手腕,只有两把铁钩。

服侍谢瑶仙的小丫鬟伏在地上,浑身是血,却一时尚未气绝,她仰起脖子对洪铁崖道:"老爷……快跑……"

那人将铁钩从她脖子里拔出来:"已放你多活了三个月,还不知足?"

小丫鬟呜咽几声,趴在门槛上不动了。

洪铁崖道:"她是瑶仙最亲近的人,我们两个没有孩子,就把她当女儿疼。"

杀人者一欠身:"抱歉,我事先并不知情,否则我会让她死得更体面些。"

"既然得脱樊笼,为什么还要回来?"

"我答应了姐姐,要帮她取你性命。"那人在洪铁崖的注视中,缓步走进烛光里,他脸上的烫伤还没痊愈,左眼下有一颗细小的泪痣。

吏部侍郎站起来,又跌回到椅子上:"你果然没死。"

"姐姐说得没有错,只要你看见这张脸,就能认出我是谁。"

洪铁崖人还在这里,魂灵却已经飘回到二十年前:"当初我去谢家楼,瑶仙还在楼上梳妆,我从窗口望进去,第一眼看见的其实是你。柚木桌子上放着两只手,一边戴着一个金环。"

谢淮低头看袖管:"金环已经融了,再加两斤生铁,最后锻成了把短剑。"

"是你用来刺杀铁勒的那把?"

"入宫前要搜身,半两铁片都带不进去。我把它托付给别人,最后还是到了姐姐手里。"

洪铁崖打开抽屉,从里面取出谢瑶仙当初留下的那张信笺:"她说要代你赴死,我快马加鞭,还是慢了一步。"

"从小到大，她想要做的事，就一定会做到。"

"刑场内外戒备森严，她是怎么换下你的？"

谢淮反问："你当年是怎么换下殷放鹤的？"

洪铁崖恍然大悟，继而叹道："这是天意。"

讲完这句话，两人之间静了一静。

说分明了，就该办事。

洪铁崖将目光移回到信笺上："她要代替你，必先斩两手。"只求一死容易，但断裂肢体的痛苦却未必人人都能忍受。古往今来，多少忠臣义士血染屠刀，若将斩首改为凌迟，不知还剩几个能一如既往，大义凛然。

"洪大人不用担心，是京城第一刀李秋平亲自动的刀，她没受多少苦。"

"她的手你放在哪里了？我想接回来，和身子埋在一起，也好有个全尸。"

"这个你得去问李秋平。"谢淮有些无奈地摇摇头，"她还有人惦记，我的东西已经找不回来了。"

言尽于此，杀人者甩干铁钩上的血迹，向洪铁崖走过来。

"且……且慢，"吏部尚书始终端坐的身躯开始微微颤抖，"待我写完这封奏折……"

谢淮挑起那几张纸，悬在眼前略微扫了扫："你的生平大事，我听姐姐说过，也听铁勒说过，后面的我来帮你写。"

"那你别忘了盖上我的雁荡居士印，铁勒面粗心细，弄错就要露陷。"

"我见过，错不了。"

"还有……"洪铁崖的十指紧紧攥在一起，"还……还有……"

谢淮抬脚踢翻了桌子，笔墨纸砚四散飞溅："要死就死，哪来这么啰唆，你当初立下杀亲之盟的时候，难道就没想过今日？"

洪铁崖瘫在椅子上瑟瑟发抖："我不怕死，只是怕疼。"

谢淮伸出的铁钩突然一顿："你是个好丈夫，照顾我姐姐二十年，我得谢谢你。"

洪铁崖眼中涌出一线希望："你……你饶过我了？"

"李秋平死了，但他留下的刑具还在，你和她是恩爱夫妻，理应同甘共苦。"

"不、不……我的两位正妻都已不在人世，她只是个妾室，当不得'夫妻'二字！"

谢淮收回铁钩，往后退出两步，桌案上的群仙夜饮灯还亮着，一笔一划宛然

如新。

"可刚才我问你是否谢瑶仙之夫,你已经承认了。"

洪铁崖绝望道:"那你能尽量轻点……"

谢淮露齿一笑:"这可不由我说了算。"

仿佛只是过了很短的时间,运河上的一位船夫突然听见夜空里传来一声惨叫,他从船舱里探出头,左右张望一番,却只发现江畔的几只野鸭,正在引颈交欢。他抓起颗石子扔过去,野鸭嘎嘎乱叫,各自奔逃。船夫心满意足,裹着被子重新睡下了。

流水湍急,美梦正酣,梦里他也变成了一只野鸭,笨拙地扑动着翅膀,随着漫天鸭群,一齐往更深的天空中飞去。

第二天清晨,吏部尚书洪铁崖被人发现死于家中,刑部派翁白头和滚地青前去验看,回来后报了个病亡。朝中不少人都说,洪尚书历经两朝,却能始终荣宠,最后还无苦无痛安然离世,可称当世完人。

四

京城外的野狐禅院在荒废多年后，终究还是修起来了。院门重开那日，燕王命人送来一块亲笔题写的牌匾，由四个和尚抬着，恭恭敬敬挂在禅院的大门上。

无数信众披红戴绿，有说有笑地来到石桥前，请无臂僧金线就任方丈之位，但斯人早已不知去向。

懒人巷里的异域妓女说，她早上起来送客的时候，亲眼看见金线骑在一张人皮上，一直往西边去了。她向金线打招呼，老和尚还留下一根汗毛送她。

异域妓女信誓旦旦，不由得人不信。

"喏，我记得就落在那里了。"她指着金线往常趺坐的地方道。

人们纷纷回身看去，只见那青石的缝隙里，斜插着一把闪着银光的短剑，剑柄上金线环绕，一共缠了十八圈。

完

一

　　大雨滂沱的山径上，只有一个女道士在赶路，她披着件旧蓑衣，斜跨一头黑色的骡子。那畜生的年纪也不小，步履迈得很慢，女道士拿竹篾轻轻抽了两下，它才打起精神小跑几步，然后又踱到一边吃草。

　　拐过一个山坳，前面渐渐有了人家，道路上的泥土少了，取而代之的是木板和石条，有几处破损的凹陷，也暂时被稻草填平了。倾圮的观音堂改做孔子庙，两个农妇正在里面避雨，女道士下了骡子，向她们讨一口水喝。

　　农妇是一对婆媳，准备去山下的县城里赶集，她们一人挎了个竹篮，用油布盖着，里面都是自家做的针线。女道士的水喝到一半，想起刚走了一夜的路，鞋面已被泥水溅得湿透，便问她们："新鞋袜有吗？"

　　媳妇怕羞，不愿多说话，她婆婆道："鞋子十文一双，袜子三文一只。"

　　"袜子还能拆开卖？"

　　"前几天就有一个，咱们卖他一双，他还不高兴，说从来只穿右脚。"

　　女道士摸出一串铜钱："他那是神行术练坏了，落下的病根。那人是不是姓梁？"

　　老妇人记性不好，迟疑了一阵，她媳妇忍不住道："没错，就是姓梁。"

　　"自家的活做不好，这事倒记那么清楚。"

　　小媳妇不敢争辩，只得赔着笑，为婆婆也倒了一碗热水。

　　这时，不远处的山崖上传来一声缥缈的歌吟，没配乐器，也没填歌词，弯弯绕绕的几个音翻来覆去，穿过绵密的雨幕，走珠一样落进耳朵里。女道士侧身听了半响，见黄陶的水碗里荡起阵阵涟漪，她仔细数了数，共有十八层，每层间隔完全一致，像是风调雨顺年间，那些大树的年轮。

"看来洪先生家里又来了新人。"老妇人歇够了，但雨还没有停，她把碗里剩余的水泼在地上，用衣摆擦干了，放到油布下。

女道士坐正了身体问："那边是洪家？"

"爬上坡就能看到。"

"这几天还有别的客人？"

"自从五年前他搬到咱们荆山村，来往的外人就没断过，打扮怪，模样也怪，咱们都不敢让家里的女人单独出门。"

"世道不好，谨慎点是应该的。"女道士弯下腰，开始换鞋袜，她的双脚极为瘦长，一共只有七根趾头，断裂处像是没经过精心养护，鼓出了个深红色的小肉瘤。小媳妇想看清她白袜子上的绣花，低头见到那双脚，默不作声地拉着婆婆往后退了两步。

崖上的歌还在唱，调已转了三次。有人冒着大雨腾起的水雾，大步流星朝村口走来。女道士和他隔着七八丈，已能认出花白头发里的那张面孔，她站在屋檐下冲此人挥了挥袖子："邵先生有什么急事，连避雨都顾不上了？"

"这雨来得正是时候，让我能好好洗个澡。"邵某人脚下不停，踩得满地积水哗哗响，"我出门前占了一卦，别看现在天公不作美，你且等着瞧，转眼就是雨过天晴，骄阳似火，待我走到县里，衣服也恰好干了。"

"你还住在老地方？"

"你又什么想不通？"

"要是得空，替我师弟看看。"

"他能活过三十三岁再说。"邵某人甩开臂膀，很快消失在山间的小道上。就在他背影没入山林的刹那，原本空灵轻妙的歌吟突然冲天而起，直上高空，化作穿云裂石的一声长啸，女道士脚下的石砖和头顶的瓦片一起迸出细密的裂纹，随后云散雨收，再抬头时，半个日头已在群山的缝隙中时隐时现。

婆媳两个手挽着手啧啧称奇："神仙也没说这么准的，早知道就让他留下，算一算肚子里的这胎究竟是男是女。"

女道士整了整头顶的莲花冠，说："邵家的梅花数术，一卦就要五百贯。"

老妇人吃了一惊:"那一个字可不比黄金还贵?"

"再贵也不如命值钱。"女道士跟那对婆媳道了别,牵起她的黑骡子,沿着先前指引的方向,一路往山壁上攀登。走出大约二百步,洪家简陋的木门已近在眼前,但那头畜生却畏惧岩间狭窄险峻的道路,无论如何不肯再向前。女道士便松了缰绳,任它自由来去。黑骡在她身边久了,舍不得那些草料清水,叼着她的衣角不愿离开。

女道士两手空空,伸出十指按上黑骡的脖子,顺着它短硬的鬃毛,轻轻摩挲了几下,那畜生长长喘出两口粗气,先是前蹄,再是后蹄,依次缓缓跪倒在地,不一会,就连头颅也垂下来不动了。女道士将双手缩回衣袖,上前叩响那扇柴门,只听里头门栓一响,出来个握着菜刀的村妇,荆钗布裙,皮肤却白得惊人。女道士说:"我给洪大人带了点见面礼,驴肉一百斤,就在外面。"

村妇看了看那具尸体:"太多了,我这把小刀切不开。"

"听说化骨刀的传人也在这里,你可以叫他帮忙。"

"也对,白白在这里吃住了那么久,是得干点活。"村妇将女道士让进门,"先生就在书房里。"

"有人?"

"时辰到了,很快就出来。"

篱笆围成的庭院里除了两三间草房,还有一副磨盘、数张青石条凳,脚步经过的时候,石凳下钻出几只黄色的小鸡仔,活泼地上蹿下跳。村妇道:"来来往往这么多人,你带的礼物我最喜欢。"

"江湖人不知道读书人的讲究,未必就是有意冒犯。"

村妇摇摇头:"什么奇珍异宝他没见过,但在这穷乡僻野,即便有金山银山也花不出去,还不如跟你一样,送点吃的。每次来客人都要杀鸡,你瞧,它们都还来不及长大。"

"我向来只杀生,没想到今天竟然救了几条性命。"

"要是它们记得,以后会报答你。"

这时书房的门吱呀一动,一个臊眉耷眼的男人慢慢从里面挪出来,稀疏的头发勉强挽成一个髻,松垮垮地坠在脑后。他跨过门槛向村妇拱手告辞,女道士问:"刚才是你在唱歌?"

男人掀起一边眼皮:"要不是被你的杀气冲撞,我能唱得更好。"

"改日去淮南,一定到樊家登门致歉。"

村妇道:"今天有好肉,要不要留下来吃顿晚饭?"

"家里来信,媳妇给我生了个女儿,我得赶回去看一眼。"

"名字想好了吗?"

男人脸上终于露出一点笑容:"洪先生帮忙想了一个,很是好听。"

村妇拍了拍女道士的背:"快去,先生不喜欢浪费时间。"

洪家的书房建在两爿山岩之间,被青石挤成细瘦的一溜,白天不点灯的时候,就像一条幽暗的隧道,只在最深处凿穿山壁,开出一扇窗户,推开半边,外面就是百丈悬崖。

一道人影静静站在窗前,手里拿着一方墨条,不疾不徐地在砚台上反复推磨。屋里太黑了,他等了一阵,让女道士走近,才抬起头一点点看清她的容貌和衣着。

"两个月前,你给我写了一封信,落款是栖霞莲都。"

"洪大人好记性。"

"我已辞官归隐多年,当不起'大人'二字。"

"但你现在做的事,跟当翰林学士的时候没什么两样。"他在看女道士,女道士也在端详着他,"而且邵铁口说过,你洪铁崖是文曲星下凡,还有至少五年官运。"

"坐。"洪先生将书房里唯一一把椅子指给莲都,"我也等着看,封圣榜和圣旨,究竟哪个先来。"

山风把窗棂摇得哗啦响,莲都听见门外钢刀卸骨的声音,锐利的锋刃直插进关节,那动静不是活物能发得出。

"你觉得怎么说话更舒服?我会弹琴,还会制一点香。"

"动手时才会在意舒服,平常没那么多讲究。"

洪铁崖站在书案前,拈起饱蘸墨汁的毛笔,率先在白纸上落下女道士的名字:"这应该不是你的本名,但也不像绰号。"

莲都考虑了片刻,还是决定从头讲起:"师父收我的时候说,刺客离家别亲,不可再用本名,出门遇见的第一个人,叫什么,就改叫什么。借了他们的名字,遇事能代我死一回。那天我运气好,没走出几里地,就碰见个年轻的道姑。"

"好得很,这条规矩很有意思,"洪铁崖笔走龙蛇地记下来,"以前我从来没听过,也没任何一本书有记载……那个道姑就是莲都?"

"她遭歹人奸污，赤身裸体躺在溪水里，额头被铜锤砸出一个大洞，不知已经流了多少血。我过去问她姓名，她只说了这两个字。洪大人，现在还有意思吗？"

洪铁崖头也不抬："多余的话越少越好，你该说得更简练。"

莲都凑过去，见纸上只有一行小字：初拜师，道遇女冠，借其名，曰莲都。

"就这样？"

"所有人都这样。"洪铁崖展开案头的其他卷宗，"我们的时间太少了，但想留下来的东西实在太多，只能拣最紧要的写。"

"这样最好。"莲都像是笑了笑，"我从前看过几篇读书人写的文章，一句话能讲明白的道理，偏要啰唆半天，你比他们都高明。"

洪铁崖放下笔："原来你是考我来了。"

"我这一门从创派至今一千两百年，不能单凭你一句话，就把一切都说透。"

大约五年前，江湖上的一则流言正传得沸沸扬扬，说是在雁荡山隐居的文坛魁首洪铁崖眼见乌羌大军难以阻挡，夏室江山风雨飘摇，恐怕从此往后蛮夷当道，礼崩乐坏，便立志要修一部古今无二的类书，把世存所有行当的诸般技艺统统记录下来，以传后人，无论三教九流之徒、鸡鸣狗盗之辈，只要有一技之长，皆可入书立传。

最初几个月应者寥寥，洪铁崖虽是一代大儒，声名远播，但江湖人士对为官者向来心存芥蒂。后来乌羌铁蹄一路南下，诸多名门望族于一夕之间灰飞烟灭，一身绝技也尽告失传，各门各派才纷纷派出弟子，与洪铁崖暗中接洽。最后还是梅花邵家一锤定音，家主邵铁口亲自到访荆山村，将本门秘传倾囊相授。但他也逼迫洪铁崖立下誓言，若非异族入主中原，则此书永不能公之于众。

从那时起，千里迢迢奔赴洪家的奇人异士便络绎不绝，莲都也是其中之一。

"你说你还有个师父，现在他还在吗？"门外的血腥味渐渐浓烈，洪铁崖转动熏炉，点燃了一支线香。

"他新收了一个徒弟，一时走不开。"

"你有几个同门？"

"从来都是一男一女，小时候一起学艺，长大了通常结为夫妇。"

"独阴不生，孤阳不长，这样的规矩不止你们一家，想来都有道理。"洪铁崖写完一行，下一句刚起了个头，"你在信里说，贵派三十二代，人人都做刺客。"

莲都说了几个名字，洪铁崖身在朝堂，居然个个都听过。

"原来韩相公之死也与你们相关。"

"听师父说，当初史相公想亲手割下韩相公的头颅，但他是个斯文人，犹豫再三始终狠不下心，最后才由师父代为动手。"

洪铁崖不禁感叹："连宰相也命丧其手，只这一样，就与别的刺客不同。"

"宰相至多算个人杰，洪大人可听说过屠龙术？"莲都不等洪铁崖答话，便用手指蘸着清水，在桌案上划了四个字，以烛开头，声字收尾。她没读过什么书，笔画也写得歪歪扭扭，登不了大雅之堂，洪铁崖遍览古今书法名家，却从没见过这样寒气森凛的字迹，令他脊背生凉，如坐针毡。

"你们有这种神通，当年大可以将耶律家斩尽杀绝。"

"一千两百年里，也只有这一例。"莲都一挥袖子，将水渍都抹干了，"我这一门有句话，杀百姓的办法师父可以教，杀贵人的办法靠自己悟，而杀天子的办法被称为屠龙术，只有求上天成全。"

时近傍晚，日头西沉，洪家院落中的血腥味已经消散，取而代之的是阵阵肉香，莲都甚至能听到大锅中油泡汩汩冒起的声响，灶台前的村妇翻动勺柄，搅得汤汁一片昏黄。洪铁崖将白纸一卷："这桩悬案都过了几百年，你有人证吗？"

莲都重新退回到椅子旁坐下："那天晚上，一个活口也没留。"

"有没物证？"

"是有一道密旨。"

"在你身上？"

"和太宗皇帝作了陪葬。"

洪铁崖道："这种不尽不实的故事我听过很多，你还是拿去教坊书馆说。"

这时房门响了三声，那村妇对着门缝道："晚饭做好了，你们什么时候讲完？"

"这就来。"洪铁崖盖上砚台，对莲都道："山路不好走，今天就在这里委屈一夜吧。"

女道士却不动，她的脖颈很长，垂下头思索的时候像一只沉睡的水鸟。

"你要是愿意，我挨个杀一回给你看。"

"刚才还说要靠上天成全。"

"来这之前问过邵铁口，他说天意近了。"莲都看老儒生还在迟疑，又道，"现

在他还没走远,快马加鞭,一天之内就能把他追回来。"

洪铁崖背着双手,埋头在斗室内踱了数十步,半敞的窗户被大风反复拍打,发出骤雨一样的声响,外头的村妇又催了一句:"再不出来,多好的肉都凉了。"

"不就是一块肉……"洪铁崖没头没脑地应了一声,他扒开壁上的箱笼,从中取出一粒丹药,遍体漆黑,龙眼般大,也不用温水化开,一张嘴就吞了。没过一会,老儒生的脸上突然翻起阵阵潮红,头顶散出游丝般的雾气,他捂住脖子,剧烈地咳嗽起来,莲都刚要上前,就被他伸手止住了。

"金丹派南宗炼的紫清丸,号称能延年益寿,返老还童,但最多只能支撑半年。"

"半年够吗?"洪铁崖的手掌紧紧扣住咽喉,每个字都在颤抖。

"那得尽快动身。"

"多快?"

"现在。"女道士不假思索。

洪铁崖回过身,从舌底喷出半口白气,透过这一层薄薄的烟幕,莲都见他头上竟已生出几绺黑发,双眼湛湛有神,连皮肤也光润不少。他如刚睡醒的少年一样,狠狠伸了个懒腰,莲都这才发现,这位终年伏案苦读的书生身量十分高大,骨架雄壮有力,不逊那些自幼便舞枪弄棒的江湖武人。

洪铁崖抬起右手,轻轻在心口摩挲几下,像是拂去了衣服上的水痕与尘埃:"砧板上的肉,凉了就回到锅里滚一轮,但这里一冷,再要焐热就不容易了。"

莲都道:"你肯信我,我也必不教你失望。"

老儒生和女道士一齐出了门,村妇看见他两个,还没说话,手里的筷子就被惊得落进汤里。洪铁崖道:"我要出门半年,再有客人上门,你来替我招待。"

"文章也替你写?"

"当年的花国状元,应该难不倒你。"

莲都这才晓得,眼前的这位村妇就是名噪一时的南平伎女谢瑶仙,当年洪铁崖为了娶她,曾闹出好大一场风波。如今洪铁崖入山归隐,偌大一个翰林府,只有她一个人肯随侍左右。

一场家宴还没开席就散了场,桌上的肉汤仍腾腾地冒着热气,谢瑶仙并未多做挽留,只把剩下的熟肉拿黄纸包了包,塞到洪铁崖手里,然后便继续坐下吃饭喝汤,她的嘴唇按在木勺上,发出剧烈吮吸的声音。

洪铁崖跟在莲都身后，走出两步，突然又折回去，隔着门叮嘱了一句："文章载道为重，尽量多用俗词俗句，那些风雅的字眼，还是留在诗词唱和里吧。"

二

服了金丹派的紫清丹，洪铁崖的身手变得轻捷不少，随莲都走了一晚上山路，竟然并没觉得十分疲惫。第二天巳时，莲都在县城的驿站买了四匹快马，依次换骑，日行八百里，途经二十余县，顺着长江一路向西，两天后便到了襄阳。洪铁崖已觉浑身松软，大腿内侧被马鞍磨得淌血不止，但女道士却没有稍作歇息的意思，当即又换了四匹马，继续西行，直到在宜宾上了船，洪铁崖才得空细问莲都接下来的打算。

客船在川江中逆流而上，时间正逢枯水期，江水时而漫上人头，时而刚刚没过小腿，水底的鹅卵石咯得船底喀喀作响。河道两岸都是精赤着半身的纤夫，古铜色的脊背上，被麻绳勒出一道又一道殷红的血痕。

洪铁崖靠在船舷上，看两侧奇峰连绵不绝，青绿的林木倒映下来，把江水染得深湛浓酽，近乎墨色。莲都则在舱中假寐，只听呼吸声如海潮，却不见胸膛起伏。洪铁崖道："咱们要在哪里下船，万州还是陵州？"

女道士睁开双目："三峡风光天下无双，就不想多看几眼？"

"十年前我奉命出使北国，路过长城的时候碰上十年不遇的大雪，驿路都冻住了，咱们一行人就在长城脚下安营扎寨，住了好几天。"洪铁崖俯身掬了一捧春江水，"那种风景不输此间。"

小船在激流险滩间穿行，纤夫们绷紧了绳索，浑身的肌肉都鼓胀起来。他们的躯干极度前倾，几乎就要贴到地上，一边艰难迈步，一边叫着粗犷的号子。洪铁崖侧耳听了一阵，各处的方言都有，意思却能明白大半。他扶着桅杆，问领头的纤夫："你们的号子跟谁学的？"

"从小就听这些，还用人教？"

"我能学吗？"

"那你跟着我唱，声音越大越好。"

"来了！"

纤夫抹了把汗，将裤带扎得更紧，肚脐下面的绳结深陷到小腹里。他仰头朝

天上起了个调子,后面的青壮一呼百应,在高耸的峰峦间来回飘荡。

"咳咳呀咳呀!"

"咳呀咳呀!"

"咳咳呀咳呀!"

"咳呀咳呀!"

"清风吹来凉悠悠!"

"咳呀咳呀!"

"连手推船下陵州!"

"咳呀咳呀!"

"有钱人在家中坐!"

"咳呀咳呀!"

"哪知道穷人忧与愁!"

洪铁崖被江水呛住了嗓子,边咳嗽边叫:"咳呀咳呀!"

"推船人本是苦中苦!"

"咳呀咳呀!"

"风里雨里走码头!"

"咳呀咳呀!"

老儒生意气风发地一回身,从舱里捡了根炭条,将这支号子完完整整地记在自己的衣带上:"这样的东西,只用稍微润色,就能入乐府了!"

女道士也笑了笑:"你是风花雪月看多了,一时见到这些,觉得有些新鲜。要是让你天天和贩夫走卒在一起摸爬滚打,只怕不出三天,又要嫌他们粗鄙无文。"

洪铁崖不禁点头:"也是一理。"

莲都独自起身走到船头,见滚滚浪花中,另有一叶轻舟刚从峡谷中钻出,在翻腾的波涛里时隐时现。掌舵的艄公一身黑衣,戴一顶破斗笠,他的双脚牢牢钉在船板上,任凭风浪如何颠簸,两只臂膀依然稳如磐石。

"你等会要看好。"莲都道。

"是谁?"洪铁崖刚探出个头,就被女道士按回船舱。

"我要是失手,你就说不认识我。"

两条小船越迫越近,洪铁崖透过木板的缝隙,几乎能看清对面艄公下巴上的胡须。就在两船相错的瞬间，莲都出手了。

女道士的人影从洪铁崖眼前一掠而过，幽魂一样飘过三丈江面，没溅起一点水花。艄公似乎也是跑老了江湖的武人，察觉到近在咫尺的杀机，当即抛下舵杆，跳进湍急的江水里。莲都毫不迟疑，也跟着他下了水。洪铁崖让纤夫暂时停船，那汉子却道："你女人厉害，咱们只要稍微慢些走，一会儿她就能追上。"

"她不是我女人，我也没那个命。"

"难怪，我看也不像。"

洪铁崖绷紧心思看了一阵，那水面并无半点变化。时近中午，两岸的猿猴都出来觅食，凄厉萧森的长啸此起彼伏，老儒生问纤夫："你怎么知道她厉害？"

"刚才过鬼门滩的时候，你隔夜饭都吐出来了，她连一根头发丝都不晃，我在这里拉了二十年纤，也是第一次看见。"纤夫说着咧嘴一笑，露出一口整齐的白牙，"跟你说句实话，本来咱们已经和船老大商量好，一进夔门，就让你把钱财都留下，要敢不从，直接往长江里一扔，神仙也救不了你的命。"

洪铁崖一身冷汗闷在衣服里，还没流下来，就被江风吹干了。他回头看向船夫，那老人满头白发，一脸悠闲，似乎并没把纤夫的话放在心上。

"不过那个女道士的确不是凡人，咱们几十个兄弟一起上，怕也不是她对手。"

这时，洪铁崖乘坐的小舟一荡，船底传来几声沉闷的响动，周围随即泛起滔滔白浪，纤夫猛地一拍肚子："有好戏看了，那边来的也是个高手！"

老儒生看不懂这些江湖上的争斗，而朝廷里的倾轧，明面上从不见血，只用笔墨文字诛心，几十年过去，他几乎忘记了世间杀伤最多性命的不是流言，而是刀剑。

阴惨惨的天光下，衣带上的乐府诗也索然无味了。

滔滔江水仍在翻涌，底下的暗流却悄然起了变化，几道旋涡突然出现，绕着小船打了几个圈，下一刻又猛地消失，带出一两缕细密的血丝，顺着河道飘远，激流都冲不散。纤夫头子从贴身的短裤里抽出把又锈又钝的匕首，道："你再等等，马上就见分晓了。"话音未落，只听树顶的猿猴一声长嚎，一道昏蒙的人影破水而出，在空中轻巧地翻了个身，鹞子一样扎到船板上。

洪铁崖连忙迎过去："你有没有受伤？"

女道士右手拎着一颗头颅，乌黑的长发披散下来，看不清这人的长相。"板凳

后面有个木箱，劳你帮我拿过来。"

"这箱子挺沉，里面是什么？"

"生石灰。"莲都说着，一把将头颅扔了进去。

"这么大的箱子，再装下个脑袋也够了。"

"那船上还有个人。"莲都轻轻跃进对面船舱，不一会儿，从里面拖出个涂脂抹粉的年轻女人，一面哭，一面哀哀地求饶。莲都将她拽到船尾，手指在脖颈后一抹，她便软软伏倒在甲板上不动了。莲都翘起指尖在女人的皮肤上戳弄几下，也不见她怎么使劲，那脑袋就跟熟透的苹果似的，自动滚落下来。

"我出手的时候，正听见这女人跟她姘头说，生要同床，死要同葬，但刚才她又求我饶她一命，真是奇怪。"

洪铁崖笑着说："甜言蜜语，谁没有讲过几句，你看有谁真信了？"

"邵铁口可是对你深信不疑。"莲都的衣角还在淌水，身上却没沾一滴血，"你要是敢骗他……"

"邵先生有上窥天意的本事，这点真假还分辨不出？"洪铁崖往前一摆手，纤夫嘹亮的号子又响起来，小船绕过一处暗礁，岸边一处繁华的小城已遥遥在望。

女道士放下门框上的竹帘，把浑身的湿衣服都脱下来，船舱里的条凳在争斗中被震成两半，她就在坐在那个木箱子上擦拭身体。"一直没问你，假使将来乌羌南侵，用什么办法能保住你的书？"

"跟邵先生露过一点口风，细处现在不能说，不过思来想去，既要留下老祖宗的东西，又不能有损自家清白，只能让我多担待了。"

莲都掀开竹帘，露出半张湿漉漉的面孔："要是做不成，你得提早告诉我。"

"你会杀我？"

"和邵铁口一起。"

洪铁崖背转身："世上没有一定的事，你的屠龙术又有几成把握？"

"很快你就知道。"莲都换了一身崭新的青白色道袍，还在头上系了一顶芙蓉冠，一根黄丝绦松散地勒在腰间，更显清瘦淡漠，气韵出尘。洪铁崖上下打量了几眼，一时竟想不出有什么现成的诗句能形容，抬眼见江畔青山迢迢，天上白云悠悠，突然福至心灵，便随口吟道："仙籍人间不久留，片时已过十经秋。"

莲都一怔："这是你自己写的？"

"前朝有个叫鱼玄机的才女,你听说过没有?"

女道士摇头:"巧了,这诗里有我的真名。"

陵州是川东重镇,水陆咽喉,乌羌大军多次征伐巴蜀,北面的交通要道尽数断绝,无论粮食布匹,都只能从长江航道运入。二十年前,陵州还只是沿江若干市镇中的一座,经过数位守将的苦心经营,其繁盛程度几乎可与二百里外的重庆相提并论。

离码头还有十余丈,老船夫就不愿再往前了。

"高将军定下了规矩,但凡在码头靠岸的所有船只都要课税,五中抽一,还请两位客人见谅。"

"哪个高将军?"洪铁崖问。

"听说是叫高渌。"

"他官复原职了?"

"你认识这人?"莲都摸出一张交子,结清了船钱。

"打过几场硬仗,当初因为贪渎无厌,吃空饷喝兵血,被我参了一本,贬到惠州去当了个县尉。"

"你们读书人不是都讲究中庸之道、与人为善吗?"

"才调任御史,气盛……风闻奏事四个字太重了,就想随便找个人试试刀。"洪铁崖颤颤巍巍地走下跳板,脚底一滑,差点跌进水里,"也是他运气不好,仗着有几分功劳,就不把我这个监军放在眼里。"

"你那时几岁?"

"二十八九,不到三十。"

莲都回头,仔细凝望他:"还好,你现在这个模样,高渌应该认不出。"

"你要见他?"

"不过还是谨慎点好,"莲都将那件木箱紧紧抱在怀里,"能让朝廷回心转意,的确不简单。"

洪铁崖一脸阴沉:"那是朝廷实在找不到可用的人了。"

将军府位于县城正中,几重院落层层相嵌,占据了通行最便利的几条街道。与之相比,县令的衙门显得寒酸许多,有些无奈地龟缩在城墙一角。街上巡逻的

也不是捕快,而是士兵,个个衣甲鲜亮,趾高气昂。

大道两旁贴满了将军府发布的通缉告示,上面画着一男一女,说是如有人提供线索,必将重赏。告示上墙的时间不短,天天风吹日晒,边角都生了霉,洪铁崖看过暗暗吃惊,正是刚才在江上被莲都狙杀的人。

女道士初来乍到,不欲引人注目,专拣那些偏僻的街巷走。路上遇见几个兵痞欺负孤儿寡母,或是小吏打着高涞的名义强征民财,她全都面不改色,贴着墙根,引洪铁崖迅速从他们身边经过。老儒生饱读诗书,吃了重返青春的丹药,连那点济世救民的心也跟着回来了,听身后寡妇哀求、幼童号哭,就起了仗义疏财的意。

他突然叫住女道士:"实在是闹得有些不像话了。"

"你想要我出手?"

"邵铁口一卦五百贯,你应该不会比他更贵。"

"我是刺客,"莲都说,"并非真正的出家人。"

洪铁崖垂下眼皮,那可怜女人的呼救已渐渐微弱。"你说得对,我也并非朝廷命官了。"

两个人先后转身,埋头疾行,沿途再没碰到任何波折。莲都在将军府门前,将木匣中的人头捧给值守的侍卫看,很快有侍女出来传令,高涞要亲自见一见他们。莲都低声叮嘱道:"一会见了面,就说你是我徒弟。"

"我手无缚鸡之力,高涞如何肯信?"

"你什么最拿手?"

洪铁崖陡然来了精神:"琴棋书画都来得,要说最拿手,还得数作诗。"

"就像你写在衣带上的那种?"

"八九不离十了。"

"那学我的飞燕指正好。"

洪铁崖没听过这个名头,高家的亲卫仆从在侧,他不便细问,只得诺诺点头:"你说入你一门,都会再向别人借个名字。"

莲都指指那侍女:"你去问她。"

老儒生还有些不好意思:"太唐突了吧……"他嘴里这样说,眼风却情不自禁地往小姑娘身上飘。那女子只有十五六岁,梳着两个丫髻,满脸都是稚气,五官扁平,皮肤黑黄,一看就不是巴山蜀水间长起来的孩子。洪铁崖提醒莲都:"她只怕是个乌羌人。"

小丫鬟年纪不大，耳朵却尖，突然转过来笑道："大叔好见识，我爸爸是察必思大汗帐下的黑都鲁，专门给他养马的。"

"怎么到了高将军府里？"

"仗打输了，被他们掳来的。"

"就不想回去看看？"

"这里好吃好穿，日子过得比草原上舒服，还不用和那些臭烘烘的牛羊马匹待在一起。"

一旁的亲卫忍不住调戏道："咱家将军身上的味道也好不了多少。"

小丫鬟瞪了他一眼，眸子动起来，的确有些风情。

高渌在南边的海岛上漂了十几年，到现在依然最怕炎热，时值夏末，暑气未消，他嫌正堂里憋闷，白天总带着几个小妾，在花园水边的阴凉里饮酒作乐。那丫鬟似乎不愿久留，把二人带到池塘对岸，就屈膝告退，匆匆离去。

洪铁崖站在花树下举目眺望，见高将军上身只披着一件短褂，胸怀大敞，露出一丛旺盛的毛发。"他真是高渌？十几年不见，黑了，也壮了，以前可被许多人戏称为面如好女呢。"

莲都衣袂飘飘，走在前面："都是拜你所赐，你倒这么多感慨。"

"是他咎由自取。"

池边的槐树洒下一地浓荫，峻瘦的假山旁，几张竹席连缀到一起，在草地上铺了厚厚的一层。席间放置着两三张矮几和各色点心，烹饪得再精美，高渌都懒得多看一眼，只一心吃酒。

两位年轻貌美、衣着讲究的姬妾分列左右，一个执壶，一个捧杯，奉酒的时候不小心洒出去一点，高渌还没说话，两人已是面如土色，跪在地上等候发落。高渌抓着美人的一只红酥手，先将那剩余的半杯美酒喂进嘴里，再吩咐卫士将她们一并拖走，二人只默默流泪，并不敢出一声。

莲都故意放慢了步履："他是故意做给外人看的？"

洪铁崖道："他就是这么个脾气，捉在手里的东西，稍微舍出去一分一毫，都要心疼得睡不着觉。以前为了几十个空额，还闹出过人命。"

"什么人？"

"张三李四,早记不清了。"

这时高涞也看见了他们,两边目光略微一碰,很快就错开了。他拿起搭在矮几边的外袍,随意往肩上一披:"你们是在哪里抓到这对狗男女的?"

莲都道:"长江上,离陵州不远。"

"顺流还是逆流?"

"应该是要去宜宾。"

高涞慢慢踱过来,亲手打开了木箱,一股浓郁的血腥气顿时喷薄而出,他也不嫌腌臜,伸手进去一阵翻搅,最后把女人头上的钗环耳坠都卸下来。

"这贱人……吃我的用我的,还敢带走我赏的东西,哼,还净挑贵重的拿!"他擦了擦手上的血迹,又开始翻捡旁边男人的脑袋,连头发都一绺绺捋过了,仍是不满足,"你们有没有见过一块玉坠子,上圆下方,周围还镶着金箔?"

莲都想了想:"原本挂在他脖子上,恐怕是过招的时候掉江里了。"

高涞一怔,顾不得满手的血,夺过木箱往地上一摔,两颗人头骨碌碌滚出来,撞翻了茶几杯盏,佳肴美馔洒了一地。侍卫们凑上来想要收拾,被他一人一脚踢进池塘:"你们这群泥腿子,粗手笨脚,小心碰坏了我的东西,让二娘三娘过来伺候!"

侍卫们连滚带爬,忙不迭告退。高涞余怒未消,指着那两颗头颅尽情唾骂了一阵,许多字词都带着浓重的惠州口音,洪铁崖听不明白。

大约过了一炷香工夫,高涞骂得累了,浑身劲道一松,瘫坐在竹席上,他梗着脖子环顾四周,想吃点心,杯盘狼藉,想喝点酒,银瓶碎裂,池边凉风习习,水波阵阵,那一口气歇了就再也提不上来,只得靠在软枕上蹙眉喘息。莲都看他疲惫倦怠的模样,像是忽然换了个人,稍微懂得了先前洪铁崖所说面如好女的意思。

就在这时,高涞平日宠爱的其他两房姬妾陆续到了,看见他的模样,没一个敢上前,都捻着衣角躲在假山背后,生怕被他看见。不知又过了多久,才有个人蹑手蹑脚寻到高涞身后,怯生生地道:"将军,黄七张九他们几个刚回来,说梁寡妇家已经把借咱们钱庄的债还上了。"正是那个皮肤黄黑的乌戋丫鬟。

一提到钱,高涞的眼皮动了动,扭动着腰身坐起来:"那娘儿俩不是一直哭穷吗,骨头还硬,这回怎么松的口?"

丫鬟道:"骨头硬不过道理,她们白纸黑字签了借据,告到哪里也抵赖不了。"

"最后怎么处置的？"

"大的卖身，小的为奴。"

"那小子才八九岁，能干什么活？"

"宝剑峡那边不是有石炭么，矿洞就井口那么大，只有小孩子才钻得进去。"

"你说宝剑峡……"高涞眼珠一转，突然回过神，对莲都道："川江上都是我的兵马，这对狗男女怎么还敢去宜宾，不是自投罗网吗？"

"乌羌铁骑大举南侵，北边早就遭了兵荒，只有冒险出川才有一线生机。"

"他们年年都来，有什么稀奇。"

"这回已经不同了。"莲都看了洪铁崖一眼，"听说领兵的巴察汉在大汗面前立了军令状，不破独坐城，誓不回草原。"

"巴察汉，这个人你听过吗？"高涞捏了捏那乌羌丫鬟的脸。

"大名鼎鼎的乌羌第二黑都鲁，我从小就经常看见他骑马射箭，天天晚上带回来的女人都不一样，还有几个是金头发蓝眼睛的西番婆子。"

"晓得了，第一总是你爸爸。"

小丫鬟羞涩地一笑，随手将那些散碎的物件收拾干净，这时那两个侍妾才敢上前，款款依偎在高涞身边，一个给他擦汗，另一个从怀里摸出把梳子，帮他把散乱的头发拢好。

"照你这样讲，乌羌大军是志在必得了？"

莲都摇摇头："战场上的事不该我管，不过孟元驹元帅调用军资的命令，应该就在路上了。"

"要钱要粮，要布匹要女人……我辛苦经营的陵州城，他一句话就要掏空喽。"高涞重重叹了口气，却只能无可奈何地一挥手，"罢了罢了，别扰着我过日子就成。"他按悬赏给了花红，再命小丫鬟礼送二人出府。莲都将那小绣囊交给洪铁崖，老儒生掂了掂，最多不过两吊钱："好不容易过上富贵日子，怎么比十几年前还小气。"

"咱们还要在城里住一阵，你可别弄丢了。"

洪铁崖陡然压低了声音："你要对高涞动手？"

"你不也正好瞧不起他么？"莲都抬头看了看天上的霞光云色，"时候不早了，明天中午之前，消息就该到了。"

"好的还是坏的？"

"一封战书。"

三

六月十二日清晨，陵州的守门吏昨夜在青楼喝醉了酒，还没彻底清醒，便揉着惺忪的睡眼，指挥士兵们把沉重的城门打开。手下的小卒惯会做人，急忙递上一杯热茶，守门吏接过来，怕烫似的，一小口一小口地品啜，并不时发出滋溜的声音。

这时，远处传来一阵急切的马蹄，浓密的晨雾还没散尽，模糊的官道上，只见一道黑色的身影正急速逼近。小吏刚要喝止，马上的骑士突然挥舞着鞭子叫道："滚开，我是孟元驹元帅的信使！"

小吏哎哟一声，护住脑袋闪到士兵们身后，那骑士提缰纵马，从众人头顶一跃而过，四蹄在青石路上轻轻一点，扬长而去。

陵州生活平稳安逸，许多店铺要午时左右才会开张，起个大早走街串巷的，多是进城赶集的农人与卖早点的货郎。

陵州点心自古以来便闻名川东，除了常见的榨菜、包面，当地最受欢迎的则是一碗热腾腾的豆腐脑。红通通的辣油浇在白花花的豆腐上，登时发出嗞嗞的声响，这也是陵州街头最常听见的声音。

送信的骑士策马飞驰，穿过古老而整齐的街道，透过细密的晾衣杆，他甲胄间的纹路和头盔上的红缨都能看得清清楚楚。就在他即将跨出巷口的时候，迎面撞上了一副货郎担，里头的一大锅豆腐脑跌出来，摔了个粉碎。那骏马被热汤溅上脑门，受惊不小，长嘶着人立而起，背上的骑士坐不住，哎哟一声跌到地下，正好压在那一摊作料上，拿手一抹，红得跟鲜血一样。

"谁把担子放路中间？不想活了吗？"骑士骂骂咧咧爬起来，转了一圈，附近只有个畏畏缩缩的老头，裤脚草鞋上都是泥点，唯独衣服还算干净。骑士一把抓住他的领口："把你的褂子脱下来，跟我换换。"

老人不敢抬头，只小声道："青天白日的，怕是不大好……"

骑士举起拳头："少废话。"

"这件都是补丁，我家里还有几身新的，军爷要是不嫌弃……"

"你家在哪儿？"

老人一指街角："对面就是，茶叶铺子边上。"

骑士松开他，一手牵起缰绳："前面带路。"

随着太阳升过屋脊，街上的行人逐渐增多，有乞丐闻着香气，从地上挖了一捧豆腐脑，埋在手心里吃得津津有味。不多一会，那骑士换好了衣服，从一扇小门里出来，跳上马背头也不回地走了。老头子掩上门，转身对阁楼上的人道："你大费周章引他进来，就是为了改信上的几个字？"

女道士在窗边的床帐中打坐："这回多亏你，字迹才能仿得和孟元驹一模一样。"

"在军需数量上动手脚，我看不出这和你说的屠龙术有任何关系。"

"这只是其中一步，"莲都道，"在这半年里，咱们还有许多其他的事要做。"

她从床上走下来，轻轻推开窗户，在这个位置，正好能望见将军府的大门，她看着那骑士翻身下马，直入府衙。后花园的树荫依然浓密，莲都终于吐出口气："从今天起，你我都得密切注意，有哪些行市突然有变。"

"这么偌大个城，光凭咱们两个，只怕顾不过来。"

"你放心，我已经找好了帮手。"莲都说着，悄然把窗台上的两盆鲜花挪了个位置，一刻钟后，门外响起有节奏的敲击。洪铁崖开门一看，外头站了个修长健壮的年轻人，衣服穿得规规矩矩，腰带和头巾都束得十分整齐，只是裤子不太合身，露出一截古铜色的脚踝。

"你是……"

年轻人有些不好意思："我姓陆，没取大名，家里排第九，别人就都叫我陆九哥。咱们……咱们昨天才见过呢。"他笑起来，露出一口光洁的白牙。

洪铁崖猛然回神："你是那个领头的纤夫！"

"是你女人叫我来的。"

"我说过了，她不是我女人。"

陆九哥又笑了："东家最大，你说啥就是啥。"

"东家？"洪铁崖抬头，见莲都正一步一步从楼梯上下来，道袍蹭在墙壁上，拂过一片碧绿的青苔。

"陵州三成男丁靠拉纤为生，每条船都逃不过他们的眼睛，所以消息才最灵通。"

"她给你多少报酬？"老儒生问。

"不太多，但也足够我那一群兄弟过三个月快活日子。"

"倘若事情办得好，我还会再加一倍赏钱。"莲都走到陆九哥跟前，盯着那张粗朴硬挺的脸看了又看，"但要是办砸了……你刚见识过我的手段，应该还没忘记。"

"不就是盯梢跑腿，能有多难？"

"最要紧的是不能让人起疑。"

"东家放心，反正我不识字，要是出了差错，就直接咬断舌头，保管牵扯不到你们身上。"

莲都点点头，交给他几张交子："这是定金，其余的留待事成之后再付。"

陆九哥从小阁楼里出来，太阳刚上中天，金黄的日光淋淋漓漓，洒满了整个街道。外面有几个衣衫褴褛、皮肤黝黑的少年，坐在对门的茶馆里，只点了一壶清茶，两碟花生米。少年们一见到他，便一股脑地涌上来，连声问道："怎样怎样，谈成了吗？"

小纤夫两根手指拈着一张交子，在众人面前晃来晃去："瞧见了么，这还只算定金。"

少年们的眼珠从东转到西，又从西转到东："这么多钱，够咱们吃半个月了！"

陆九哥把莲都的话跟他们细细交代了一遍，又叫了几个荤菜，让他们好好解了一回馋，少年们酒足饭饱，个个都拍着胸脯保证，一定不会让东家失望。陆九哥揉了揉他们的脑袋，包了半只鸡，哼着当下时兴的小曲往街尾去了。

陵州城东有座城隍庙，年久失修，庙祝不知去向，只留了一个老婆子，守着几间空房，干些男女幽会之时替人放风的勾当。陆九哥一路上都避着人，直到城隍庙门口才敢抬头。那老婆子一见他，眉头都松快不少。

"九哥怎么才来？"

纤夫轻轻咳嗽两声："里头的人等多久了？"

"还好，跟你前后脚。"老婆子凑上来贴着他的耳朵道，"她今天打扮得可俊俏，你可得仔细看看。"

"人漂亮，怎么打扮都是好的。"陆九哥推开庙门，老婆子知情识趣地退到一旁，他们两个约定，要是有旁人靠近，她就学布谷鸟叫，一声是危险，两声是安全。

陆九哥一进大殿，眼睛就被人从背后捂住了，他也不挣扎，反手搂住那人的腰说："快放开，我给你带好吃的了。"

"你从来穷得叮当响，只能买得起瘸子家的烧饼。"

"真的，就在我怀里，我不骗人。"

一只右手缓缓下移，牵开陆九哥的前襟，五根手指在纤夫结实的胸脯上探来探去。

"别乱动。"身后的人不高兴了，"这点痒都忍不住，真没出息。"她摸到那个黄纸包，隔着滑腻的一层，都能摸到里面软嫩的油脂。

"哎呀，你真发达了！"

陆九哥突然转身，搂住那人的肩，嘴唇贴在她的耳边轻声道："你在将军府里吃惯了山珍海味，只怕也不稀罕这些。"他臂弯中的人又薄又瘦，脸色黑中泛黄，正是高湅身边的那个乌羌丫鬟。

"我也给你带了东西。"少女笑了笑，将一副护肩搭在纤夫身上，"每次都磨破，工钱都拿去买药了，什么时候才能有自己的一条船呀。"

"这是你缝的？"

"当然，你瞧，上面还绣着我的名字呢。"

陆九哥翻过来一看，见针脚处用白线绕出"春奴"两个字，他也不认识，只觉得像一朵含苞待放的夹竹桃花。

两个人手挽手坐在木床上，分吃半只香喷喷的烤鸡。床头正对着一尊天王像，有偷情的男女觉得别扭，就把这雕像转了个身，直面城外的滔滔江水。陆九哥一心想让春奴多吃，只尝了尝味道就停下手，推说自己遇上个有钱的东家，早在那里就吃了个八成饱。春奴闻到他身上确实有酒味，又听说光定金就有五贯钱，不禁替他高兴："等你买了船，我也不在将军府干活了，咱们不做别的，先把这川江玩个遍。"

"你是北边来的，哪知道这川江有多长。金蓝银甲峡、铁棺峡、朝云峰、神女峰……光叫得上名号的地方就有上百处，我在河滩上跑了那么多年，也不敢说全都去遍了……"陆九哥看她吃得脸颊两边都是油，阳光一照，原本暗沉的肤色顿时显出与众不同的光彩，那一双黑漆漆的眼睛深不见底，正极为专注地凝视着前方，定睛一看，那瞳孔里满脸通红的小人不是他又是谁？说着说着，连他自己也讲不下去了，觉得多余，更觉白费，最后只好扑上去，抱住春奴不放开，她身上有脂粉的香味，也有高湅的气息，却让陆九哥更加激动。

"今晚就别回去了吧,"年轻的纤夫道,"他身边那么多女人,也不缺你这一个。"

"高涞是个厉害的人,吃进去容易,吐出来难。"春奴把陆九哥按在床上,居高临下地凝望他的五官,浓眉毛,单眼皮,刀削一般的窄面颊,倒是和北方草原上的男人有些相似,一年四季身上的汗味都不断。

"那他肯放你走吗?"

"最近怕是要发生一件大事,他就顾不上我了。"

"不就是你们乌羌人又要南下吗,这十几年,咱们都习惯了。孟元驹元帅打老了仗,只要有他在……"

"这次不一样。"

春奴伸手抱住陆九哥的脖子,两人肩胛贴着肩胛,胸膛抵着胸膛,不留一丝缝隙,隔壁还有另一对幽会的男女,刚进屋就淫声浪语不断,床脚撞得墙壁咚咚响,房梁上的灰尘一个劲地往下掉。陆九哥腰杆一挺,把春奴一道卷进被子里,问:"怎么不一样?"

"蹊跷就出在孟元帅身上,他今天给高涞送了封信,要的东西比往年多了五倍。"

陆九哥倒吸一口凉气:"那高涞舍得?"

春奴含含糊糊道:"你没看见他是怎么生气的,连砸了好几个酒杯,当着信使的面,把孟元驹祖宗十八代都骂了个遍,二娘三娘挨个去劝,都被他揍得鼻青脸肿。"

"揍得好!"纤夫笑着把被子裹得更紧了,"谁让她们平时总欺负你。"

"高涞不痛快,全陵州的人都别想过好日子。"

"谁管他,横竖有孟元驹拦着,乌羌人一时打不过来。欸,别亲这儿,可痒了。"

春奴拧了他一把:"九哥你说,那高涞敢横下一条心,袖手旁观吗?"

"应当不至于吧……"陆九哥迟疑道,"不过乌羌人杀进来也不怕,我就说是你丈夫,到时候你可不能见死不救呀。"

春奴笑了两声,突然把铺盖一掀,嘴里吐出几张交子:"你怎么把钱放那儿啊!"

陆九哥一骨碌爬起来:"我身上就这一个能藏钱的地方,兄弟们虽然年轻,眼睛有多毒,你不是没见过,要是给他们发现,咱们的船还买不买啦?"

"我知道了,这是东家给的报酬,都被你给昧下了吧。"

"我是那种人吗?"陆九哥连忙反驳,"该给的我都给了,既然认我当老大,收这么点孝敬钱也没什么关系……"他看着少女殷红的嘴角,声气越来越低,隔壁的巫山云雨还没歇，日影已缓缓向西山头坠落。陆九哥垂着脖子想了又想，外面的布谷鸟叫了两声，紧接着又是两声，他突然翻身下了床："你要是觉得不地道，我这就全分给他们去。"

"你给我站住！"春奴趿着鞋子赶上来，"已经进了你的口袋，哪还有再还回去的道理？"

陆九哥一回头，正巧和她撞了个满怀，两个人同时"哎哟"一声摔在地上，发出好大的动静。与他们一墙之隔的那对男女似乎也被惊动，停了一阵，有个细声细气的女人道："好家伙，怎么比咱们还厉害。"陆九哥提起鞋子往墙上一扔："好好办你们的事！"

春奴手一伸："给我看看，这回你占了多少便宜。"

"五贯是定金，等事情办成了，还有十贯。"

"这么多，该不是什么杀人放火的事？"

"放心，我都跟东家说好了，"陆九哥一瘸一拐地把鞋捡回来，"像咱们这行，粗手笨脚的，只用跑跑腿，打听清楚最近城里哪些行当有不一样的动静，比如……涨了租税，多交份钱。"

"他们要知道这个做什么……"春奴弯腰帮他系好鞋带，"难道是官府里的人？"

"管他呢，到时候别赖账就行。"陆九哥跺了跺脚，回身又将少女抱住了，他的两只手臂越收越紧，骨架上结实的肌肉都一块块贲张起来。春奴知道他舍不得走，就像他说了许多次，想要顺流而下，冲出三峡去看看宜宾、襄阳，甚至南平，却依然舍不得离开陵州，宁愿留在这里当一个小小的纤夫。

但只做纤夫又有什么不好呢。

春奴理好了衣服和鬓发，道："老规矩，一会我先出去，等过阵子你再走。"

陆九哥点点头，两人携手走到门前，春奴轻轻拉开条缝，再三回首。纤夫道："你走吧，我看着你走。"少女从门缝里钻出去，没走出两步，遇上庙主老妇。她们没说话，老妇指了指东面，示意她该往那边去。春奴动了动肩膀，像是要再看一眼陆九哥，最后终究是忍住了。

陵州城不大，人烟却极其稠密，春奴从城隍庙回将军府，即使特意绕行，路上还是遇见几个相熟的人，两边问起来，她说是去定福寺帮二夫人祈福，保佑她

能早日生个男孩。

川江两岸平静如常,将军府却已是风声鹤唳,家里的仆役都躲到一边,偌大的庭院里,只有高涞仍在不断咆哮。他那几个姬妾都披头散发地跪在前面,轻薄的衣衫下隐隐透出血迹,她们垂头抹着眼泪,并不敢叫一声疼。

春奴问门后的小厮:"信使呢,被大人杀了吗?"

"那是孟元帅派来的亲信,将军哪里敢,已经让人在府里安顿下了。"

"他要的东西呢?"

"将军打了几个人过后,也给了。"

春奴吃了一惊:"那他还不罢休?"

小厮苦笑道:"心里疼啊……吃饭嫌辣,喝水嫌烫,三娘给他唱个小曲,还被打了个耳光,骂她是只会号丧的贱人。"

这时,高涞像是觉得疲倦,坐下来叫了杯茶吃,刚品两口,突然随口问了一句:"这茶不错,叫什么名字?"

周围没一个人吱声,只有春奴走上两步道:"将军怎么忘了,这是您在定福寺烧香的时候,特意向佑元主持讨的茶呀。"

一听这个字,高涞又来了气力:"哪个元?"

"上元节的元。"

高涞摔杯而起:"怎么又是他!"将军扯松了领口,像只被困在牢笼中的豹子,焦躁地来回逡巡:"姓孟的这是想把我的家底掏空!"

春奴大着胆子劝道:"老爷别多想,既然是打仗,哪能不花钱。孟元帅杀伤了那么多乌羌人,就当是给将士们的犒赏了。"

"杀伤?"这话倘若换个人来讲,必会招致高涞的愤怒,但偏偏是这个乌羌丫鬟,竟让他心中无比受用,"孟元驹杀良冒功不是一天两天,他送到南平挂在城门上的那些首级,七成是战场附近的泥腿子,宰了之后再剃头,那些没见过血光的大人们根本认不出来……"

高涞还没抱怨完,就有个小厮哆哆嗦嗦地过来道:"将军,孟帅的信使要回独坐城了,您去不去送送?"

"他怎不亲自来辞行?"

"说是押送的东西太多,不敢轻易离开。"

"混账！"高涞愣了半晌，突然忍不住弓下腰，拼命咳嗽起来，妻妾们纷纷上前为他捶背抚胸，都被他狠狠拂到一边。他猛一转身，往侧院发足狂奔，一群莺莺燕燕追在后头，钗环绣带掉了一路。春奴也提着裙子跟，渐渐看见那繁茂的树荫顶上，刺出一截闪着金光的塔刹。

将军府的侧院里有一座新建的佛塔，足有五六层高，塔身还没完工，四处都是凌乱的砖石与脚手架，几个工匠坐在一旁，拉锯的拉锯，砌墙的砌墙，他们远远望见高涞过来，惊得怔在原地，说不出一句囫囵话。看高涞心急火燎地踹开塔门，才有个老匠人慌忙阻止道："将军，上面没修好，危险得很！"

这哪里拦得住！

高涞甩开他，扶着墙壁大步往上攀援，木头的楼板吱呀作响，不断有铁钉从榫卯里脱出来，顺着横梁叮叮当当往下滚。众姬妾互相搀扶着，抬头朝空中张望，只见一道人影沿楼梯往来折返，不时从镂空的窗格里一闪而过。

西边的天际上，一轮红日正缓缓沉向远方的山崖，此时此地，暮色渐起，飞鸟归巢，佛塔的狭长的黑影如一只如椽巨笔，将底下的各色人等都写进飞腾的尘埃里。春奴就站在笔尖上，像是它最后落下的一个句读。

高涞的面孔从最高层的栏杆里伸出来，朝信使离去的方向极目眺望，他要再看一看那些骡马，看一看它们背上驮着的，沉重的箱笼。逶迤的队伍穿过街市，走出城门，在城外的茶馆旁略做停留，然后便重新上路，和江水一道，消失在断崖尽头。

这时，被高涞抛在一边、晕厥过去的老匠人缓缓睁眼，突然叫道："小心，快离开那儿！"众姬妾还未来得及反应，就听见"咔嗒"一声，那塔刹从中断成两截，沿屋脊翻滚直下，一截掉进树丛，另一截正巧砸在高涞背上，将军哼都没哼，就像一根被风浪折断的桅杆，倒下去了。

四

高将军长年习武，身体向来强健，大夫诊治后说，除却断了四根肋骨，其他无碍，等再过三个月，照样能舞枪弄棒，饮酒行乐。高涞浑身动弹不得，被小妾们扶着，连灌了三四碗苦药，连说再喝不下了。他抬了抬手，悄悄把入门最久的二娘叫到床前，低声叮咛了几句。

春奴过来送棒创药,恰好看见二娘一边拿手绢抹眼泪,一边道:"都这个时候,你怎么还想着钱呢。"

"没钱怎么养活你们……"高涞轻轻呻吟道,"你听好,马上通知投在咱们手底的那几间商行钱庄,只进不出,各家再涨一成税钱。"

二娘吓了一跳:"再涨……怕是他们要造反。"

"咱们有兵,还怕那些乌合之众?"

"要不你再减减……"

高涞两眼一竖:"滚出去!"

二娘哭哭啼啼地退出门,被春奴一手扶住,少女见她的手帕都浸湿了,便把自己的换过去。二娘很快恢复了镇定,擦干泪水,又是端庄沉着的大家闺秀模样。她把帕子还给春奴,又接过她手里的棒创药,彬彬有礼道:"辛苦了,忙你的去吧。"

春奴望着她窈窕的背影想,过几天只怕又要去一趟城隍庙。

高涞受伤当晚,城中好几家府邸的灯火彻夜不熄,第二日天还没亮,就有人乘车去将军府拜访,不到一个时辰,又都沿原路悻悻回转。这些都被纤夫们看在眼里,那几个少年在各家门上做好记号,立即报与陆九哥知道。

陵州向来潮湿,下午多有阵雨,来得快去得更快。九哥披着蓑衣,亲自在那几栋屋舍附近蹲守,七天之后,他把自己的线索,一字一句,全都讲给莲都听。女道士让他仔细说了两遍,并无多大出入,便极为爽快地付了钱,最后还问道:"独坐城那边的仗打得怎么样了?"

"现在还看不出胜负,"陆九哥道,"听说这回乌羌人下了血本,才交战几天,城下的尸体就堆成了山。不过只要有孟元帅在,想必咱们也吃不了亏。"

"你那么相信他?"洪铁崖插嘴道,"他能做上这个元帅,当年可杀了不少良民。"

"可要是没有他,乌羌人早就打过长江了。"

莲都像是十分赞同纤夫的说法:"独坐城一下,周遭再无天险可守,那位领兵的黑都鲁恐怕要长驱直入,荡平南方。况且这世上哪有十全十美的人,国之干城,这四个字就算给他应当也不为过。"

洪铁崖冷笑一声:"匹夫而已。"

陆九哥点清了钱财,正要离开,莲都忽然又抽出一张交子:"我这里还有件事,你能顺手帮我办了吗？"

"只要有这个，一切好说。"

"替我去找个人。"莲都凑到九哥耳边，低低说了几句。她的语调不紧不慢，距离不近不远，模模糊糊的，洪铁崖仿佛只听见"宝剑峡"三个字，一晃而过，回过味来细想，仿佛又说的是大英雄。

老儒生不禁念起当年春风得意的时候，在都城南平的勾栏里听人说《三国志》评话，一段煮酒论英雄，翻来覆去讲了十几遍，怎么都听不厌。那时总怕乱世来得太晚，现在却哀叹白发生得太快，纵使有人横刀立马，背后招展的旌旗上，写的也不是他的姓氏。

莲都送走了陆九哥，回头对洪铁崖道："你的书生意气太重，他要是再聪明一点，只怕就会起疑。"

"我只是想告诉你们，拦住黑都鲁的不是独坐城，而是远在千里之外的乌羌大汗察必思。我见过那位大汗，这等旷世奇功，他不会让给别人。"

"这样最好。"莲都笑了笑，"你读过书，也害过人，说的话我相信。"

"随你怎么讲，我自问心无愧。"

莲都叹了口气："心志如铁，一击致命，你比我师弟适合当个刺客。"

洪铁崖也笑了："你是没见过我如何待瑶仙。"

这时，墙外的街道上突然一片喧腾，女道士稍微打开点窗，见一人一骑从眼皮底下疾驰而过，铁甲与头盔她都认识，正是那位孟元驹麾下的信使。他猩红的披风撕裂了，马背上还有一处箭创，雪白的翎毛露在外面，一面跑一面将赭黄的毛发染得鲜血淋漓。

"看来战事比传闻中还要激烈。"洪铁崖皱起眉头，"应该又是来向高涞要粮要饷的。"

"五倍军需……我以为会支撑得再久一点。"

"哪怕再多十倍，也未必能真正用到战场上，孟元驹一个人至少就要分一半。"

"士卒能得另一半，还不算坏。"

洪铁崖摇摇头："剩下的还要给各个团练使、转运使、制置使，南平派来的监军、督粮官、大小钦差，最后到士兵手里的，最多不过十分之一。这还算好，要是遇上高涞那样的守财奴，五个人使一把刀他也干得出。"

"到现在独坐城还没陷落,我真有些佩服孟元驹了。"

"功是功,过是过,每年弹劾他滥杀无辜的折子都有上百份,只是官家怜惜将才,留中不发。"

莲都的眼睛扫过街市,有走南闯北的买卖人、青衣折扇的读书人、负重独行的庄稼人、兢兢业业的手艺人、前呼后拥的富贵人,自然还有鹑衣百结的可怜人。"横竖大军一到,全都一个下场。要么死在异族手里,要么死在自家刀下。"

洪铁崖心中一阵苦涩:"真不知该说你冷静还是……冷酷。"

"你没见过我师父。"莲都说着,往身上多披了一件外衣,"洪大人,你是跟在我身边还是留在这儿?"

"你要去做什么?"

"自然是杀人……得逼一逼高涞了,让他早做决定。"

洪铁崖一拍窗棂:"我和你一起去。"

当日深夜,陵州城中便接连发生了三起命案,受害人分别是船行、布庄与米店的掌柜,一个浸在水中,一个挂在梁上,另一个被埋在成堆的大米里。他们全身没有半点伤口,只在后颈处折断了一根骨头,留下一道浅浅的指痕。凶手不仅要了他们的命,还将这几家商行的库房付之一炬,所有货物钱财都被烧得灰飞烟灭。

将军府的士兵与县衙捕快一齐出动,全城大搜,牢里抓进去几十个人,挨着审问过来,都没这种鬼魅手段。与此同时,孟元驹又派人来催要军资,这回骑马入城的是个身形矮小的中年男人,一到将军府,就"扑通"跪在门前,守备的侍卫不敢上去搀扶,他们个个都认得,这是孟元帅最倚重的亲卫,曾有过出生入死的情谊,如今他衣衫不整,面目黧黑,可见独坐城战事胶着,已到了最最危急的关头。

但高涞依旧称病不见。

过了一会,昨日的信使从墙那头翻出来,跟跟跄跄奔到亲卫身边,地上的男人连连问了几句话,他都只默默摇头。随后,信使也一提袍角,和亲卫并排跪在一起。午后的滂沱大雨轰然降下,这两人却如庙里的两座天王像,一动不动。

傍晚时分,将军府的大门终于打开,十余名统一服色的健卒鱼贯而出,奔赴大街小巷,他们撕下先前的悬赏告示,换成了一张戒严令:一切人等,戌时之后一律不准在街头逗留,如有违者,当即斩首。

整个陵州人心惶惶，家家户户寂静无声。子时刚过，东南方向突然火光冲天，高涞在春奴和二娘的扶持下，倚着房门看了一眼，直觉心肝脾肺搅作一团，疼得他大叫道："钱庄！我的钱庄……这下全完了！"

二娘也是面如死灰："得快派人去救火，只怕还能抢出一点……"

"我怎么娶了你这蠢货！"高将军连声唤来几个侍卫："你们赶紧带人去定福寺，那里必须得保住！"

这不是洪铁崖第一次目睹莲都杀人，却从来没离得这么近，他将掌心贴在女道士的手背上，眼睛紧盯着目标脑后的那一小块皮肤，莲都肌肉的每一次颤动，他都能清清楚楚地体察到，只觉劳宫穴一跳，那和尚的脑袋便歪倒一旁，诵经声就此停了。

"看明白了吗？"莲都站起来问道。

洪铁崖面露难色："这个不同于看书写字，得亲自试一试。"

"得寸进尺，不知好歹。"莲都摘下和尚腰间的钥匙，手持烛台，打开了佛龛后的一道暗门，金红的火光一照，里面全是黑黝黝的茶饼。

老儒生闻了闻味道："都是上好的滇茶，要是运到南平，少说能赚十万贯。"

"这是陵州城里，高涞的最后一点家底了。"女道士眉眼不变，抬手将烛台掷了进去，火苗与干燥的茶叶陡然相逢，顿时腾起一人来高的烈焰，并迅速向周遭蔓延。

莲都一拍洪铁崖的脊背："快走，有人来了。"说着捞起他的腰带轻轻一提，洪铁崖便如腾云驾雾一般穿过窗户，一头钻进茂密的树丛，他的两只脚像是踩在结冰的河道上，迅速朝山下滑落。刚到半山腰，就看见高涞的队伍明火执仗，沿着蜿蜒的小道盘旋。洪铁崖不禁回望山顶，只见红光漫天，已成燎原之势。

定福寺的大火烧了一夜，数百年的古刹，天明时只剩一片焦土。高家的士兵在残垣断壁间找到一具面目全非的尸体，交给幸存的和尚辨认，有人说就是主持佑元，也有人说不是。

消息传到将军府，高涞气急攻心，当场昏迷过去，二娘咋呼着又是叫大夫，又是求菩萨，好不容易才把他唤醒。高涞睁开眼第一句话便道："那姓孟的又派人

来了吗?"

二娘手帕上的水痕还没干,瞪着一双红肿的的泪眼,望向门口的乌羌丫鬟。春奴道:"将军真是神机妙算,的确有个姑娘求见,自称是孟元帅的家人。"

"姑娘?长什么样子?"

"眼睛很大,皮肤很白,嘴角上有颗红痣。"

高涞哀叹一声:"怎么是这个疯婆子,看来是不得不见了。你去告诉她,让她在正堂等我。"说着便挣扎起来穿衣服。

二娘没见过他这么委屈的模样,问:"那样害怕,难不成是皇帝的闺女?"

"也差不多,圣人娘家的侄女,官家亲自做媒,嫁给孟元驹做老婆了。"

二娘吃了一惊:"孟夫人上个月我才见过,身体康健得很……这种出身的姑娘,舍得让她做小妾?"

"名义上是平妻,实则家里谁说了算,你还想不到吗?"高涞强忍剧痛,将床头的一碗苦药都喝尽了,"官家为笼络那姓孟的,也算下了血本。"他任二娘替他穿好鞋子,正在系腰带,那新夫人连呼带喝,已经闯到卧房门口。

高涞连忙拱手相迎:"临清县主请息怒,可是有下人招待不周?"

"呸,我现在是孟夫人!"那少妇劈头啐了高涞一脸,"我相公好言好语向你要钱粮,别的县令连老婆的嫁妆都交上去了,单你这陵州油盐不进!"她反手从衣袖里拔出一把小刀,抵在高将军的心口上:"莫不是你早就和乌羌人勾结,他们许了你什么好处,教你连同袍情谊、家国存亡都不顾了!"

高涞骇得连连后退,一屁股跌坐在床上:"夫人哪里话,我高家世受皇恩,就算给我泼天的胆子,也不敢跟乌羌人有来往!"

"花言巧语……"孟夫人冷笑一声,反身出去,揪住春奴的头发把她拖到面前,"这贱人你怎么说?"

二娘忍不住解释道:"她是孟元帅擒获的战俘,前年大战后,亲自送给老爷的。"

孟夫人转头觑她:"你是谁?"

二娘被她看得浑身不自在,捻着衣带道:"将军的妾室,娘家姓胡……"

"区区一个小妾,就敢用这么贵重的首饰,那饿死鬼手里的军费都戴在你头上了!"孟夫人二话不说,冲上来拧住二娘的脖子,将她的钗环耳坠全都扯落了,疼得她嗷嗷叫。高涞不怜惜女人,只气恼孟夫人喊了他早年的诨号,十几年浮沉多时隐忍，他已不想继续纠缠下去。

"都住手吧。"高涞道，"临清县主，孟夫人，管你是谁，我实话跟你说明白，我姓高的最近招惹上了一个厉害的仇家，所有产业已然付之一炬，你要不信，去看看城里的那几处废墟，再看看山顶上的定福寺。这些首饰是我最后一点值钱的东西，你要稀罕就全部拿走，再要多的，就算扒了我的皮，我也一分没有。"

他一席话，割断了孟夫人最后一线念想，数百里的奔波后，接连的失望终于让她露出一丝疲态。她比春奴大不了多少，汗水冲淡了面上的脂粉，露出底下依然稚嫩的面容。高涞让二娘给她搬了把椅子，孟夫人靠在扶手上，双眼微闭，像是假寐，又像是沉思。

塔刹倒了还会再立，寺庙烧光了也会重建，陵州上空阴云密布，但勤谨匠人们仍然起了个大早，悉心雕琢一砖一瓦，将那佛塔越垒越高。孟夫人悄悄拭干了眼泪，坐正身体道："高将军，我知道你经营陵州多年，就算不为家人，必定也要为自己留下一条后路。"

高涞不置可否："夫人尽可以搜查我的府邸。"

"今时不同往日，乌羌大军对独坐城志在必得，他们切断了周遭的水陆粮道，甚至杀尽老幼妇孺，再过几天，只怕就连人肉都吃不到。"

"夫人多虑了，独坐城足有三万人，孟元帅又号称狄汉臣再世，想必的成竹在胸，能撑到援军到来。"

"这是乌羌人围城打援的计策，那些领兵的将军哪个看不出，谁敢来援？"

高涞朝孟夫人行了个礼："您的姑父是官家，要是能讨到一封圣旨，他们谁敢不从。"

"可远水救不了近火……"孟夫人看看高涞，又看看他身边的二娘，那胡氏面容俊秀，举止柔媚，确是个难得一见的小家碧玉，"来了这么久，怎么没见到高夫人？"

"十年前在惠州得恶疾去了，连个一儿半女都没留下。"

"将军就没想过续弦。"

"光家里这几个，就天天闹得人厌烦。"

"那是将军没遇见贤良淑女。"

高涞两眼一翻："夫人什么意思？"门外侍从的刀剑还没入鞘，正明晃晃地闪

着银光,二娘红艳的嘴唇颤了颤,两道远山眉紧紧锁在一起,但高涞不动,她也不敢开口。

孟夫人起身道:"我有个同父异母的亲妹,今冬满十五岁,两年前被敕封为扶风县主,人品相貌,样样都远胜于我,高将军要是不嫌弃,我愿从中撮合,永结秦晋之好。"

"我比她大二十多岁,又是个行伍粗人,你爹娘怕是不会同意。"

"国难当头,好女当嫁戎马男。倘若高将军能助元帅守住独坐城,就是咱们大夏的盖世英雄,能嫁与这样的伟丈夫,是她的福气。"

高涞终究还是有些犹豫:"你们贵门大户,要想反悔,谁能拦得住?"

"这个简单。"孟夫人提起案上的毛笔,又随手扯过一张白纸,高将军一拍二娘的屁股,纵使她再不甘愿,也只得挽起袖子,躬身磨墨。

"这是我妹妹的生辰八字,高将军切勿让外人知道。此战过后,我会请爹娘尽快派个体面的媒人过来,登门说亲。"

高涞终于露出一丝笑容,眉头抻平,牙口放松,让他看起来文雅不少:"不用太麻烦,你家元帅就正好。"

孟夫人也点点头:"连襟做媒,也算一段佳话。"

高将军接过那张纸签,捏在手里看了又看,才小心翼翼地收到怀里:"既然已经成了一家人,我也就不跟姨姐你绕圈子了,我在宝剑峡那边,确实还有个赚钱的买卖,不过要换成军需,还得多等几天。"

"你答应就好……答应就好……"孟夫人了结一桩心事,当下再无所求,她半边身子都沐浴在温暖的阳光中,绿荫熏风拂面,半空中像是有一双无形的手,将她浑身的骨头都一根根抽离出去,那毛笔"啪嗒"一声掉下来,沿着她稍微有些松散的衣襟,留下了浓墨重彩的一划。

五

陆九哥终于拥有了一条自己的船,船舱不大,长约三丈,宽只有不到八尺,加上行李,勉强容得下四五个人。

春奴一看就有些不乐意:"太挤了,只能做些小生意。"

"你看那些大商行,都是从小生意做起来的。"

"说得容易……"

"等再过几年,我就换条海船,去泉州和大食商人做买卖。"陆九哥跳上甲板,四处看了一圈,伸手把春奴也牵上来,"听说你们将军府最近有喜事。"

"你的消息倒灵。"

"不然那高将军怎么舍得放你们出来玩。"

春奴靠在船舷上,手掌在江水中拨来拨去。河滩上到处都是成群结队的小鱼,被她一搅,吓得慌忙游开了。

"不过也只有这几天,等独坐城的仗打完,就又得忙起来……也不知新夫人是个什么性情、好不好相处。"

"现在想也没用,走,我带你出去玩玩。"陆九哥把锚升起来,"今晚就别回去了,要不要紧?"

春奴低头思忖半晌,水中倒映的脸皮又红又俏,她只稍微一眨眼,那少女的容颜就被波涛席卷着,滚滚向东流淌。春奴突然跳起来,扑到陆九哥怀里:"你能这么说,被二娘打死也甘愿了。"

九哥欣喜若狂,大叫一声,喊起过去拉纤时的号子,他唱一句,春奴就跟着附和一句,周遭只他们两个,竟也不觉单薄。

"咳咳呀咳呀!"

"咳呀咳呀!"

"咳咳呀咳呀!"

"咳呀咳呀!"

"清风吹来凉悠悠!"

"咳呀咳呀!"

"连手推船下陵州!"

"咳呀咳呀!"

陆九哥手里握着舵杆,就像握住了未来的日月,他眼望坐在船尾的乌丫鬟,唇齿含笑,长发飘拂,喉咙不禁一窒,声音也低沉下来。

"有福人在船上坐,哪管穷人忧与愁。"流传了数百年的号子没人敢改,但他就要这么唱。春奴没听过他这样温柔的声色,两个眼睛转来转去,始终离不开他周身三尺。这个男人自十一岁就在川江上拉纤,陆上驾车有骡牛,水上的人也把

他当畜生使，就像牧群中最健壮的那匹公马，身后总不缺乏追随者。

然而再神骏的宝马也快不过流矢，两年前的大战中，春奴的坐骑中箭身亡，她也被夏军活捉，辗转送入将军府。高涞将她当做一样值得炫耀的摆件，春奴想，那真是比畜生还不如。

陆九哥驾着小船顺水漂流，敏捷地避开河道里的险滩与暗礁，还抽得出空同少女说几句此地的掌故传说，有些春奴听过，有些却是闻所未闻。待男人说累了，她便开始唱歌。陆九哥道："听得我想一直跑，你叫我我也不停。"

"这是咱们草原上的童谣，讲的是一对父女出去放牧，最后却只有一个人回来。"

"出什么事了？"

"谁知道呢，"春奴把被江风吹散的发髻打成两根辫子，松垮垮地盘在脑后，拿木钗一别，活像个刚刚新婚的妇人，"兴许是被狼叼走了，兴许是遇上了暴风雪。老天爷要取你性命，哪来那么多理由呢？"

陆九哥轻轻摇着橹，小船渐渐放慢了速度："这些过去的事，你想也没用，咱们以后就在陵州过日子，水上漂久了，还是觉得安稳些好。"

"你才二十出头，却老说这些上了年纪的话。"

"我家祖宗十八代都是这么过的。"

春奴不理他了，只趴在船舷上，安心看风景。陆九哥指着极远处一座直插云天的陡峰道："看见前面那座山了吗？它就是宝剑峡。传说古时候有神仙在这里斗一只白虎腰，一剑下去，生生劈出了这条峡谷。"

"那白虎呢？死了吗？"

"山顶上有块虎啸石，就是那妖精变的。你要是喜欢，我这就带你去看。"陆九哥眯起双眼，粗略丈量了一下距离，"不过路可有点远，得再走一两个时辰，你等不等得？"

春奴点了下头。

纤夫将外袍脱下来，披在她肩上："你先睡会，到了我叫你。"

"你身上有股马粪味……"绵长的江水中，春奴轻轻嘟囔了几句，很快就睡熟了。

不知过了多久，春奴听见一阵渺远的歌声，又细又长，说不出的抓耳。她还想继续听，声音却断了，有人轻轻摇晃她的肩膀："醒醒，咱们到了。"

春奴睁开眼，见天色已晚，不禁问道："这是哪儿？"

陆九哥一笑："宝剑峡呀，你睡糊涂了吗？"

少女打了个呵欠："我刚听见有人唱歌，还以为是你。"

"怕是山上的猴子在叫。"九哥抛下锚链，将船停在水中，"这里的猴子可不一般，经常跳上船抢人的东西吃。"

春奴望着那幽深细窄的峡谷，两旁山壁如獠牙，交错的缝隙里，挂着一轮弯弯的月亮。"这宝剑峡通向哪里？"

"船走到底有个山阳渡，上岸后有两条官道，北边的出川，西边就往独坐城。"

"白虎也是从那边来的吗？"

"传说里没讲，得找个读书人问一问。"陆九哥说着，伸手往高耸的山头一指，"你瞧，那就是妖怪化成的虎啸石。"

"太黑了，看不清。"

"咱们来得不是时候，要是再晚几十天，正好赶上盂兰盆节，附近的男女老少都会打着灯笼到石头下拜月，把整个山都照得红通通的，跟烧着了一样。"

春奴不信："这么高的山，你们又没生翅膀，怎么飞得上去？"

"夜里头你寻不见，等明天再看，满山都是栈道。"陆九哥话音未落，黑暗中突然亮起一点火光，开始只有萤火般微弱，很快便蔓延至峰顶，橙红的火焰突然掺入一丝淡蓝，将底下盘踞的虎啸石映得纤毫毕现，圆睁的怒目，根根耸立的毛发，仿佛下一刻就要从山岩上跃下来。

陆九哥将春奴护在身后："不对，这不是一般的火。"

少女越过他的肩膀，见山上的火势愈演愈烈，山体里甚至传来几声沉闷的巨响，像是地底有一只刚刚苏醒的巨兽，正在舒展四肢，想要掀翻脊背上的重重负累。高大的草木被地下冒出的烈火熔断根茎，直直坠入江水，有几粒火星溅在陆九哥的皮肤上，烫得他一哆嗦。

一层层剥落过后，裸露的泥土也透出幽幽蓝光，春奴曾见识过西域匠人当面吹制琉璃器，透明的粘液在灼烧中逐渐成型，有一两滴顺着圆滑的表面缓缓流动，显出蜂窝一样的纹路，那就是眼前的宝剑峡。

少女心头霍然一亮："是石炭！矿里埋的石炭烧着了！"

这时只听"轰隆"一声，高峻的山峰像被一柄巨剑拦腰切断，无数石块挟着

泥沙崩塌而下,阻塞了半边江面,湍急的水流骤然变得更加汹涌,陆九哥连摇了几下橹,远远避开那些新生成的旋涡,在峡谷口靠了岸。

空气里弥漫着滚滚烟尘,春奴一边咳嗽,一边拿手帕蘸了凉水,撕开来分给九哥一半。男人盯着那兀自燃烧的断崖,心有余悸:"幸亏是半夜,要不谁晓得要死多少人。"

"不过这石炭矿算是毁了。"春奴想到高淶与孟夫人的约定,还有那远隔重山的独坐城,今夜之后,不知会起什么变故。

"这石炭挖了多少年,从来都相安无事,怎么偏偏今天晚上出了意外?"

"真是意外?这么多巧合都赶在一起,只怕是老天爷要……"春奴回望背后那道深邃的峡谷,当年她被人蒙住眼睛,拿绳子拴着运到陵州,走的应该就是这条路。

他们两个一时都没了兴致,陆九哥调转船头:"也罢,下次再带你出来玩。"他正准备原路返航,那河滩的石头堆里突然冲出来个汉子,离着几丈远,春奴就闻到他身上浓重的血腥味。

"快走!"她推了一把纤夫。

"停下!"那人从腰后抽出把钢刀,劈面一掷,正扎在陆九哥的小臂上。陆九哥疼得把舵杆一扔,抱着胳膊嗷嗷号叫。那人大步踏上船,借着熊熊火光,春奴见他穿着一身官军服色,衣摆掖在腰带里,露出的裤管上尽是血迹。"不用慌张,我的马被石头砸死了,这都是它的血。"那人沉声道,"我是孟元驹麾下亲兵殷原,现有紧急军情,必须即刻赶往陵州,你们就送我一程吧。"

"我的手被你弄断了!"

殷原挑起他的手腕:"皮肉伤而已,忍着点。等到了陵州,我会在高将军跟前给你们请功。"

"陵州……高将军……"春奴的眉目都皱起来,她躲在船舱里,偷偷看陆九哥的神情,却见男人只是点了点头,牙口一张,甚至挤出一丝笑意:"逆水不好行船,到陵州恐怕得天亮,军爷先歇着吧。"

"我不困,稍微坐一坐就好。"殷原摆摆手,刚一转身,那陆九哥竟突然举起铁锚,往他后脑狠狠砸下。军人毕竟久经战阵,听见风声,连忙往旁边一扑,那铁锚擦着他的耳朵,结结实实撞在背心上。只听他大叫一声,鲜血溅出三尺,浑身蜷缩在一起,倒在船上不住抽搐。

陆九哥重重喘了两口粗气，粘稠的血液顺着额头，不住往他眼眶里流。

"你刚才也听到了，他要带咱们去见高将军……咱们两个的事情，要被姓高的知道，谁都活不成。"

春奴一时未能回神，只瞅着九哥脚边那条黢黑的人影，轻轻问道："他死了吗？"

"我使了全力，应该活不成。"陆九哥蹲下去探殷原鼻息，那人忽然睁眼，一把攥住他的手指，骇得纤夫连连大叫："松开！你快松开！"

殷原的鼻子耳朵都在往外渗血，他哆嗦着咽了口唾沫，用尽最后的力气道："钱……你们都拿去，命……也拿去，我只求……求你们给陵州带个信儿……孟元帅伤重不治……已经壮烈殉国……"

陆九哥一愣："你再说一遍，孟元帅怎么了？"

"告……告诉高涞……尽快增援……否则……独坐城就要守不住了！"殷原上身拼命挣动几下，似乎还有话没讲完，他的气息越来越缓，眼睛却越瞪越大，几乎要从眼眶里滚落出来。陆九哥避开他的目光，连声说："你别慌，你别慌，附近有个镇子，我带你去找大夫！"这时，殷原的胸腔里"咯噔"一响，像是踩碎了个琉璃罐子，无数碎片散了一地，怎样都拼不回去。

春奴道："他死了，你把他打死了。"

陆九哥连忙站起来，擦了擦手上的血："咱们现在必须赶回陵州。"

"可高涞不会饶了咱们。"

"孟元帅没了！"纤夫叫道，"独坐城一丢，陵州也得完！"

"横竖是个死，我不想死在姓高的手上。"

"我差点忘了，你也是乌戋人，他们不会对你动手。"

小船破开水面，把江心的月亮切成两半，滚烫的炭山仍在燃烧，像一座倾塌的烽火台。隔岸渐渐响起啼哭与惊呼，还有和尚在唱经，高一声，低一声，被江风一吹就散。"死在今晚是命好，"陆九哥道，"再过几天，就连收尸的人都找不到。"二十年来，小纤夫第一次体会到生灭的无常。

"春奴，你怎么不说话？是不是觉得困了？"

"我清醒得很。"

"那你帮我想想办法，既把消息带给高涞，又能保住咱们的命。"

"要让他相信，只得实话实说。"

"不跟你说笑。"

春奴默然一阵:"那只有一个办法。"

"我就知道你聪明。"

"让察必思大汗亲自来告诉他。"

纤夫遽然回头,只见那还沾着热血的铁锚迎面撞上他的胸膛,这高大的身体晃了两晃,一头栽进温热的江水里。"你……你这是干什么!"陆九哥奋力挣出水面,朝小船的方向扑腾。

春奴站在船舷旁,冷冷地注视着他:"你说得对,我也是乌羌人。"她拔下脑后的发钗,捞起那根船橹,小船随即划出一道轻捷的弧度,向宝剑峡深处驶去。

石炭山崩塌了,但虎啸石却奇迹般地保全了下来。就在虎妖那宽阔平整的额头上,立着两道被水汽蒸得模糊不清的人影。他们一个穿道装,一个着儒袍,都是一样的意态闲适,从容不迫,丝毫看不出才目睹了一场惊天动地的大变。

洪铁崖捻熄了一点扑到衣袖上的火星:"原来你的目标一直都是孟元驹,倒是骗得我好苦。"

"我的一切手段都没瞒你,现在只等察必思大汗御驾亲征。"女道士的眉头依然紧锁,"去雁荡山找你之前,我曾路过他的行在,周围有几十万重兵守卫,倘若不能引他出来,我绝没有机会下手。"

"他真会来?"

"独坐城和孟元驹是他心头多年的一根毒刺,他要成就千秋功业,就必须亲手拔除。"

洪铁崖叹了口气:"谁能想到,左右战局的关键,竟是在数百里外的陵州。你设计让高涞举棋不定,贻误战机,直接要了一员猛将的性命。"

"用猛将换大汗,怎么算都不吃亏。"

他们脚下的土地仍在微微震颤,不断有热气从岩石的缝隙里喷涌而出,此时月亮才上中天,弯刀似的,高悬在每个人头顶。半空中弥漫着无数黑色的微尘,洪铁崖随手一抓,掌心里就落下了淡淡一层炭渣。"实在是可惜了,"老儒生说,"这处石炭矿从唐末一直采到现在,方圆几十里的人都靠它吃饭,被你一把火,点成了个活炉子。"

莲都道："凡是高涞的产业，就还是毁了干净，省得再生变数。"

"果然还是你谨慎，只是以后再有假扮相好，躲在人家隔壁又叫又跳的事情，我可再不去了。"

女道士默默一笑，算是同意。这时，二人背后突然传来一阵响动，他们齐齐转身，见那老虎的耳朵尖旁，露出半张十分稚嫩的面孔。莲都对他招招手，那孩子眼神闪烁几下，大声道："火我已经放了，你答应我的事呢？"

"你过来，我要亲手交给你。"

小孩子犹豫再三，从巨石的阴影里走出来，洪铁崖初始只觉有些眼熟，仔细一瞧，才发现是陋巷里那位可怜寡妇的儿子。

"这是给你娘亲的赎身钱，"莲都交给他一个小小的油纸包，"要是还有剩余，就赶紧离开陵州，随便做点小生意。"

那男孩伸出右手，一条胳膊又黑又细，洪铁崖想，就是这样一只不起眼的手，毁灭了整座石炭山，也只有这样瘦弱的人，才能钻到矿井的最深处，点燃第一簇火苗。男孩子宝贝了又宝贝，将那纸包掖进腰带里，兴高采烈地走了。

莲都道："我这一去，并没有十足的把握，你还要跟我一起吗？"

老儒生沉思片刻，说："要是失手，请你第一个杀了我，我不愿被俘虏，却也没有自尽的胆子。"

春奴弃船登岸，沿驿道一路向北，在距离独坐城一百余里的地方，遇见了察必思大汗亲自率领的骑队。

她站在草丛里打了个唿哨，那久经沙场的战马便不顾主人的驱使，小跑过来依偎在她身旁。察必思大汗得知此事，请了随军的萨满来占卜，一番动作后，萨满跪在地上表示，绵羊回圈，离燕归巢，都是难得的吉兆，预示着一位前所未有的君主即将诞生。

察必思大喜过望，当即追认春奴去世的父亲为异姓兄弟，还不介意她曾被高涞玷污，将她许配给自己的小儿子辩都为妻，攻下独坐城后即刻完婚。

经过数夜奔驰，独坐城焦黑的垛口已是遥遥在望，察必思下令三军就地休整，待第二日与巴察汗合兵一处，将其一举踏平。眼看多年夙愿即将得偿，察必思按捺不住内心的激越，与麾下的几位将军摔跤饮酒，不知不觉间，便多喝了几杯。

等他回过神来,时辰已近三更,身边的随从将他扶回大帐休息,柔软的床帷中,已备好了一位温柔美貌的汉女。

察必思挥退随从,跟跟跄跄扑到床边,他正要掀开被子,突然觉得脖颈一凉,锐器刺入皮肤的痛楚让他瞬间清醒过来。

"大食人还是夏人?"

"不晓得,我没见过父母。"

"你是个女人,以前被咱们欺负过?"

"太多了,记不清。"

察必思疑惑了:"那你为什么要杀我?"

那背后的女子道:"有人想看。"

"真是个无情的人啊……"大汗仰起脖子,长叹了一声,"我想站着死,别让我躺下。"

女子并未开口,轻风掠过层层纱幔,发出极为细微的声响,帐中烛火骤然一暗,旋即又亮起,帐外依旧是长歌纵酒,新月如钩。春奴挽着未婚夫婿的手臂,突然侧过脸道:"你听,好像下雪了。"

年轻的王子醉眼朦胧,粗鲁地亲吻着她的额头:"才刚到八月,哪里来的雪。"

"对呀,这里不是草原……"春奴脑中忽然闪过这个念头,然而只有一瞬,随后她便又重新沉溺到胜利的狂欢中去了。

尾声

定元十四年秋,乌羌铁蹄南下,攻占雁荡山。名士洪铁崖自杀未遂,拱手投降。

当夜,他与妾室谢瑶仙收拾起满屋的书卷,准备迁往大都。刚过二更,只听窗外轻轻一响,谢瑶仙应声而倒。一线人影飘然入户,落在洪铁崖面前,来者戴一顶金光闪闪的莲花冠,穿一领青白相间的道袍。

"十八年不见,你怎么一点没变样子?"

莲都道:"这就是你保全秘传的办法?"

洪铁崖低下头:"我也想过别的门路,可是都行不通。"

"当初我就提醒过邵铁口,他算不到的东西,世间未必有人想得出。"

洪铁崖拿起案头的一本书册,双手捧到莲都面前:"都是好东西,失传一个字都太可惜了。"

女道士一动不动："邵铁口知道你眷恋人世，临终前托我来杀你。"

"你这样信邵铁口，应该知道他说过，我此生至少还有五年官运。"

"所以我没答应他。"莲都双袖低垂，那两只修长狠毒的手掌就藏在里面，"你还记得陵州城吗？"

"怎么？"

"我之于你，就像孟元驹之于高涞。"

洪铁崖浑身的汗毛一颤："你是说……你是说……"这时灯火轻轻一晃，微黄的光线穿过书房，扎透薄薄的窗纸，将门外的一切都投射在墙壁上，刀枪林立，人影幢幢。莲都站在斗室之中，突然放声大笑："世间仍存屠龙术！"

作者
渝州夜来

选题策划
知音动漫图书·时代坊

封面图
余诗立

装帧设计
陈 启

特约编辑
王傲雪

流程编辑
王傲雪

责任发行
周冬梅

出版社
中国致公出版社

总出品
湖北知音动漫有限公司

制作出品
知音动漫图书·时代坊

官方论坛
http://xsbbs.zymk.cn

平台支持

图书在版编目（CIP）数据

七侍郎 / 渝州夜来著. -- 北京：中国致公出版社，2019

ISBN 978-7-5145-1385-1

Ⅰ.①七… Ⅱ.①渝… Ⅲ.①长篇小说—中国—当代 Ⅳ.①I247.5

中国版本图书馆CIP数据核字(2019)第101396号

七侍郎/渝州夜来 著

出　　版	中国致公出版社
	（北京市海淀区翠微路2号院科贸楼）
出　　品	湖北知音动漫有限公司
	（武汉市东湖路169号）
发　　行	中国致公出版社（010-85869872）
作品企划	知音动漫图书·时代坊
责任编辑	付　阳
特约编辑	王傲雪
装帧设计	陈　启
印　　刷	长沙鸿发印务实业有限公司
版　　次	2019年7月第1版
印　　次	2019年7月第1次印刷
开　　本	787mm×1092mm　1/16
印　　张	16.5
字　　数	259千字
书　　号	ISBN　978-7-5145-1385-1
定　　价	36.00元

（版权所有，盗版必究，举报电话：027-68890818）

（如发现印装质量问题，请寄本公司调换，电话：027-68890818）